KB081061

사신공주의 재혼 7

고고한 악식대공

오노가미 메이야
(小野上明夜)

앨리스노블

번역 이진주 **표지** 조은아 **편집** 김은솔 **디지털** 김효준 **마케팅** 김정훈

차례

Death Princess

카슈반 라이센

「아즈베르그의 폭군」으로 악명 높은 벼락출세한 신흥귀족

알리시아 라이센

통칭「사신공주」돈에 팔려온 신부

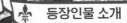
등장인물 소개

Illustration
키시다 메루

서장

격렬한 바닷바람의 틈새를 메우듯이 한 여자가 노래를 부르는 목소리가 띄엄띄엄 들려왔다.

밝고 즐겁고 행복하게 들리는 목소리였다. 그렇기에 그 목소리는 사정을 아는 자에게는 묘하게 슬프게 울렸다.

"……듣고 계십니까? 아셸님."

으스스한 기운을 품은 노파의 부름에 성녀 아셸은 퍼뜩 정신을 차렸다. 쓸쓸한 추억에 잠기려던 마음을 바다를 접한 절벽 위에서 천적과 대치하는 현실로 되돌렸다.

휘몰아치는 바닷바람에 흐트러진 백발 아래로 차갑게 이쪽을 바라보는 노파는 솔라스카.

'날개의 기도' 교단 급진파 제2계제에 있는 성직자이자 선선대 성녀.

"아아. 듣고 있다, 솔라스카. 그래서? 온건파가 어떻다고?"

노랫소리에 마음을 빼앗겼던 사실을 얼버무리려는 듯이 아셸은 등에 짊어진 가짜 날개를 만지작거리며 물었다. 그러자 솔라스카는 등줄기를 꼿꼿하게 세운 자세 그대로 담담하게 보고를 반복했다.

"국왕 암살 미수 건으로 책임을 지고 카파스, 휼러, 두 명은 교단 총회에서 사임, 제4계제로 격하되었습니다. 이들을 대신해 제3계제 레이반, 메나드, 두 명을 다음부터 총회에 참석시킬 것입니다. 노틀레 님께 이미 허가는 받았습니다."

실딘 왕국 국왕 랑드레이가 왕궁 안에서 암살자에게 습격당한 것은 작년 겨울 일이었다. 그 뒤에는 아셀을 모시는 무리, '날개의 기도' 교단을 양분하는 세력인 온건파가 버티고 있었다. 교단 상부에는 그렇게 보고되어 있었다.

무엇보다 양분이라는 표현을 삼가야 할 정도로 이즈음, 온건파 세력은 눈에 띄게 쇠퇴한 상태였다. 그랬기에 용병 국가 라그라드르와의 융화 정책 따위를 실행하게 내버려 두지 않겠다고 기를 썼고, 그 결과 오히려 자신들의 목을 조이고 말았다.

"……과연. 너희로서는 다소 거친 수법이었지만, 솜씨는 훌륭하군."

그렇지 않아도 인근 국가에서 '날개의 기도' 교단을 향한 신앙심이 날로 약해지고 있는 와중이다. 이 보고를 통해 아셀은 쓸데없는 짓을 벌인 자를 어떻게 처리했는지를 알 수 있었다. 그와 동시에 한 가지 사실을 더 깨달았다.

이것은 단순한 사후 보고에 불과하며, 자신은 고개를 끄덕일 수밖에 없다는 점을.

시시하고, 무의미한 행위였다. 자신의 처지가 그렇다는 점은 익히 알고 있었다. 그래도 비아냥거림 한마디 정도는 던져줘야 기분이 풀릴 것 같았다.

"라그라드르인을 화나게 할 가능성과 맞바꿔, 교단의 주축 세력이었던 온건파를 싹 쓸어버렸나. 이미 교단 총회를 열 필요는 없지 않은가? 너희 급진파 사이에서 의견을 모아 노틀레 님과 내게 보고하면 그것으로 충분할 텐데?"

온건파 유력자이자, 실딘 왕국 재상 이달의 아들이기도 한 유란은 작년 '하늘의 심판'을 받고 죽었다. 그가 죽은 후, 겨우겨우 활동해오던 온건파 잔당도 교단 전체의 의견을 모으는 기능을 하는 교단 총회에서 쫓겨났다. 그리고 빈자리에는 또 하나의 세력인 급진파로 채워졌다. 지금 막 솔라스카의 입을 통해 그렇게 보고되었다.

"⋯⋯정말로 노틀레 님께 보고를 했는지 의심스럽지만."

노틀레. 선대 성녀 파시아의 남편이며, 교단 대표자이자, 교단에서 유일한 제1계제 성직자다. 노틀레는 이미 몇 년 동안이나 교단 총회는 물론 사람들 앞에도 모습을 나타내지 않았다. 그가 공적인 자리에 얼굴을 내미는 때는 신자 중에서 자기 취향인 여자를 고를 때뿐이었다.

형식상으로는 노틀레가 교단 총회에서 정리한 의견을 한 번 훑어본 후, '날개의 기도' 교단 전체 움직임이 결정된다고 한다. 그러나 최근 5년 정도, 노틀레는 제출된 의견에 이견을 제시한 적이 없다고 한다.

즉, 교단 총회를 제압한 자가 '날개의 기도' 교단을 움직일 수 있다는 말이다. 가르침의 근간을 이루면서도 '속세의 일은 우리에게 맡기시기를'이라고 호언장담하는 성직자 덕에 총회에 참가할 자격은 얻지 못한 성녀 아셀의 의향 따위는 무시하고서.

"내게도 실상은 사후 보고밖에 하지 않으니까 말이다. 그렇지 않아도 바쁜 너희의 시간을 빼앗는 게 아닐까 생각하면 다소 마음이 괴롭다."

"형식도 필요합니다."

아셸의 비아냥거림을 부정하는 일 없이 솔라스카는 아무렇지 않게 흘려 넘겼다.

여느 때라면 아셸도 더는 파고들지 않는다. 그러나 슬슬 뒤로 물러설 곳이 없는 상황이 되어간다는 초조감과…… 지금도 희미하게 들리는 저 즐거운 듯한 노랫소리가 아셸을 충동질했다.

"형식이 필요하다? 의외로군, 솔라스카. 형식상 우상으로서 존재할 뿐인 성녀 아셸. 그대야말로 그런 존재를 가장 어리석다고 여기고 있을 텐데."

솔라스카의 표정은 거의 바뀌지 않았다.

그러나 깊은 주름에 둘러싸인 눈 안쪽에서는 어두운 빛이 일렁이고 있음을 알 수 있었다.

"형식은 필요합니다. 지금은."

솔라스카의 어조는 어디까지나 담담했다. 그러나 아셸은 바닥 없는 늪으로 질질 끌려들어 가는 착각을 느꼈다.

"그렇기에 유란을 용서한 당신의 변덕을 우리는 받아들였습니다. 당신이 지금, 현재, 성녀 아셸이기에."

아셸은 죄의 무게를 다는 호수에서 살아 돌아온 유란을 독단으로 용서했다. 그뿐만 아니라, 후하게 제2계제로 승격시키기까지 했다.

"그러나 아셸님. 당신은 그때 유란을 살리면서 온건파도 함께 살려놓았습니다. 그 결과가 지금 이 사태입니다. 실딘 왕가가 아무리 약체화했다고 하나, 국왕 암살 미수의 죄는 교단에 대한 왕가의 발언력을 강화시킬 겁니다. 독단적인 행동도 정도껏 하시지요."

솔라스카의 말은 그야말로 정론이었다. 내용 자체에는 아셸도 반론할 수 없었다.

하지만 멀리서 랄라, 랄랄라— 제멋대로 부르는 노랫소리에 호응해 이대로 물러설 수는 없다는 생각이 더욱 강해졌다. 이쪽에도 아직 비장의 수는 남아 있다.

"—그 정도로 형식을 중시하면서 나딜이 총회에 참석했다는 이야기는 들리지 않는군. 녀석은 라그라드르에, 그것도 실딘 왕자와 함께 갔다고? 대체 무슨 생각이냐?"

솔라스카와 어깨를 나란히 하는 급진파 대표자, 나딜. 유란이 죽은 후 유일하게 남은 아셸의 신랑 후보.

얼마 전에 있었던 국왕 암살 소동 당시, 나딜은 '우연히도' 교단 대표자로서 실딘 왕국을 방문하고 있었다. 그곳에서 이름도 처음 듣는 왕자 제오르디스와 함께 라그라드르로 향했다고 한다. 지나칠 정도로 잘 맞아떨어져, 뭔가 뒷사정이 있다고 생각하지 않는다면 오히려 이상한 상황이었다.

"……그러한 말을 대체 누가 아셸님께 전했습니까? 레오니아입니까?"

아셸이 이 일을 알고 있다는 사실이 의외였던 모양이다. 급진파의 이단아를 거론하는 솔라스카의 눈이 날카롭게 빛났다.

"누구라도 상관없지 않은가. 나는 '날개의 기도' 교단의 토대인 성녀 아셀이다. 교단 안에서 일어나는 일에 대해 아는 건 당연한 일."

아셀은 정보원에 관한 얘기는 얼버무리고 한층 더 심문하려고 했다. 그때였다.

들릴 듯 말 듯했던 노랫소리가 급격하게 가까워졌다. 동시에 여러 사람 발소리와 누군가를 제지하는 비명에 가까운 소리도 같이 커졌다.

"파시아 님, 안 됩니다!"

"랄—라, 랄랄—라—, 후후, 아하하. 이쪽이야? 저기, 이쪽에 있어? 대답해 봐!"

제지하는 시녀를 뿌리치고 하얀 법의를 펄럭이며 아셀과 솔라스카가 있는 곳으로 달려오는 이는 30대 정도로 보이는 금발을 지닌 여자였다.

탄력 없는 피부와 군데군데 백발이 섞인 머리카락을 보면 연령은 그보다 더 많게 느껴졌다. 그러나 지나칠 정도로 천진난만한 미소와 양손을 파닥거리며 소란을 떠는 모습은 딱 어린아이였다.

선대 성녀 아셀이었던 파시아. 성인이 되어 성녀 자리에서 내려온 후, 사람의 이름을 갖게 되었으며 노틀레와 결혼해 그에게 제1계제의 고위직을 부여한 여자.

술래잡기라도 하던 모양이었는데, 눈을 하얀 천으로 가린 탓에 상황을 잘 알지 못하는 듯했다. 이 사실을 알아차리고는 아셸은 얼굴색을 바꾸었다.

"이런 멍청이. 빨리 파시아 님을 모시고 가라!"

솔라스카를 힐끗 쳐다보며 아셸은 경솔한 시녀를 질책했다.

그러나 송구스러워하던 시녀보다 솔라스카가 먼저 재빠르게 움직였다. 솔라스카는 파시아에게 다가가 눈을 가리고 있던 천을 손가락으로 잡아 벗겨냈다.

천과 함께 머리카락이 잡아당겨졌으리라. 아얏 작게 비명을 지른 파시아의 표정이 솔라스카를 본 순간 얼어붙었다.

"—죄송합니다! 죄송합니다, 죄송합니다!!"

비통스러운 절규에 아셸은 저도 모르게 눈썹을 찌푸렸다. 그러나 솔라스카는 천연덕스러운 얼굴로 형식적인 설교를 시작했다.

"파시아 님, 이런 곳에서 노시면 안 됩니다. 저희는 중요한 이야기를 하고 있습니다. 또 파시아 님도 또다시 절벽에서 떨어지기는 싫으시잖습니까?"

"전 인간입니다! 저는 이제 인간이에요! 죄송합니다! 죄송합니다, 죄송합니다!!"

"……이제 됐지 않은가, 솔라스카! 거기 너, 빨리 파시아 님을 모시고 가라!!"

평소보다 다소 상냥한 솔라스카의 설교에도 파시아는 우는 목소리로 반복해서 사죄할 뿐이었다. 벌써 몇 번이나 봐온 비참한 광경을 빨리 끝내고자 아셸은 큰 목소리로 명령했다.

……이윽고 시녀가 흥분해서 훌쩍거리기 시작한 파시아를 데리고 갔다. 어깨를 떨어뜨리고 그 뒷모습을 지켜보는 아셀의 귀에 평소와 다름없는 솔라스카의 목소리가 울렸다.

"형식상의, 우상으로서 존재할 뿐인 아셀 따위 시시합니다. 왕족이네 귀족이네 해도 결국은 마지막까지 신앙을 지키지 못했던 겁쟁이의 자손. 혼자서 끝까지 신을 믿었던 성녀 아셀 이외의 인간은 전부 신을 배신한 대죄인입니다."

얼굴을 굳힌 아셀의 눈에 비친 솔라스카는 드물게도 희미하게 미소를 띠고 있었다. 눈동자 안쪽에 어두운 빛은 더욱 강해져 사신의 낫을 연상시키는 번쩍거림을 발하고 있었다.

"그러나 아셀님이 말씀하신 대로, 지금 성녀 아셀에게는 아무 힘도 없습니다. 그저 단순한 우상, 장식에 불과하지요."

두려움을 내보여서는 안 된다. 아셀은 마음속으로는 그렇게 생각했다. 그러나 정직한 몸은 바닷바람이 부는 중인데도 식은 땀을 흘리고 있었다. 입은 아무 대꾸도 못했다.

"그러나, 아셀님. 초대 성녀 아셀님처럼 혼자 남게 되더라도 진정한 신앙을 관철할 수 있는…… 그런 자가 성녀의 자리에 앉아야 한다고, 아뇨. 그런 자만이 성녀 아셀이 될 수 있다고, 그렇게 생각하지 않으십니까?"

"……그렇군."

겨우 아셀은 그렇게 말하며 고개를 끄덕였다.

"다음 대 아셀 후보의 선출을 서둘러라."

"알았습니다."

당연한 듯이 명령하는 목소리가 희미하게 떨리고 있음을 아셀 자신도 알 수 있었다. 솔라스카도 그걸 모를 리가 없었다. 하지만 선선대 성녀는 아무 말 없이 조용히 물러났다.

절벽 위에 혼자 남은 아셀의 귀에 들리는 것은 바닷바람 소리와 자신의 약간 빠른 숨소리뿐이었다.

아셀은 말없이 법의 주머니를 뒤졌다. 찾던 것은 바로 손가락에 닿았다. 아셀은 목조 초상을 부적처럼 꽉 쥐었다.

"살아 있을 때도, 죽은 후에도 아무 불편 없이 즐겁게…… 행복하게 지내고 싶다, 인가…….""

아셀이 입에 올린 혼잣말은 목조 초상 속에서 미소 짓고 있는 소녀가 입에 담았던 말. '아즈베르그의 폭군'이라 불리는 벼락출세한 귀족 카슈반 라이센 '강'공작이 돈으로 사들인 아내, '사신 공주' 알리시아 라이센.

"사신 공주여…… 애석하지만 죽은 후에는 물론, 살아 있을 때도 행복하게 지낼 수 있는 자는…… 이 세상에는 의외로 많지 않다……."

[제1장] 유령, 다시 나타나다

실딘 왕국 북쪽 변경, 아즈베르그 지방.

해도 바뀌고 눈도 녹고 있었지만, 원래가 1년 내내 한랭한 지역이다. 기복이 심하고 척박한 토지는 아직 대부분 눈 밑에 갇혀 있었다. 아마 본격적으로 봄이 찾아오려면 아직 조금 더 시간이 필요하리라.

그런 아즈베르그 지방 북쪽, 하얗게 화장한 듯이 눈에 뒤덮인 검은 숲 안쪽. 그곳엔 악명 높은 영주 카슈반 라이센의 저택이 서 있다.

한 세대 전에는 '하르바스트의 장미 저택'으로 유명했던 이 저택 정원에는 어느새 묘석과도 같은 검은 거석이 늘어서 있었다. 그래서 요즘은 '라이센 돌 저택'이라고 불리고 있다. 그러나 폐허가 된 장미 화원에 얽힌 비참한 일이 사람들 기억에서 지워지진 않았다. 국교 '날개의 기도' 교단을 비웃는 듯한, 날개 달린 괴물 상이 장식된 이 기분 나쁜 건물을 찾아오는 자는 극히 드물었다.

그러나 최근 칠흑색과 심홍색으로 통일된 악취미적인 저택은 공사 소리와 수많은 내방자로 시끌벅적했다.

"역시 '칠련'이 필요하겠네요……."

저택 내부. 떠들썩함을 만들어내는 곳에서 조금 떨어진 자기 방 책상 앞에 앉아, 안경을 쓴 소녀는 펜을 든 손을 멈추고 황홀하게 중얼거렸다. 이 소녀야말로 '사신 공주' 알리시아 라이센이었다. 뭐, 그럭저럭 귀여운 정도인 수수한 외모와는 정반대되는 험악한 별명은 전 남편을 살해했다는 일화에서 유래했다.

지금부터 1년 정도 전, 열다섯 살 때 카슈반과 두 번째 결혼을 한 알리시아는 올봄에 열여섯 살이 된다. 명문가라고는 해도 이름뿐인 빈곤한 생활을 해온 탓에 알리시아는 완전히 편향된 분야 책만 광적으로 좋아하게 되어버렸다. 그런 아내에게 생일 선물을 해주려고 남편은 목수를 모아 지금 한창 저택 안에 도서실을 만드는 중이었다.

"그래도 정말 시끄럽네요. 벌써 시간이 이렇게 됐으니 슬슬 오늘은 작업은 끝내줘도 좋을 텐데요……. 정말, 도서실을 만들어드리면 어떨까 말하지 않는 편이 더 좋았어요……. 우리만이라도 저쪽 저택으로 옮겨갈 수는 없을까요……."

어둠이 서서히 몰려오는 가운데, 바깥에서 들려오는 뭔가를 깎는 소리와 지시를 내리는 소리에 아름다운 얼굴을 찡그린 사람은 아름다운 붉은 머리카락과 풍만한 가슴이 자랑거리인 하녀 노라였다. 도서실을 만드는 목수와 알리시아가 원하는 기묘한 책을 찾아온 자가 빈번하게 출입하고 있어서 저택은 온종일 떠들썩했다.

"어머, 노라가 카슈반 님께 내가 도서실을 갖고 싶어 한다고 말해준 거예요? 고마워요."

"……그, 그저 카슈반 님이 뭘 선물하면 좋을까 고민하고 계시기에…… 조금 조언을 해드렸을 뿐이에요……."

변명조가 되어버린 이유는 노라가 자칭 카슈반의 애인으로서, 일단 알리시아와는 애인을 사이에 둔 삼각관계를 형성하고 있기 때문이었다. 그러나 최근에는 노라의 입에서 카슈반의 애인으로 행세하는, 그런 류 대사가 나오는 일이 확 줄었다.

그러나 처음부터 눈치채지 못했던 알리시아는 작성하다 만 도서 목록에 시선을 떨어뜨리고 호옷 숨을 내쉬었다.

"'칠련'을 손에 넣을 수 있다면 '연팔'도 갖고 싶네요. 하지만 '연팔'은 수가 매우 적은가 봐요……. '비악'보다도 입수하기 힘들다고 하니까요."

"마님, 그만하세요. 그 책 얘기는 하지 말아주세요!"

환상의 기담서 '비 오는 날에는 악령이 대합창 한다', 통칭 '비악'은 작년 겨울에 노라의 마음에 큰 상처를 남겼다. 덧붙여 '칠련'은 '일곱 번 죽은 연금술사'의 약칭이고, '연팔'은 속편인 '연금술사 여덟 번째 죽음'을 말한다.

"어머 미안해요, 노라. 그러네요. 노라에게는 이제 좀 더 묘사가 깔끔한…… '줄줄 저택이 녹아내리네', 통칭 '줄저녹'이 어떨까요?"

"책 제목이 전혀 깔끔하지 않아요! 무엇보다 마님이 권하는 책은 이제 안 읽겠다고 말씀드렸잖아요?!"

꺅꺅 아우성을 치는 노라에게 알리시아는 질리지도 않고 다른 책 이름을 대려고 했다. 그때 문밖에서 목소리가 들려왔다.

"알리시아, 목록은 다 만들었나?"

공사 소음에 묻히지 않도록 상당히 크게 내지른 목소리를 듣기만 해도 최근 알리시아는 '배가 아파' 오곤 했다. 실제로는 배보다 조금 윗부분, 그렇다고는 해도 배와 거의 다를 바 없는 정도인 평평한 그 부근을 살짝 내리누르면서 알리시아는 기쁘게 미소 지었다.

"어머, 카슈반 님이세요."

주인의 내방을 알아차린 노라가 당황해서 문을 열자, 체격이 좋은 키 큰 남자가 방 안에 발을 들여놓았다. 머리카락에 눈동자만이 아니라, 복장까지 온통 새카맣다. 시력이 나쁜 알리시아는 지금도 때때로 남편을 저택 기둥과 헷갈릴 때가 있었다.

알리시아가 '사신 공주'라면, '강'공작 카슈반 라이센에게 붙은 별명은 '아즈베르그의 폭군'. 하녀의 피를 이은 비천한 출신인 벼락출세 귀족. 실딘의 구 귀족들 사이에서는 오만하고 냉혹한 영주라는 등 평판이 안 좋은데, 카슈반도 그들에게만큼은 평판대로 행동한다.

"죄송합니다, 카슈반 님. 아직 완성하지 못했어요. 급하시다면……."

"아니, 재촉할 생각은 없다. 도서실 자체를 한창 만드는 중이고, 또 모처럼 주는 생일 선물이다. 만족할 때까지 충분히 고민하도록 해."

그러나 알리시아를 바라보는 시선은 상냥했고, 알리시아에게 건네는 말도 부드러웠다. 평소에는 알리시아가 말하길 '30대로

보일 정도'인 험악한 얼굴도 아내의 부드러운 황갈색 머리카락
을 쓰다듬으면서 미소 지으면 23세 청년다운 얼굴이 된다.

알리시아는 머리카락에 닿은, 약간은 간지러운 온기에 '배가
아파 오는' 감각을 느끼면서 남편에게 미소를 지었다.

"고맙습니다. 하지만 가능하다면 저 이외에 다른 사람들도 다
즐길 수 있는 도서실로 만들고 싶어요. 그래요, 카슈반 님은 어
떤 책을 좋아하세요?"

그 말에 '이미 저는 즐기고 싶은 마음이 없습니다만……'이라
고 노라가 몰래 중얼거렸다. 그런데 노라만이 아니라 카슈반의
반응도 애매했다.

"……마음 써줘서 고맙지만, 내게는 책 읽는 취미는 없다. 시
간도 없고, 뭣보다 책 같은 그런 고상한 취미는 봐도 잘 모르겠
어."

공작가에 태어났으면서도 아버지와 사이가 안 좋아서, 아버지
에게는 때리는 방법과 얻어맞는 방법밖에 배우지 않았다. 언젠
가 카슈반이 그렇게 말을 흘린 적이 있었다. 카슈반은 통치에 필
요한 읽고 쓰기는 할 수 있었지만, 귀족다운 우아한 취미에 대한
관심은 매우 낮았다.

"아뇨, 카슈반 님. 독서는 그렇게 어렵게 생각하지 않아도 되
는, 가볍게 시작할 수 있는 취미예요. 표지가 멋있다거나, 제목
에 끌렸다거나, 그런 사소한 계기로라도 첫 페이지를 펼치면 된
답니다."

알리시아는 뭐가 됐든 별로 집착하지 않지만, 책은 별개였다.

도서실이란 돈과 시간이 많이 드는 선물이다. 그랬기에 남편도 기뻐해 줬으면 좋겠다고 생각해 알리시아의 말에는 자연스럽게 힘이 들어갔다.

"저는 제목에 끌리면 바로 읽는답니다. 최근에 읽은 것 중에는 '비약'이 가장 재미있었어요. 제목에 마음이 완전히 사로잡혔어요! 또 첫 페이지 첫 문장, '구름 한 점 없이 맑게 갠 하늘……'이라는 표현도 제목과는 정반대라서 그게 또."

"마님, 그만 하세요. 물병을 갖고 올 수 없게 된다고요!!"

작년에 물병과 관련해 마음에 상처를 입은 노라가 귀를 막고 절규했다. 아내를 다루는 법에 어느 정도 익숙해진 카슈반은 바로 알리시아의 관심을 끌 수 있는 다른 화제를 제안했다.

"그런데 알리시아. 배고프지 않아?"

"어머, 그러고 보니 저녁 식사 시간이네요. 카슈반 님, 오늘은 함께 식사할 수 있으신가요?"

알리시아가 소망하는 기괴한 책을 찾으려고 카슈반은 국내에 많은 전령을 보냈다.

그들이 저택으로 정보를 갖고 오고 있어서 카슈반은 최근에는 비교적 오래 저택에 머물렀다. 식사를 함께할 기회도 늘어서 알리시아로서는 그저 좋기만 했다.

"그래. 그런데 별일이군. 네가 식사 시간을 다 잊어버리다니."

"그러네요. 그만 목록을 만드는 데 열중해서……. 이대로 하루 정도 식사를 잊어버리고 있으면 그것도 경제적…… 어머."

알리시아는 이번에는 제대로 배를 눌렀다. 알리시아의 눈에 램프의 빛을 받아 밝게 빛나는 옅은 금발이 비쳤다.

"알리시아."

알리시아는 카슈반 바로 뒤에 서 있는 커다란 하얀 그림자를 그제야 알아차렸다.

"어머, 디네로 님. 알아보지 못해 죄송해요. 용건은 이제 끝나셨나요?"

카슈반보다 머리 반개는 더 큰 미청년, 디네로 아즈베르그는 요즘 이 저택에 자주 드나들었다. 도서실 일과는 별개로, 영지 내 통치에 관해 이야기하러 오는 듯했다.

"일단락, 됐다. 괜찮다면, 식사를, 같이, 할까, 하는데."

"물론이죠."

알리시아가 방긋 웃자 디네로도 아주 희미하게 입가를 끌어올렸다. 항상 무표정에 가까운 얼굴을 하는 그로서는 최상급 웃는 얼굴이었다.

처녀 때 성이 페이트린인 알리시아와 마찬가지로 지명과 똑같은 가명을 가진 디네로는 아즈베르그 지방 지방백이다. 매일 정해진 시각에 자신의 영지를 돌아보는 디네로를 영민들은 '시계 공작'이라 부르며 경애했다.

태반이 몰락했다고는 하나, 원래 지방백은 그 지방 영주다. 개중에는 여전히 영민을 사랑하고 영민에게 사랑받는 디네로야 말로 아즈베르그 영주에 어울린다는 목소리를 내는 자도 있었다. 그러나 작년에 디네로가 스스로 카슈반을 인정하는 선언을 했고, 그에 따라 디네로를 영주로 추대하는 목소리도 차츰 작아지고 있었다.

"정해졌군. 우선 식사부터 하지. 가자, 알리시아, 디네로. 노라는 티르와 세이그람에게 말을 전해줄 수 있겠나?"

카슈반이 스리슬쩍 입에 담은 피후견인, 티르나드 레이덴 백작의 이름을 듣고 노라가 얼굴을 붉혔다.

"옛? 엣, 아, 그게, 제가, 말씀인가요? 트레이스는……."

"트레이스는 루아크를 부르러 보냈다."

소꿉친구기도 한 집사 트레이스를 대신해 심부름을 해주지 않겠냐는 뉘앙스에 노라는 머뭇머뭇하면서도 고개를 끄덕였다.

"뭐, 그럼, 그, 어쩔 수 없네요. 다, 다녀오겠습니다."

사뭇 담담한 척하려는 어조와 반대로 노라는 엄청 빠른 발걸음으로 방을 나섰다.

"노라도 참. 그렇게 급하게 부르러 가지 않아도 괜찮은데 말이죠. 아무리 저라도 레이덴 백작님 몫까지 먹어버리지는 않아요. 뭐, 남는다면 감사히 먹겠지만요."

엉뚱한 감상을 늘어놓는 알리시아 옆에서 카슈반은 의기양양한 얼굴로 '이제 곧 봄이구나'라는 말을 중얼거리고 있었다.

"자, 우리도 가자."

그렇게 재촉한 카슈반의 손이 뻗어 와 알리시아의 손을 잡았다.

그러기 무섭게 알리시아는 '배가 아파' 와서 뺨을 붉게 물들였다. 하지만 카슈반의 손가락이 자신의 손가락에 얽혀 있음을 알아차리고 한층 더 격렬하게 동요했다.

"카, 카슈반, 님……?"

"……아아, 미안하다."

잠시 알리시아의 약지 부근을 매만지던 카슈반은 아내가 동요했다는 사실은 깨닫지 못한 기색으로 얽혔던 손가락을 풀었다. 얼마 전부터 그는 때때로 아내의 손가락을 매만지곤 했다.

최근 이런 일이 많네요, 알리시아는 이렇게 생각했다. 카슈반만이 아니라 최근에 저택을 드나들기 시작한 목수 중 한 사람도 묘하게 알리시아의 손이나 손가락에 관해 묻곤 했다.

목수라고 해도 알리시아가 보기에는 도서실 공사에 관련된 사람으로는 보이지 않았다. 온화하고 부드러운 중년 남자로, 굳이 따지자면 세공업자로 보였다. 하지만 본인도 카슈반도 목수라고 말하고 있으니 목수겠지.

알리시아는 새삼 의문스럽게 생각했지만, 맞잡은 손을 카슈반이 다시 꼭 쥐었기 때문에 '배가 아픈 감각'이 한층 정도를 더해 갔다. 작은 의문 따위는 머릿속에서 날아가 버렸다.

"자, 가자 알리시아. 사람들을 너무 기다리게 하면 미안하지."

"에, 아, 예에……."

하지만, 어느샌가 사치스러움을 알아버린 몸이다. 커다란 손의 감촉만으로는 부족했다. 알리시아는 저도 모르게 뭔가를 갈망하는 눈초리로 카슈반을 올려다보다가 그 사실을 알아차리고는 혼자서 얼굴을 붉혔다.

그러나 알리시아의 귀부인으로서는 조금 조심성이 부족한 노골적인 소망은 이미 전해진 모양이었다.

"……이 이상은 나중에, 둘만 있으면 하자. 알겠지?"

들릴 듯 말 듯 한 속삭임에 놀라서 올려다보니 입가에 미소를 띤 남편의 얼굴이 보였다.

조금 전까지와는 전혀 다른, 조금 짓궂은 웃는 얼굴을 보고 있노라니 밋밋한 가슴에 다 담을 수 없을 정도로 심장이 격렬하게 뛰고 있음이 느껴졌다.

"그, 그럼 갈까요, 카슈반 님. 디네로 님도…… 디네로 님?"

두근거리는 마음을 안고 디네로를 돌아본 알리시아는 그가 말없이 물끄러미 이쪽을 바라보고 있음을 알아차리고 의아하다는 얼굴을 했다.

"디네로 님?"

"……가자."

카슈반이 돌아보기 전, 디네로는 그렇게 말하고 걷기 시작했다.

알리시아와 카슈반, 디네로가 함께 식당에 들어서자 이미 넓은 식탁에는 예쁘장한 얼굴에 갈색 머리카락을 가진 젊은이와 검은 머리카락을 하나로 묶은 안경을 쓴 청년이 나란히 앉아 있었다.

갈색 머리카락 젊은이는 티르나드 레이덴, 옆자리 청년은 티르나드의 교육 담당 겸 집사인 세이그람 알레이이다. 노라는 식사 시중을 돕고 있어서 모습이 보이지 않았다.

"라이센, 알리시아 님. 그리고 아즈베르그 공작님도. 다들 안녕하신가요."

인사를 한 티르나드 옆에서 안경을 고쳐 쓰면서 세이그람도 똑같이 고개를 숙였다.

"안녕하세요. 레이덴 백작님, 세이그람."

알리시아도 두 사람에게 미소를 지으며 그대로 카슈반의 손에 이끌려 자리에 앉았다. 디네로도 가볍게 인사를 하고 손님으로서 티르나드 맞은편에 자리를 잡았다.

고용인인 세이그람이 주인과 나란히 식사 자리에 앉아 있어도 라이센 저택에서는 아무도 나무라지 않았다.

80년 정도 전에 실딘 국내에 하극상의 폭풍이 불어닥친 이후, 주인과 고용인의 거리가 가까워졌다.

그런 이유도 있었지만, 세이그람은 항상 티르나드의 옆에서 시끄럽게 잔소리를 하는 게 당연하다는 느낌이 있었다. 하지만 라이센 가에서는 안주인 알리시아마저도 때때로 주방에서 식사하곤 했다. 그런 점을 생각하면 안주인부터 허물없이 행동하는 이곳에서 세이그람이 주인에게 잔소리한다고 이상하게 보기는 새삼스러운 일이었다.

"티르는 얼굴색이 꽤 좋아졌군그래."

상석에 앉으면서 카슈반이 말하자 티르나드는 순순히 고개를 끄덕였다.

"응. 이제 많이 좋아졌다. 그래서 말인데, 라이센. 알리시아 님 생일 축하 파티가 끝나면 일단 레이덴으로 돌아가려고 한다. 그때라면 눈도 거의 다 녹았을 테니까."

티르나드는 아즈베르그 지방에서 산맥을 끼고 동쪽에 펼쳐진, 토지가 비옥한 레이덴 지방 지방백이자 영주다. 작년에 전 후견인 유란에게 큰 상처를 입고, 그 뒤 왕궁에 갔다가 다른 오래된 상처가 악화하는 바람에 지금도 라이센 저택에 머물고 있었다.

그러나 영주가 지배하는 영지를 너무 오래 떠나 있으면 영지를 다스리는데 여러모로 지장이 생긴다. 현재는 후견인인 카슈반이 레이덴 지방에도 경계의 눈길을 늦추지 않고 있지만, 조만간 18세를 맞이해 성인이 되면 티르나드는 혼자 힘으로 일어서야만 한다.

"어머, 저한테 신경 써주실 필요 없답니다. 레이덴 백작님."

알리시아의 한마디에 드물게 세이그람이 동의를 표시했다.

"정말 그렇습니다. 레이덴 저택 재건도 꽤 진행되었으니 가능하다면 빨리 돌아가는 편이 좋다고 생각합니다만…… 이 저택에 어지간히 중요한 볼일이 있으신 모양입니다. 티르나드 님."

마치 그 목소리를 기다리고 있었다는 듯이, 노라가 전채가 담긴 접시를 한 손에 들고 다가왔다.

티르나드와 시선이 마주치기 무섭게 두 사람은 재미있을 정도로 얼굴이 새빨개져서는 허둥지둥 시선을 돌렸다. 제대로 대화도 나누지 못하는 상태였는데, 그런 주제에 둘 사이에 흐르는 공기만큼은 묘하게 감미로웠다.

"아아, 그렇군요. 레이덴 백작님은 노라와 함께 있고 싶으셨군요."

알리시아는 평소에는 둔해 빠진 주제에 때때로 날카롭게, 찔러서는 안 되는 핵심을 찌르곤 한다. 그 말에 티르나드가 사레가 들려서 요란하게 기침을 해댔고, 노라는 하마터면 쟁반을 떨어뜨릴 뻔했다. 쟁반을 디네로가 말없이 받쳐주었다.

세이그람의 손이 번뜩한 걸 보니 애용하는 채찍을 꺼내 들려고 했던 모양이다. 그러나 결국 한숨 섞인 목소리로 이렇게 중얼거리는 정도로 그쳤다.

"뭐, 괜찮겠지요. 티르나드 님 상태도 아직 완전하지 않은데 쓸데없는 부담을 줄 수는 없습니다. 알리시아 님 생일까지는 몸도 완전히 회복하시겠죠."

"……너도 제대로 요양을 해라, 세이그람. 때로는 내 말도 좀 들으라고."

작년, 유란의 일로 세이그람도 중상을 입었다. 아직 응석받이 도련님 기질이 완전히 빠지지는 않았어도, 그릇이 커졌다고 느끼는 일이 부쩍 잦아진 주인의 말에 세이그람은 묵묵히 고개를 끄덕였다.

그때 알리시아의 머리카락 끝이 희미하게 흔들렸다. 라이센 저택에서는 지금처럼 실내에 갑자기 부는 바람은 어떤 인물이 나타났음을 의미한다.

"다들 기다렸지―. 오, 늦지 않은 모양이네."

"어머 루아크. 그리고 제다도. 반가워요."

바람을 타고 나타났다고 느껴지는 방식으로 실내에 모습을 드러낸 사람들. 은발과 몸의 선을 드러내는 검은 의상이 특징적인 2인조였다. 해체된 전 '장난감 군대' 출신 암살자로서, 현재는 각각 라이센 가와 레이덴 가를 모시고 있는 루아크와 제다였다.

루아크는 알리시아의 전남편을 살해하고 알리시아를 '사신 공주'로 만든 끝에 카슈반의 암살까지 청탁받았다는 과거를 갖고 있었다. 그러나 루아크는 어느샌가 두 사람 '아들'로서 라이센 가 일원이 되었다. 얼마 전에는 라이센 부부가 만들어준 생일을 맞이해 '나, 한 살이 됐어!' 이렇게 기뻐했다.

"아, 아…… 에 그러니까…… 여, 여러분, 안녕하십니까?"

익숙하지 않은 경어를 사용하는 제다의 옆구리를 루아크가 웃으면서 팔꿈치로 찔렀다. 두 사람은 외모는 진짜 형제처럼 닮았지만, 성격은 대조적이었다.

"제다 씨, 무리하지 않아도 된다니까. 우리는 그렇게 사람들 앞에 나타날 일이 없으니까 말이야. 또 여기에는 그렇게 예의범절에 시끄러운 사람도 없고."

"그래요, 제다. 제다는 무척 강하니까 다른 일은 전혀 못 해도 괜찮아요. 물건도 평균적으로 괜찮기보다는 뭔가 하나라도 눈에 띄게 좋은 부분이 있는 편이 더 잘 팔리거든요."

과거 본가 정원에서 제멋대로 키운 채소를 팔던 알리시아는 그런 쪽으로 경험이 있는지 미묘한 방식으로 제다를 위로했다. 그러나 제다는 오히려 뭔가를 깊이 생각하는 얼굴이 되어서는 고개를 저었다.

"……강하지 않습니다. 저는…… 좀 더 강해져야만 합니다."

옆에 서 있는 루아크를 바라보며 중얼거리는 말에 이번에는 카슈반이 입을 열었다.

"강해져야 한다고……. 너희, 오늘도 꽤 열심히 대련하던데."

카슈반이 말한 대로 요즘 루아크와 제다는 매일같이 실전을 방불케 하는 대련을 하고 있었다. 두 사람이 같이 식사 자리에 나타난 것도 그 때문이었다.

"그렇지 않아요, 제다. 얼마 전에 루아크와 대련하는 걸 보러 갔을 때는 나로서는 뭘 하고 있는지 전혀 알 수 없었는걸요."

최근 저택에 사람들의 출입이 빈번해졌기 때문에 루아크와 제다는 저택 뒤쪽으로 장소를 옮겨 대련하고 있었다. 알리시아도 언젠가 한 번 대련을 보러 간 적이 있었다. 그러나 몸놀림이 거의 신기에 가까운 두 사람이 싸우는 모습을 눈으로 포착하기란 불가능해서, 오늘은 없나 보네요, 하고서 돌아서려고 했을 정도였다.

"아니, 알리시아. 네 눈에는 비쳐야 할 것도 비치지 않을 때가 있으니까……."

카슈반이 조심스럽게 말을 덧붙이는데, 세이그람이 천천히 안경을 밀어 올렸다. 그것을 본 루아크가 '아차, 세이그람 씨를 잊어버리고 있었네' 하면서 혀를 날름거렸다.

"제다. 앞으로는 뛰어난 실력은 물론 예의범절도 제대로 익혀 둬야 한다. 레이덴 가를 모시는 이상, 티르나드 님에게 실례되는 말을 하면 용납하지 않겠다. 설령 속으로는 무능하고 분위기 파악 못 하고 입만 산 제멋대로인 도련님이라고 생각할지언정 신하로서 예는 잊지 마라."

"……세이그람. 우선 너부터가 나한테 실례되게 군다고."

티르나드가 살며시 지적했지만 세이그람은 눈썹 하나 꿈쩍하지 않았다.

"예, 노, 노력하겠습니다. 그러니 잘 부탁합니다, 알레이 님."

제다가 등줄기를 곧게 세우고 긴장한 목소리를 냈다. 루아크는 그런 제다와 세이그람을 번갈아 바라보고는 어깨를 가볍게 으쓱했다.

"제다 씨, 어깨에 힘이 너무 많이 들어갔어. 세이그람 씨도 좀 살살 대해줘요. 알리시아도 말했지만 우린 기본적으로 모습을 감추고 활동하는 호위니까. 예의범절을 익혀도 그다지 발휘할 기회가 없을 텐데?"

용병 국가 라그라드르에 대항하는 세력으로 실딘 왕가와 '날개의 기도' 교단이 협력해서 만들어 낸 '장난감 군대'. 최종적으로 라그라드르인의 분노를 사겠다고 우려해서 해체되었다. 그곳에 속했던 사람들은 국가의 어두운 부분에 관련된 위험인물이었다.

몸놀림 덕분에 사람들 눈에 띄는 일은 거의 없지만, 만약 남의 눈에 띈다면 즉시 처리될 가능성이 매우 컸다. 물론 고용주에게도 불똥이 튈 것이다.

하지만 제다는 여전히 깊이 생각하는 얼굴로 다시 고개를 가로저었다.

"아니, 나는 무슨 일이 있어도 알레이 님 마음에 들어야 한다……. 발로이 님이 말씀하시길 알레이 님을 화나게 하면 루아크에게 죽을 정도로 내 험담을 해댈 거라고 하셔서……."

"……있잖아, 제다 씨. 슬슬 사람과 교류하는 법에 관해서는 발로이 아저씨에게 그만 의존하지?"

말없이 채찍을 꺼내려는 세이그람을 힐끗 쳐다보고 루아크는 쓴웃음을 지었다.

카슈반의 검술 스승이자 라그라드르 용병단장이기도 한 발로이는 제다의 경력을 알면서도 부하로 삼았다. 명목상 제다는 발로이 용병단에서 레이덴 가로 파견된 상태였다.

고독한 암살자로 살아온 탓에 인간관계를 구축하는 데 서툰 제다는 세상살이에 익숙한 능구렁이 발로이에게는 더할 나위 없이 좋은 장난감일 터였다.

그런 사실도 모른 채, 제다는 전에는 가짜 형 행세를 하면서 접했던 가짜 동생, 루아크와 사이좋게 지내려고 발로이에게 처세에 대한 가르침을 받는 중이었다.

"너희, 그 정도로 해두고 자리에 앉아라. 세이그람도 뭐…… 제다에게 너무 획기적인 변화를 기대하지 말라고."

미묘한 카슈반의 중재에 일단 루아크와 제다는 자리에 앉았다. 그리고 노라도 그럭저럭 무사히 전원 앞에 전채를 갖다 날랐다.

마지막으로 노라 자신도 자리에 앉았다. '노라는 제 전속 하녀니까 언제나 함께할래요'라는 알리시아의 의향을 반영한 결과였다. 티르나드는 물론, 디네로도 이전에 다과회에 노라를 초대했을 정도였으니 아무도 뭐라고 하지 않았다.

"어머, 그런데 트레이스와 류크는요?"

알리시아가 노라와 똑같은 이유로 동석해야 하는 두 고용인의 이름을 불렀다.

"루아크, 트레이스는 두 사람을 부르러 간 게 아니었나요?"

"응. 오긴 했는데, 트레이스 씨는 아마 류크 씨를 방에서 끌어내러…… 아이고, 양반은 못되네."

전 '장난감 군대' 출신 중에서도 출중한 실력을 갖춘 루아크는 가까이 다가오는 사람을 멀리서도 판별할 수 있다. 루아크가 말이 끝내고 얼마 지나지 않아 금발 청년이 숨을 헐떡거리며 식당으로 뛰어 들어왔다.

"늦어서 죄송합니다……. 류크. 빨리 좀 걸어라!"

뒤를 돌아보면서 야단을 친 자는 카슈반의 소꿉친구이기도 한, 집사 트레이스였다. 트레이스는 원래 기질이 상냥한 청년이었다. 그런데 요즘에는 집사라는 중요한 업무에 걸맞은 실력을 갖추기 위해 한창 노력 중이어서인지 질책하는 말에 기백이 담겨 있었다.

"늦어서 죄송함—다……."

고개를 살짝 숙이고 트레이스 뒤를 따라 들어온 갈색 머리 젊은이는 '날개의 기도' 교단 견습 성직자였던 화가 류크였다. 미술 전반에 재능을 보이는 류크는 어디에나 있는 흔한 셔츠나 바지를 자기식으로 개조해서 입고 있었다.

"그 말투는 뭐냐! 손님이 함께 계신 자리다. 식사 자리에 동석하고 싶다고 한 사람은 너잖아!! 레이덴 백작님, 아즈베르그 공작님, 정말 면목 없습니다."

상냥한 얼굴을 한껏 찌푸리며 트레이스는 한층 더 설교를 늘어놓았다.

트레이스는 원래부터 사람을 잘 나무라지 못하는 청년인 데다, 최근에는 류크에게 그림을 배우면서 무심코 어리광을 받아 주고 있었다. 트레이스도 그 사실을 자각했는지, 류크를 대하는 어조가 여느 때와 다르게 매서웠다.

그러나 트레이스의 노력도 허무하게 류크는 고개를 숙인 채 얼굴을 들지 않았다.

"그렇게 매번 부르러 오지 않아도 돼요……. 나 따위는 그냥 내버려 둬도 돼요……. 나 같은 벌레는 방에서 혼자 곰팡이 핀 빵이라도 깨작거리는 편이 더 잘 어울려요……."

평소라면 주변 분위기가 어떻든 완전히 무시하고 류크 혼자 즐거워했으리라. 그런데 오늘은 실내에 감도는 온화한 분위기를 완전 무시하고 혼자 어두웠다. 트레이스의 질책도 제대로 귀에 들어오지 않는 모습이었다. 그런 주제에 힐끗힐끗 주변을 살피면서 입 밖으로 흘리는 목소리는 꽤 컸다.

한눈에도 날 좀 동정해달라고 외치는 듯한 류크에게 카슈반은 시원스럽게 말했다.

"류크, 너 세일러에게 차이고 아직도 뚱해 있냐? 벌써 며칠이 지났다고 생각하나? 이제 지겹다. 빨랑빨랑 털고 일어나라. 그러지 못하겠다면 방에서 혼자 곰팡이 핀 빵이라도 깨작대."

"우와아아아아앙. 카슈반 님, 다들 있는 앞에서 그렇게 대놓고 말하지 말아주세요오오오오!! 너무 차가워요오오오오오!!"

카슈반의 노골적인 말에 류크는 울 것 같은 얼굴을 했다. 그런 줄은 꿈에도 몰랐던 알리시아가 눈을 동그랗게 떴다.

"어머 류크. 세일러를 좋아하나요? 하지만 세일러는 단과 결혼했죠."

하녀인 세일러와 요리사인 단은 선대 영주 시절부터 이 저택에서 일하던 고용인이다. 그들도 희망한다면 이 자리에 앉을 수 있었는데, 우리들은 이제 나이가 많다며 동석을 정중히 거절했다. 지금도 두 사람은 주방에서 다음 요리를 준비하고 있을 터였다.

"우우, 그게, 그게, 세일러 씨, 반지 안 끼고 있었단 말이야……. 그런 줄은 몰랐다고…….."

류크는 성격은 밝지만, 조금만 안 좋은 일을 겪어도 바로 침울해졌다. 류크는 미련 섞인 말을 중얼거렸다.

"그러고 보니 반지를 안 끼었던가요? 물에 닿는 일을 해야 하니까 안 끼고 있을지도 모르겠네요. 녹이 슬면 가치가 떨어지니까."

결혼식 때 맹세의 증표로 서로 교환하는 반지는 기혼자임을 나타낸다.

"저도 안 낀 걸요……. 뭐, 원래부터 받지도 못했지만요."

돈에 팔려 오듯이 라이센 가에 시집온 알리시아는 카슈반과 결혼식도 제대로 올리지 않았다. 물론 반지를 교환하지도 않았다.

카슈반이 자신과 결혼한 이유는 지방백의 이름을 원했기 때문. 이를 충분히 자각하는 알리시아는 반지에 관해 생각해본 적이 없었다. 하지만…….

알리시아는 무심코 왼손 약지에 시선을 떨어뜨렸다. 아내의 몸짓을 보고 카슈반은 살짝 초조한 얼굴을 했다.

그러나 류크는 전혀 그런 사정을 알아차리지 못한 채 큰 목소리로 역설했다.

"그렇다니까! 알리시아부터가 반지 같은 거 안 끼고 있다고!! 하여간에 기혼자는 모두 반지를 좀 끼고 있어 달라고. 결혼한 줄 모르고 좋아하거나 하면 큰일이니까."

"시끄럽다, 류크. 뭣보다 네 녀석은 절조가 없어도 너무 없어!!"

탕 식탁을 내리치며 다소 오만하게 카슈반이 자리에서 일어섰다.

"너, 이전에는 알리시아에게도 노라에게도 작업을 걸었잖냐! 기혼자가 이러쿵저러쿵 할 문제가 아니다. 여자라면 누구라도 좋다는 네 태도가 문제다!!"

"그럴 수가. 여자라면 누구라도 좋다고는 생각하지 않아요! 알리시아는 소문과는 조금 다르지만 꽤 귀엽고, 노라는 미인이잖아요. 또 레네는 뭐랄까 신비한 느낌이 있고, 세일러 씨는 한참 연상이지만 엄청 상냥하단 말이에요!"

당최 신빙성이라고는 없는 류크의 말에 카슈반이 '그런 걸 절조가 없다고 한다!'라고 가로막았다.

"어쨌든 네 녀석은 명색이 성직자였으니 조금은 행동을 조심해라! 슬슬 겨울도 끝나간다. 마침 좋은 기회니 티르나드와 함께 레이덴으로 돌아가 버려!!"

"에에에에에엑?! 잠, 그런, 횡포예요, 횡포. 카슈반 님!! 저는 분명히 레이덴 지방 출신이지만 마음만큼은 이미 라이센 가 일원이라고요?!"

뻔뻔하게 류크가 항의하자 '언젠가 너는 내 영민이 되나……'라고 티르나드가 석연치 않은 듯이 중얼거리는 목소리에 '짐을 늘리지 말아주십시오'라고 세이그람이 차갑게 말하는 목소리가 겹쳐졌다.

한술 더 떠 제다는 '알레이 님, 이 녀석을 처리해버릴까요?'라고 눈치 빠르게 제안했다가 루아크에게 '제다 씨, 진짜 무리하지 않아도 된다니까……'라며 제지당했다.

"……마님, 이 사람들은 그냥 내버려 두고 우리 먼저 먹죠."

"그러네요. 배도 고프고요."

질려버린 노라가 재촉하자 알리시아는 시끄럽게 떠드는 남자들을 곁눈으로 바라보며 요리에 손을 뻗었다. 트레이스가 중재하려고 했지만 카슈반이 '트레이스, 곰팡이 핀 빵을 가져와라! 없으면 만들어서라도 갖고 와!'라고 말도 안 되는 명령을 내리는 바람에 결국 같이 휘말리고 말았다.

다른 분들이 먹을 생각이 없다면 요리를 전부 내가 먹어도 될까요. 그렇게 생각하며 식탁 위에 방치된 요리를 죽 돌아보던 알리시아는 문득 남자 중 유일하게 혼자 조용히 자리에 앉아 있는 인물을 발견했다.

"디네로 님. 어서 드세요."

디네로는 다른 남자들과 같이 소란을 피우지도 않았고, 그렇다고 식사를 하지도 않았다. 그저 어딘가 먼 산을 바라보는 눈을 하다가 알리시아가 생긋 웃으며 식사를 권하자 툭 한마디를 흘렸다.

"이곳은, 언제나, 떠들썩, 하군."

그 말을 노라는 비아냥거린다고 착각했는지, 부끄럽다는 듯이 목을 움츠렸다.

"아, 저. 음 그러니까…… 부끄럽습니다, 정말로……."

디네로 본인에게는 비아냥거릴 생각은 없었던 모양이다. 그러나 돌아가라느니, 돌아갈 수 없다느니 끝없이 계속되는 논쟁을 바라보는 옆얼굴이 어딘가 쓸쓸해 보였다. 알리시아는 저도 모르게 말을 걸었다.

"디네로 님, 괜찮으시다면 오늘 밤 묵고 가시면 어떠세요? 방은 잔뜩 남았고 시간도 늦었으니 저택으로 돌아가시기도 힘드시잖아요?"

디네로가 사는 아즈베르그 가 저택까지 이곳에서 마차로 이틀 정도 걸린다. 영지 여기저기에 아직 눈이 녹지 않고 남아 있음을 생각하면 그보다 조금 더 걸릴지도 몰랐다.

제대로 된 귀족 집안 안주인다운 알리시아의 제안이었지만 디네로는 천천히 고개를 저었다.

"……아니, 집에, 돌아가야, 한다."

대답하는 목소리는 여느 때와 다름없이 담담했지만, 눈은 끝까지 알리시아를 바라보지 않았다.

디네로의 모습이 조금 이상해 보였지만, 그는 식사를 마치자 바로 자신의 저택으로 돌아가겠다고 말을 꺼냈다.

처음에는 일행이 현관까지 배웅하겠다는 제안도 사양했다. 그러나 디네로도 명색이 공작가 당주다. 그냥 내버려 둘 수는 없었다. 결국 라이센 부부와 트레이스는 디네로와 일행을 배웅하기 위해 1층 큰 홀까지 나왔다.

"디네로 님, 오늘 상태가 좀 이상하지 않았나요?"

알리시아는 창문 밖 어둠 속으로 멀어져가는 디네로와 종자들 모습을 내다보면서 자신과 똑같이 그들을 바라보던 카슈반에게 물었다.

"……그 녀석은 원래부터가 이상했으니까. 그런데 리드렉의 모습이 보이지 않는군."

"어머, 그러고 보니."

오늘 디네로를 따라온 사람들은 작년에 디네로가 영주가 되어야 한다면서 폭동을 일으켰던 충실한 청년 몇 명이었다. 폭동의 주모자이자 카슈반을 절대로 영주로 인정할 수 없다고 단언한 몇 명은 처형되었지만, 나머지 사람은 죄를 용서받고 현재도 디네로를 섬기고 있었다.

그러나 그 종자 속에 디네로의 가장 충실한 고용인인 가령 리드렉의 모습은 없었다. 카슈반이 지적한 사실을 알리시아는 이제 와서야 알아차리고 의아해했다.

"리드렉은 디네로 님을 대신해 영지를 돌아보고 있을까요?"

"그럴지도 모르지. 무엇보다 그 할아범도 나이가 있으니까. 마차를 타고 장거리 여행을 하기는 힘들 테지."

"……카슈반 님, 그 말씀은 본인에게는 하시지 않는 편이 좋겠습니다."

디네로 일행이 나간 문을 닫으면서 트레이스가 조심스럽게 충고했다. 리드렉은 분명히 고령이었지만 등줄기를 빳빳하게 곧추세우고 있어서 나이를 전혀 느낄 수 없었다.

"그러네요. 하지만 디네로 님, 왠지 쓸쓸해 보이셨어요. 오늘하루 정도는 머물렀다 가셔도 좋았을 텐데……."

계속 이어지는 시시한 언쟁을 부럽다는 듯이 보던 디네로의 눈. 평소에 그다지 감정을 드러내지 않는 만큼 그 눈이 매우 인상이 깊어서 머리에서 떠나질 않았다.

"……그 녀석에게는 인간이 잔뜩 있다. 만날 때마다 나를 노려보는 기운찬 녀석들이지. 그러니까 네가 걱정할 필요는 없다, 알리시아."

아내의 작은 머리에 손을 얹고 카슈반은 쌀쌀맞게 말했다.

"그리고 말이다. 둘만 있을 때는 나만 생각해라."

이어지는 말에 단숨에 '배가 아파' 왔다.

"카슈반 님, 아……."

"이 이상은 나중에 둘만 있게 되면 하자고 약속했지?"

곤혹스러워할 틈도 없이 끌어안겨, 속삭임과 함께 머리 위에서 내려온 입술의 온기에 모든 의식을 빼앗겼다.

그렇게까지 길지는 않았던 키스 후, 멍해 있는 알리시아의 귓가에 카슈반은 한층 더 달콤한 말을 남겼다.

"그런데 네가 좋아하는 '비악'이라는 이야기를 쓴 작가 말이다. 아무래도 가제트 지방에 있다는 모양이다."

"네?"

가제트 지방. 얼마 전 왕궁에 갈 때 지나간 곳이네요. 그렇게 생각하는 알리시아의 머리를 상냥하게 쓰다듬으면서 카슈반은 말했다.

"만나고 싶지? 지금 행방을 찾고 있다. 찾아내면 네 생일에 맞춰 저택에 초대하자."

"어머, 정말이신가요?!"

마음에 드는 시인이나 작가를 자택에 초대하는 것은 귀족의 우아한 취미였다. 그렇다고는 해도 몰락한 명문가 출신인 알리시아는 본가에서 그런 모임을 연 적이 없었다. '허세쟁이 페이트린'이라며 경멸받던 몸이라서 초대를 받아본 적도 없었다.

"근사해라……. 아주 멋진 선물이에요, 카슈반 님…… 정말, 고맙습니다……."

알리시아는 눈을 촉촉하게 적시면서 또다시 남편에게서 미묘하게 어긋난 방향을 바라보았다. 그런 아내의 턱을 잡고 카슈반은 궤도를 수정했다.

"그렇게 생각한다면 지금 당장 감사하는 뜻을 전해줬으면 하는데."

심술궂게 눈을 가늘게 뜨고 재촉하자, 알리시아는 발돋움을 해서 부끄러운 듯이 가볍게 입맞춤을 되돌려 주었다.

"기뻐요, 정말로…… . 그리고, 그리고…… 조, 조…… ."

누구에게나 태연하게 할 수 있는 말이 카슈반에게 말할 때만큼은 혀가 꼬인다.

눈을 돌리고 입을 우물거리는 알리시아의 귓가에 카슈반이 살짝 입술을 가까이 갖다 댔다.

"좋아한다고?"

"아, 예, 옛!!"

갑작스러운 일에 깜짝 놀라서 알리시아는 몇 번이나 고개를 끄덕이고 말았다. 그런 알리시아의 허리를 커다란 손이 끌어안았다.

"나도 그렇다."

그대로 다시 품에 안겼기 때문에 알리시아는 딥키스를 예상하고 눈을 꼭 감았다. 그런 알리시아의 귀에 짐짓 젠체하는 헛기침 소리가 들렸다.

"방해해서 정말 죄송합니다만…… 일단 저도 있으니, 제 생각도 좀 해주시겠습니까? 두 분…… ."

남녀 사이에 일어나는 일에는 약간 늦된 트레이스가 원망 어린 말을 하자 라이센 부부는 누구랄 것 없이 얼굴을 붉게 물들

였다.

디네로에게는 신경이 쓰였지만 카슈반이 말했듯이 아즈베르그가 일에 함부로 고개를 들이밀 수 없었다. 또 알리시아에게도 도서 목록을 만든다는 일이 있었다. 디네로를 보고 했던 생각은 얼마 지나지 않아 별로 의식하지 않게 되었다.

그리고 디네로가 떠난 지 5일째 되는 날 오후. 오늘도 카슈반과 점심을 함께한 알리시아는 행복한 기분으로 자기 방으로 돌아가려고 2층 복도를 걷고 있었다.

"우후후, 카슈반 님과 식사를 하면 왠지 평소보다 더 배가 부르는 기분이에요……. 이걸 이용하면 식재료를 절약할 수 있을지도 모르겠어요……."

도중부터는 실리로 기울기 시작한 알리시아의 감상을 가로막은 자는 목수를 자칭하는 중년 남자였다. 이 남자는 시종 이렇게 알리시아에게 다가와 갑자기 말을 걸곤 했다.

"아, 저, 마님, 오늘 날씨 참 좋네요."

"어머, 목수 씨. 그렇죠? 오늘 날씨 참 좋아요."

지금도 멀리서 울리는 공사 소리를 들으면서 알리시아가 대답하자 남자는 뭔가를 결심한 듯이 부탁을 했다.

"저, 그, 괘, 괜찮으시다면 이 장갑을 껴봐 주시겠습니까?"

"네? 예. 물론이죠."

알리시아는 의아해하면서도 난데없이 눈앞에 내민, 천으로 된 장갑 한쪽을 왼손에 끼었다.

"어떠십니까? 그…… 손가락이 꽉 끼지는 않습니까?"

"그러네요. 장갑이 조금 작을지도 모르겠어요. 그런데 왜 그러시죠? 이 장갑, 저한테 주시는 거예요?"

"아, 아뇨, 아닙니다! 선물과는 아무 관계 없는 행위입니다!!"

자신이 한 말이 큰 목소리로 부정당하는 바람에 알리시아는 살짝 놀랐다. 그런 알리시아에게 남자는 식은땀을 줄줄 흘리면서 또 다른 장갑을 내밀었다.

"아니, 음 그러니까, 그, 이, 이것도 껴보시겠습니까?"

"네? 아아, 예."

"아, 앗, 아니 그것도 왼손에 끼십시오!"

장갑을 끼지 않은 오른손에 새로 건네받은 장갑을 끼려는 알리시아를 남자가 당황해서 말렸다. 목수가 아니라 왼손용 장갑을 만드는 장인일까요, 그렇게 의아해하면서 알리시아는 순순히 시키는 대로 했다.

"꼈어요. 어머, 이건 조금 크네요."

"어, 아, 그, 그렇습니까! 아, 가, 감사합니다!!"

알리시아에게서 장갑 두 짝을 받아 든 남자는 '우선 이걸로 시작품을……!' 이렇게 중얼거리면서 빠른 발걸음으로 자리를 떴다. 그가 향하는 곳은 도서실 공사가 한창 진행 중인 카슈반의 방 근처와는 전혀 다른, 1층으로 내려가는 계단 방향이었다.

대체 무슨 일일까요, 알리시아는 고개를 갸우뚱했다. 그때 갑자기 불어온 바람이 알리시아의 머리카락 끝을 가볍게 흔들었다.

"아하하, 이야—, 저 사람도 카슈반 형님도 고생이네."

밝게 웃는 목소리와 함께 알리시아의 바로 옆에 루아크가 갑자기 모습을 나타냈다.

"어머, 루아크. 무슨 일이에요? 즐거워 보이네요."

"아니이, 알리시아의 생일을 즐겁게 축하하려고 다들 열심히 노력하는구나—라는 말이었어."

루아크는 히죽거리면서 말을 얼버무렸다. 그 옆에서 알리시아는 주위를 두리번거렸다.

"응? 왜 그래? 알리시아."

"어머, 오늘은 제다가 없네요."

세이그람의 요청을 받아 레이덴 가로 파견된 이후, 제다는 거의 대부분 루아크와 붙어 있었다. 두 사람이 함께 갑자기 모습을 나타내는 일도 당연한 일이 되어서, 옆에 없으니 찾게 된다.

"아아, 제다 씨는 지금 트레이스 씨랑 대련 중이야."

"트레이스와요?"

"응. 전에는 내가 트레이스 씨를 단련해줬지. 자랑은 아니지만, 내가 엄청 강하다 보니까 역량이 달라도 너무 달라서 서로 꽤 힘들었거든. 시험 삼아서 한 번 제다 씨에게 대신해달라고 해봤어."

'사신'이라는 별명이 붙은 루아크는 자랑하는 기색도 없이 술술 말했다.

"어머, 그랬군요. 하지만 괜찮나요? 제다랑 같이 안 있어도."

알리시아가 마찬가지로 아무렇지도 않게 술술 물어 오는 바람에 루아크는 반 박자가량 뜸을 들이고 난 후, 한숨 섞인 목소리로 대답했다.

"—나한테 너무 찰싹 달라붙어 있어도 곤란하지. 제다 씨는 티르 도련님 호위로 여기 왔으니까 그 점을 자각해야만 해."

루아크는 평소보다 조금 더 딱딱한 어조로 중얼거리고 시선을 저택 뒤편으로 향했다. 트레이스와 제다는 지금쯤 그쪽에서 훈련 중일 것이다.

"게다가 트레이스 씨는 카슈반 형님 소꿉친구로 지내기까지 했던 사람이니까. 사람과 교류하는 데 요령이 뛰어나다는 점은 보증이 된 셈이지. 적어도 발로이 아저씨보다는 좋은 스승이 돼줄 거야."

"그래요? 하지만 제다는 루아크랑 같이 있고 싶어 하던데."

스리슬쩍 넘어갈 뻔한 이야기의 흐름을 알리시아는 싱거울 정도로 쉽게 다시 끌어왔다.

"……여전하네, 알리시아는."

쓴웃음을 지은 루아크는 창밖으로 시선을 향한 채 어깨를 가볍게 으쓱했다. 카슈반이나 세이그람과 동등, 때로는 그 이상으로 신랄한 야유를 토해내는 입술에서 조금씩 서툰 말이 흘러나왔다.

"……뭐라고 잘 표현할 수는 없지만. 제다 씨가 싫지는 않지만…… 제다 씨는 내가 없는 곳에서 혼자서 멋대로 행복하게 지냈으면 해."

뭐라고 대꾸할 말을 찾지 못해 알리시아는 침묵했다. 뒤를 돌아본 루아크가 알리시아에게 어른스러운 미소를 지어 보였다.

　"물론, 불행해지기를 바라지는 않아. ……그저 내 옆에서 열심히 웃으려고 노력할 그런 얼굴이 아니라는 생각이 들어. 그런 의미에서 발로이 아저씨네 용병단에서 이리저리 치이면서, 때때로 요상한 편지를 보내주는 쪽이 나한테는 딱 좋아……."

　동생 루아크의 재능을 질투하면서도 루아크가 상부에 간청한 덕분에 목숨을 유지하고 있었던 사이드. 그런 상황을 견딜 수 없었던 사이드는 어느 날, 자고 있던 루아크를 목 졸라 죽이려 했다.

　그 결과, 반격한 루아크에게 목숨을 잃고 만 사이드. 제다는 루아크와 피가 이어진 하나뿐인 혈육과 똑 닮았다. 원래 제다가 카슈반을 노리는 암살자로서 라이센 저택에 나타난 것도 형인 척을 해서 루아크를 현혹하기 위함이었다.

　"루아크…… 음, 그러니까."

　루아크는 생각에 생각을 거듭해 뭔가를 말하려는 알리시아를 제지하면서 또다시 이야기의 방향을 바꾸었다.

　"제다 씨가 보내는 편지, 지금도 아직 합격점은 아니지만 처음에는 진짜 엄청났다고. 가장 처음에 보내온 편지에는 '잘 지내냐? 나도 잘 지낸다.'라고만 쓰여 있어서 말이야. 어라? 디네로 님이 편지를 보내오셨나? 그렇게 생각했다니까. 너무 추상적이라서 뭐라고 대답해야 할지 곤란하다고 대충 얼버무려서 답장을 보냈더니, '오른팔은 괜찮냐? 왼팔은 괜찮냐? 오른쪽 다리는 괜찮냐? 나는 왼쪽 허벅지 근육이 땅겨서 아프다' 이렇게 편지를 써 보냈어. 어떻게 답장을 보내야 할지 모르겠더라고."

경박하게 웃는 루아크에게 알리시아는 그것도 그러네요 웃으면서 맞장구를 쳤다. 그러면서 다른 화제로 넘어가려는 이야기의 흐름을 무시하고 하던 얘기를 계속했다.

"닮았다는 말은 다르다는 뜻이에요, 루아크."

작년 겨울, 왕성에서 카슈반에게 했던 말과 같은 이야기. 그 말을 들은 루아크는 웃는 얼굴 그대로 굳어버렸다. 그에 개의치 않고 알리시아는 말을 계속했다.

"루아크는 제다와 함께 있고 싶지 않나요? 제다 혼자서 루아크와 함께 있고 싶어 한다면야 어쩔 수 없지만요."

"……아니."

루아크는 다 포기한 표정으로 고개를 저었다. 딱딱하게 굳은 웃는 얼굴 가면이 벗겨지고 그 아래로 그 나이 또래 소년다운 얼굴이 드러났다.

"같이 있고 싶어. 나도 제다 씨랑 같이 있고 싶어. 미안, 알리시아. 고마워."

"? 천만에요."

왜 루아크가 자신에게 감사 인사를 하는지 이유를 잘 알지 못하면서도 알리시아는 루아크에게 웃어 보였다. 루아크의 시선이 알리시아를 지나쳐 또다시 저택 뒤쪽으로 향했다.

"……그렇지. 함께 있으려면 제다 씨는 더 강해져야 해……."

혼잣말을 하는 루아크의 목소리에 긴장감이 배어 있어서 강한 결의를 느끼게 했다. 범상치 않은 긴장감이 감도는 옆얼굴이 새삼스러워서 알리시아는 대체 무슨 일인지 물어보고자 했다. 그러나 바로 직전에 루아크가 불현듯 눈을 동그랗게 떴다.

"어라?"

저택 뒤편을 보고 있던 루아크가 반대편, 즉 저택 정문 쪽을 향했다. 옆얼굴에는 방금 전과는 비교도 안 될 정도로 날카로운 표정이 떠올라 있었다.

"—알리시아, 방으로 돌아가."

루아크가 엄격한 어조로 말하자 알리시아는 놀라서 저도 모르게 되물었다.

"누군가 오셨나요? 혹시 디네로 님?"

"됐으니까. 누군가 부르러 오기 전까지는 방에서 나오지 마. 알았지?"

말하기 무섭게 루아크는 알리시아의 팔을 잡고 방 쪽으로 떠밀었다. 떠밀리는 대로 걷기 시작한 알리시아의 시야에서 사신 소년이 눈 깜짝할 사이에 모습을 감추었다.

"루아크, 이상해……."

대체 무슨 일인지 신경이 쓰였지만 루아크가 그렇게 말한 이상 따라야 했다. 일단 만들던 도서 목록이나 마저 만들죠. 그렇게 생각하며 알리시아는 순순히 방으로 돌아갔다.

그러나 날개 달린 괴물 상을 올려다보며 이것저것 읽고 싶은 책을 몽상하기 시작한 지 얼마 지나지 않아 알리시아는 저택 1층이 소란스럽다는 사실을 알아차렸다.

도서실 공사 소음은 여전히 계속 들려왔다. 기본적으로 사람이 출입하면 혼란스럽다. 그런 데다 저택에 익숙하지 않은 자들이 빈번히 드나들고 있었기 때문에 시종 작은 혼란을 빚었다.

그러나 지금 일어나는 술렁거림은 그것과는 전혀 느낌이 달랐다.

왜냐면 일순간 큰 술렁거림이 일어난 직후, 공사 소음 이외에는 소리가 전부 딱 그쳤기 때문이다. 천적이 출현해 겁먹은 작은 동물처럼, 저택 안에 있는 사람들이 전부 숨을 죽였음을 알 수 있었다.

"마님, 계신가요……?"

어느샌가 공사 소리도 들리지 않게 된 와중에, 알리시아는 가느다랗게 자신을 부르는 노라의 목소리를 알아차리고 문을 열었다.

"있어요. 어머, 왜 그래요? 노라. 얼굴색이 안 좋은데…… 설마 드디어 뭔가가 나왔나요?"

이 건물은 예전에는 '하르바스트 장미 저택'이라고 불렸고, 현재는 '라이센 돌 저택'이라고 불리고 있다. 기분 나쁜 내부 장식이나 얽혀 있는 비극 때문에라도 유령 한 마리나 두 마리 정도는 나와도 이상하지 않았다.

살짝 가슴 두근거려 하는 알리시아를 보고 얼굴이 파랗게 질린 노라는 깊게 한숨을 쉬었다.

"……최악의 유령이 나왔답니다……. 역시 도서실 같은 걸 짓는 게 아니었어요……."

어쨌든 1층으로 가자며 노라가 재촉하는 통에 알리시아는 1층의 큰 홀로 내려갔다. 그러자 친근한 목소리가 그녀를 불렀다.

"알리시아!"

한없이 무표정한 얼굴을 한 카슈반의 바로 옆에 서서 이쪽을 향해 어린애처럼 손을 흔들고 있는 검은 머리 청년. 언뜻 보기에는 쾌활해 보이는 미소는 이마에서 오른쪽 눈을 지나 뺨까지 내려오는 상처 때문에 웃으면 웃을수록 추하게 경련을 일으켰다.

"어머, 제……, 왕자 전하!"

실딘 왕국의 유일한 왕자이며 다음 국왕이라는 제오르디스 피랄 드 실딘. 그가 시종 한 무리를 거느리고 큰 홀 일부를 점령하고 있었다.

알리시아는 남편이 싫어하는 '제오'라는 애칭을 가까스로 삼키고 갑작스레 찾아온 손님의 곁으로 다가갔다. 노라도 마지못해 알리시아를 따랐다.

카슈반은 움찔 어깨를 떨었지만 무뚝뚝한 얼굴로 침묵을 지켰다. 트레이스는 주인 옆에서 불안한 듯이 라이센 부부를 지켜보고 있었다.

"오랜만이야, 알리시아. 우선 늦었지만 새해 복 많이 받아. 그리고 들었어. 곧 생일이라면서? 카슈가 너를 위해 멋진 선물을 준비하고 있나 보던데."

카슈반의 '친구'를 자칭하며 그를 '카슈'라고 부르는 제오르디스. '도서관의 유령'이라는 기묘한 별명을 가진 왕자와 알리시아는 작년 겨울에 왕궁에서 만났다.

이전부터 라이센 부부에게 흥미를 갖고 있었다며 기쁜 듯이 말하는 제오르디스는 알리시아에게는 독서 친구였다. 그러나 카슈반이나 티르나드에게 지금은 지스칼드 오델 후작 이상으로 얼굴을 마주하고 싶지 않은 인물이었다.

"예. 그렇답니다. 어머, 마벨 님도 뮤제 님도 오셨군요. 그런데 어쩐 일이신가요? 함께 아즈베르그 관광이라도 오셨나요?"

제오르디스의 바로 뒤에 서 있는 은색 그림자가 둘. 이야기 삽화에나 나올 것 같은 고풍스러운 은색 갑옷 차림에 오른쪽 눈 밑에 눈물점이 특징적인 청년이 플로리안 마벨. 그런 플로리안의 품에 안기듯이 축 늘어진 청초한 미소녀가 뮤제 마벨.

제오르디스의 시종인 플로리안과 약혼자인 뮤제 남매는 양쪽 다 섬세한 미모를 가지고 있다. 다만 오라버니의 아름다움에서는 칼날을 연상시키는 날카로움이 느껴지지만, 여동생의 아름다움에서는 아무도 밟지 않은 깨끗한 설원과도 같은, 보호 욕구와 가학 욕구를 동시에 불러일으키는 덧없음이 느껴졌다.

"관광도 목적 중 하나지만 전부는 아니야. 카슈반이 알리시아가 좋아하는 책을 찾는 데에 다른 목적이 있는 것처럼. 그렇지? 카슈."

의미심장한 제오르디스의 중얼거림에 카슈반은 눈썹을 모았다.

어떤 의미인지 물어보려는 알리시아의 시야에 문득 붉은빛이 어른거렸다. 순간 노라인가? 생각했지만, 노라보다는 빛이 옅은 색깔은 적색이라기보다는 선홍색이었다.

"어머, 그쪽 분은 누구시죠?"

알리시아는 하얀 법의 차림인 청년에게 시선을 고정했다. 라이센 저택의 검은 벽을 등지고 있으려니, 하얀 법의가 한층 더 눈에 두드러졌다.

"처음 뵙겠습니다, 라이센 공작부인. 저는 나딜이라고 합니다. '날개의 기도' 교단의 성직자지요."

살짝 물결치는 진홍색의 머리카락을 가진 미청년, 나딜은 이름을 대고 고개를 숙였다. '날개의 기도' 교단의 성직자가 성을 버리는 것은 가르침이 구속력을 잃어버린 실딘에서도 여전히 상식이었다.

"어머, 당신이 나딜 님이신가요? 제2계제의?"

"아니, 저를 잘 알고 계시는군요. 영광입니다, 마님."

목에 늘어뜨린 날개의 문장 밑에 새겨진 성녀 아셀의 옆얼굴은 제3계제 이상인 고위 성직자라는 증거. 그러나 그것이 없어도 용모와 이름, 실수 없이 말을 늘어놓는 세상 물정에 익숙한 태도까지 이전에 류크가 말했던 나딜의 모습에 딱 들어맞았다.

"예. 급진파의…… 읍읍."

불씨가 될 만한 단어를 입에 올리려는 아내의 입을 카슈반이

스리슬쩍 손으로 덮었다. 카슈반은 눈빛으로 부탁이니까 쓸데없는 소리 말라고 말하며, 입으로는 이렇게 말했다.

"……왕자 전하는 얼마 전 일어났던 일에 대한 사죄를 겸해 라그라드르를 방문하는 길이시다. 마벨 양이 조금 피곤하신 듯해서 잠시 우리 집에 머물다 라그라드르로 향한다고 하시는데, 괜찮겠나?"

얼마 전의 일이란 라이센 부부가 왕궁에 불려 간 이유가 되기도 했던 라그라드르와의 융화 정책을 말하는 것이리라. 이 일은 '날개의 기도' 교단 온건파가 획책한 국왕 암살 미수 사건 때문에 결국 흐지부지되고 말았는데, 그래서 왕자 자신이 사죄하러 간다고 했다. 참 훌륭한 대의명분이기는 했다.

"예. 그 부분은 상관없지만, 어머! 괜찮으신가요? 뮤제 님."

"죄송합니다, 알리시아 님…… 폐를 끼치게 됐네요……."

창백한 얼굴을 한 뮤제가 오라버니의 품에서 가느다란 목소리로 사죄했다.

뮤제는 아즈베르그의 겨울을 견디기 위해 두꺼운 방한복을 껴입고 있었다. 그런데 그 차림이 뮤제의 가녀린 용모를 한층 더 두드러지게 하고 있었다. 원래부터 별로 튼튼해 보이지는 않았는데, 이런 계절에 긴 여행을 하느라 무리가 온 모양이었다.

"아뇨, 신경 쓰지 마세요. 그럼 방을 준비해야겠네요. 2층의……."

"하하, 뭐야. 알리시아가 직접 방 준비를 해주려고? 그런 건 노라에게 맡겨두라고. 그렇지? 노라."

되도록 눈에 띄지 않는 위치에 서 있던 노라는 제오르디스가 말을 걸자 얼굴에 경련이 일었다. 그러나 이 자리를 떠날 수 있는 절호의 기회였다.

"아, 예. 알았습니다. 그럼 뮤제 님, 이쪽으로…… 저, 실례합니다만 혼자서 걸으실 수 있나요?"

"제가 데려가겠습니다. 죄송합니다만, 안내를 부탁합니다."

동생에게 근심스러운 시선을 보내면서 플로리안이 뮤제를 안은 채 걷기 시작했다. 갑옷을 구성하는 금속판이 서로 스치면서, 철컹철컹 요란한 소리가 홀에 울려 퍼졌다.

노라의 안내를 받아 2층으로 올라가는 마벨 남매를 지켜본 제오르디스는 알리시아에게로 시선을 되돌렸다.

"알리시아는 안주인으로서 부디 내 상대를 해줘. 기껏 생일 선물도 준비해 왔으니까 말이야."

그렇게 말하고 제오르디스는 데려온 종복 한 사람에게 눈짓했다. 눈짓을 받은 종복이 값비싼 천에 싸인 책 한 권을 꺼내 들었다.

"어머, '비약'!"

갑작스러운 알리시아의 목소리를 듣고 2층으로 올라가려던 노라가 '왜 또 그 책이 이곳에……!' 하고 외쳤다. 그 책 때문에 생긴 마음의 상처가 아직 깊은 모양이었다. 그러나 노라는 어떻게든 제정신을 차렸다. 그리고 대체 왜 그러는지 의아하게 여기는 플로리안을 데리고 자리를 벗어났다.

"아, 하지만."

"아니야, 알리시아. 왕립 도서관에 있던 책이 아니야. 일부러 한 권을 더 구했어. 자, 이거라면 받아주겠지?"

한 번은 거절한 물건이지만, 이렇게까지 나온다면 받을 수밖에 없다. 몰래 도서 목록에 넣었던 책이기도 하고, 또 알리시아는 주는 물건은 뭐든 받자는 주의다.

"배려 감사합니다, 왕자 전하."

제오르디스는 생긋 웃는 알리시아와 정말 불쾌하다는 얼굴을 한 카슈반을 유쾌한 표정으로 번갈아 바라보았다.

문득 제오르디스의 상처가 있는 눈이 다른 방향으로 움직였다.

"응? 세이그람. 너도 이곳에 있었나? 그렇다면 티르도 있겠네."

제오르디스가 눈치 빠르게 발견한 사람은 굳은 얼굴로 홀 끄트머리에 나타난 세이그람이었다. 아마도 노라나 루아크에게 말을 듣고 초대하지 않은 손님을 확인하러 왔으리라.

"아직도 여기 있다니, 티르의 상태가 아직 안정되지 않았다는 말이로군. 불쌍하게도. 나중에 병문안 갈 테니까 그렇게 전해 줘."

제오르디스는 티르나드를 '티르'라고 애칭으로 부르고, '친구'라고 말하면서 웃는다. 어린 시절을 어느 정도 공유한 두 사람은 분명히 소꿉친구라고 할 수 있을지도 몰랐다. 그러나 티르나드의 몸과 마음에 지워지지 않은 상처를 남긴 자는 다름 아닌 이 왕자였다.

"……신경 쓰지 않으셔도 괜찮습니다. 티르나드 님은 조금 전에 몸이 무척 안 좋아지셔서 말입니다."

왕자의 제안을 퉁명스럽게 거절한 세이그람은 형식적인 인사를 남기고 재빨리 모습을 감추었다.

"어머, 괜찮으실까요? 레이덴 백작님."

세이그람이 날린 야유를 해석하지 못한 알리시아는 티르나드를 진심으로 걱정했다. 제오르디스는 키득키득 웃었다.

"역시 난 운이 없다니까. 뭐, 좋아. 시간은 많으니까."

장기간 머무르겠다는 분위기를 풍기는 말에 카슈반의 미간에 주름이 한층 깊어졌다. 큰 홀에 긴장감이 퍼져 나가는 와중에, 밖으로 통하는 문이 살짝 열리고 문지기 한 사람이 머뭇머뭇 고개를 내밀었다.

"저, 저기, 카슈반 님……."

"뭐냐, 무슨 일이냐?"

불쾌감을 얼굴에 있는 대로 드러내면서 뒤를 돌아본 카슈반이 문지기에게 가까이 다가갔다. 용건을 듣고 카슈반은 한순간 제오르디스를 힐끗 쳐다보았다.

"……미안하지만 손님이 와 계시다. 그러니 오늘은 돌아가 줬으면 해. 나중에 사자를 보내지."

두 사람이 이야기하고 있는 쪽으로 제오르디스가 가까이 다가 왔다.

그 동작에 카슈반이 흠칫했다. 그 틈을 타 제오르디스는 장난 꾸러기처럼 만면에 미소를 띤 채 문을 벌컥 열었다. 손님이 왔음을 알아차린 알리시아는 얼굴을 환하게 밝혔다.

"어머, 디네로 님! 어서 오세요."

눈에 살짝 덮인 살풍경한 정원 건너편, 대문가에 선 사람은 디네로였다. 갑작스러운 제오르디스의 등장에 의표를 찔렸는지 디네로는 알리시아가 인사해도 대답하지 않았다.

"아아, 네가 디네로 아즈베르그 공작인가! 소문 이상으로 아름답게 생겼는걸. 만나고 싶었다!! 나는 제오르디스 피랄 드 실딘, 이 나라의 왕자다! 카슈에게서 내 얘기는 들었지?!"

일방적으로 디네로에 관해서 알고 있다는 사실을 드러내면서, 제오르디스는 호기심을 감추려 들지 않았다. 말없이 서 있는 디네로를 머리부터 발끝까지 물끄러미 살펴보면서 큰소리로 외쳤다.

"아즈베르그 가의 인간은 대대로 용모가 뛰어나다고 하더군. 지나 아즈베르그도 틀림없이 아름다웠겠지! 레디오르 하르바스트가 반한 것도 무리는 아니야!!"

입에서 차례로 튀어나오는 위험한 단어에 디네로와 카슈반의 표정이 얼어붙었다. 그와 비례해서 제오르디스의 웃는 얼굴이 빛을 더했고, 그에 따라 오른쪽 눈에 난 상처가 잡아 당겨져 웃는 얼굴이 일그러졌다.

"맞다, 디네로. 아아, 디네로라고 불러도 되지? 난 제오라고 불러도 상관없어. 지금부터 같이 저택 뒤편에 있는 황폐해진 장미 정원에 가지 않겠어? 너도 지나의 무덤에 흥미가 있겠지? 꼭 감상을 듣고 싶다!"

'하르바스트의 장미 저택'.

이 저택에 붙은 오래된 별칭의 유래가 되었던 이야기. 선대 영주 레디오르 하르바스트와 지나 아즈베르그의 비극. 장미에만 집착할 뿐 자신을 봐주지 않는 아내에게 절망하고, 살해한 지나를 장미 화원에 파묻은 레디오르의 광기…….

광기는 대상을 잃어버린 후 한층 악화되었다. 레디오르는 닥치는 대로 여자를 데려와 살해해서 장미의 비료로 삼는 일을 반복했다.

하르바스트 가 하녀였던 마리안느 라이센도 아들을 낳은 후, 똑같이 비료가 되었다고 한다. 최종적으로 아들인 카슈반이 아버지를 죽이고 장미 화원에 묻어버린 뒤, 어머니의 성을 대면서 다음 영주가 되었다.

이후, 폐허가 된 장미 정원은 누구도 출입할 수 없는 곳이 되었다. 그러나 알리시아조차 지키고 있는 금기였는데, 제오르디스는 흡사 관광지라도 둘러보는 듯한 태도로 깨려고 했다.

카슈반과 디네로가 자리에 선 채 침묵해버린 광경을 본 알리시아는 드물게도 분위기를 읽고는 행동에 나섰다.

"왕자 전하. 저기. 죄송합니다만, 그건 안 됩니다."

카슈반에게도 디네로에게도 장미 화원은 피하고 싶은 장소이며, 그곳에 얽힌 일은 피하고 싶은 화제일 터였다. 알리시아도 시집온 지 얼마 되지 않아 화원에 발을 들여놓았다. 그때 이보다 더 화낼 수 없다고 생각할 만큼 화나게 했던 기억이 있었다.

"뭐야? 왜 안 돼? 알리시아."

일부러 설명을 요구하는 태도에 디네로와 카슈반의 표정이 점점 더 굳었다. 바로 그때 지금까지 잠자코 있던 트레이스가 끼어들었다.

"……왕자 전하. 주제넘습니다만, 우선 제가 방으로 안내하겠습니다. 일행분들도 이쪽으로 오시죠."

말하기가 무섭게 트레이스는 제오르디스의 종자 한 명이 손에 든 짐을 다소 억지로 빼앗아 들었다.

종자들도 진심으로 왕자가 저지르는 폭거에 찬동하고 있진 않은 모양이었다. 안도했는지 트레이스를 따라 걷기 시작했다. 그 광경을 보며 제오르디스는 히죽 웃었다.

"너는 정말 좋은 부하야, 트레이스. 뭐, 괜찮겠지. 시간은 잔뜩 있으니까. 그렇지? 그럼 갈까? 나딜."

또다시 장기간 머물겠다는 분위기를 풍긴 제오르디스가 '그런데 트레이스, 너는 어떤 여자를 좋아하지?'라고 트레이스를 놀리면서 걷기 시작했다. 나딜도 카슈반과 알리시아에게 가볍게 머리를 숙인 뒤 왕자의 뒤를 따랐다.

마침내 조용해진 큰 홀에서 카슈반은 깊이 한숨을 내쉬고는 디네로에게 시선을 향했다.

"……미안하다, 디네로. 기껏 와줬는데."

"……아니, 조금, 묘한, 손님이, 와 있다고는, 들었다. 누군지, 확인해보고, 싶기도 해서, 왔을, 뿐이다."

디네로의 종자들은 발끈한 얼굴을 하고 있었지만, 디네로 본인은 평소와 다름없는 무표정한 얼굴로 되돌아가 있었다. 그러

나 얼굴빛은 미묘하게 창백했다.

"디네로 님, 괜찮으신가요?"

알리시아가 말을 걸자 디네로는 가볍게 고개를 끄덕이며 대답했다.

"괜찮, 다. 라이센. 보고만, 하고, 가겠다."

"알았다. 내 방으로 가지."

카슈반도 짤막하게 대답하고는 디네로를 들여보내라고 명령했다. 이어서 왕자 일행의 체류에 관해서도 지시를 내렸다. 카슈반의 목소리를 들으면서 알리시아는 문득 깨달은 점을 입에 올렸다.

"오늘도 리드렉은 함께 오지 않았네요. 역시 영지를 돌아보고 있나요?"

별 의미 없이 내뱉은 말에 디네로의 얼굴에 그늘이 졌다.

"……리드렉은, 몸이, 조금, 안 좋다. 자리에서, 일어나지, 못하고, 있어."

생각지도 않은 대답에 놀라서, 알리시아는 목이 아플 정도로 디네로를 올려다보았다. 디네로의 입에서 괴로운 목소리가 흘러나왔다.

"아즈베르그의, 겨울은, 혹독하다. 리드렉도, 나이가, 있으니까."

"어머, 그런…… 그럼 나중에 문병 삼아 찾아뵐게요."

카슈반에게도 태연하게 의견을 내놓을 수 있을 정도로 정정하던 노인이 그렇게 됐을 줄이야. 알리시아가 서둘러 제안하자 디네로는 왜인지 눈을 돌렸다.

"─아니, 안 그래도, 돼. 그보다, 저, 왕자를, 조심, 해라."

저택 2층으로 올라간 제오르디스의 잔상을 노려보는 눈동자가 차갑게 빛났다.

"나는, 그 녀석이, 싫다."

내뱉듯이 말하는 어조에 그답지 않은 혐오감이 배어 있었다.

그 기세에 놀란 알리시아가 디네로에게서 약간 물러섰다. 디네로는 그런 알리시아를 힐끗 쳐다보고는 묵묵히 카슈반의 방으로 향했다.

[제2장] 선물은 어떠신가요?

제오르디스가 찾아온 이후, 라이센 저택 분위기는 일변했다.

우선, 루아크와 제다가 사람 눈에 띄는 곳에 전혀 얼굴을 내밀지 않았다. 류크도 나딜에게 발견되길 두려워해서, 세 사람이 함께 비밀의 방에 틀어박혀 있었다.

티르나드는 정말로 몸이 안 좋아졌는지, 주어진 방에서 두문불출했다. 세이그람도 주인 곁에서 떨어지지 않아서 노라가 방까지 두 사람분 식사를 나르고 있었다.

제오르디스에게 격렬한 적의를 내보인 디네로는 정말로 보고만을 마치고 바로 돌아간 모양이었다. 어느샌가 그의 모습은 어디에서도 볼 수 없었다. 알리시아는 리드렉의 몸을 걱정했지만, 디네로가 문병을 거절했기 때문에 어쩔 도리가 없었다.

그리고 카슈반은.

"……정말이지 대책이 없는 왕자님이군!"

감출 수 없는 짜증스러움을 토해내며 죄 없는 망토를 의자에 내던졌다. 그 광경을 보고 알리시아는 움찔했다.

이미 한밤중에 가까운 시각, 카슈반의 방이었다. 조금 전까지 영지를 둘러보고 돌아온 카슈반은 알리시아를 불러서 자신이 없는 동안 일어난 일을 들었다.

"죄, 죄송합니다, 카슈반 님. 저택의 주인인 제가 아니면 왕자 전하의 상대로는 어울리지 않는다고 말씀하셔서⋯⋯."

남편의 엄명을 깨버린 건 사실이었기에 알리시아는 순순히 사죄했다.

왕자 일행이 라이센 가에 머무른 지 벌써 3일이 지났다. 이쪽이 함부로 대할 수 없다는 점을 이용해 제오르디스는 저택 안에서 멋대로 행동하고 있었다.

카슈반은 알리시아에게 그 녀석에게 접근하지 마라, 가능한 한 말도 하지 말라고 엄히 일렀다. 그 뒤 자기 스스로 제오르디스를 상대하는 일을 맡았다.

자신이 벽이 되어 아내를 지키려는 작전이었다. 그러나 카슈반은 워낙 바쁜 몸이다. 저택에 있을 때도 잡무에 쫓겨 어쩔 수 없이 자리를 뜰 때가 있었는데, 그때마다 제오르디스는 희희낙락해서 알리시아를 불렀다.

오늘도 라그라드르와의 경계선에서 소란이 일어났다고 해서 카슈반은 이른 아침부터 그곳으로 나가봐야 했다. 그 결과 알리시아는 거의 온종일 제오르디스와 같이 지냈다고 고백했고, 그에 카슈반은 다음과 같은 반응을 보였다.

"알고 있다. 너는 잘못이 없어. 나쁜 건 그 녀석이야."

조금도 납득 못한 모습이었지만, 카슈반은 입으로는 그렇게 말했다.

"아뇨, 괜찮습니다. 전 꽤 즐거웠⋯⋯, 아."

무심코 말실수한 알리시아는 카슈반의 눈초리가 날카로워졌음을 느끼고 당황해서 입을 손으로 덮었다.

알리시아는 사람을 특별히 좋아하고 싫어하지 않았다. 제오르디스가 자신과 가까운 사람에게 무슨 짓을 했는지는 알고 있다. 그러나 알리시아가 개인적으로 무슨 일을 당하진 않았다. 적어도 의식할 수 있는 범위 내에서는.

게다가 제오르디스와는 책을 좋아한다거나, 별난 물건에 호기심이 동하는 공통점이 있었다. 저택 여기저기에 놓인 날개 달린 괴물 상이나, 정원에 서 있는 거석 군집에 관해 눈을 반짝거리면서 질문하면 저도 모르게 대화에 열중해버리고 만다.

"······젠장. 알고 있다. 기껏 접대했더니 틈을 파고들 줄이야······ 그런데."

가볍게 혀를 찬 카슈반이 갑자기 알리시아의 손목을 붙잡았다. 놀랄 틈도 없이 끌어안겨서, 알리시아는 숨은 막히지 '배는 아파' 오지 뭐가 뭔지 알 수 없게 돼버렸다.

"카슈반 님, 무슨······."

"······그 녀석에게 무슨 일을 당하진 않았겠지?"

"무, 무슨 일이라니······, 응······."

허리를 안은 손에 힘이 들어가며 발끝이 살짝 바닥에서 떨어졌다. 반사적으로 밀어내려고 하는 알리시아를 무시하고 카슈반은 깊게 입을 맞췄다.

어중간한 자세에 점점 더 힘들어졌다. 숨을 헐떡이느라 벌어진 입술 사이로 혀가 침입했다.

"응, 응······!!"

혀 밑쪽을 핥고 지나가는, 기분 좋다고도 나쁘다고도 할 수 없는 감각이 알리시아를 당혹스럽게 했다. 요 얼마간 이런 친밀한 행동을 하지 않았던 탓도 있어서 점차 머리가 멍해졌다.

길고 길었던 키스가 겨우 끝난 후에도 카슈반은 알리시아의 작은 몸을 안은 채 떨어지지 않았다.

"……이런 짓 말이다."

여운에 몸을 떠는 알리시아를 바라보는 눈은 열정적인 키스와는 반대로 무척 차가웠다.

마치 벌을 주는 듯한 입맞춤과 눈빛에 겁을 먹고 혼란스러워하면서도 알리시아는 고개를 저었다.

"다. 당하지, 않았습니다, 다……."

가늘게 떨리는 목소리와 안경 안쪽 축축하게 젖은 눈동자를 보고 알리시아가 겁먹었다는 사실을 알아차린 모양이었다. 그러기 무섭게 카슈반은 겸연쩍은 얼굴을 하면서 마치 조금 전 난폭했던 행동을 벌충하려는 듯이 상냥하게 살짝 흐트러진 알리시아의 머리카락을 빗겨주었다.

"……미안하다, 잘못했어. 생각보다 더 피곤했던 모양이다."

"아, 아뇨. 그…… 죄송합니다."

알리시아가 사과하는 말을 듣고 카슈반은 쓴웃음을 지었다.

"사과하지 않아도 돼. 정말 미안했다. 앞으로 이런 짓을 하지 않으마."

"어…… 안 하실 건가요?"

또다시 말실수한 알리시아는 한 박자 후, 자신의 발언이 얼마나 대담했는지를 알아차렸다.

알리시아는 얼굴이 새빨개져서 도망치려고 했으나 또다시 강한 힘에 붙잡혀 끌어안기는 바람에 손가락 하나 까딱할 수 없었다.

"……거짓말이다. 좀 더 상냥하게 잔뜩 해주마."

귓가에 그렇게 속삭이는 카슈반의 목소리와 표정은 녹아내릴 듯이 달콤했다.

카슈반은 한층 더 빨개진 알리시아의 귓불에 가볍게 키스를 하고는 아내를 해방해주었다. 눈에 깃든 차가운 빛은 없어졌지만, 귀찮은 동거인을 향한 불만은 지금까지 늘어놓고도 아직 사라지지 않은 모양이었다.

"내일은 내가 저택에 있겠지만, 정말 그 녀석은 언제까지 저택에 머물 생각인지……. 마벨 양 병문안은 가는 모양이지만, 그 녀석이 가지 않는 편이 약혼자의 몸도 빨리 나아질 텐데……?"

중얼거리며 신음하는 카슈반의 말에 알리시아도 겨우 열기가 식은 뺨을 감싸며 맞장구를 쳤다.

"그러네요. 체류 비용은 주겠다고 하셨지만…… 어머."

문을 두드리는 소리가 들렸다. 누구냐고 물어보는 카슈반의 질문에 대답하며 얼굴을 내보인 자는 세이그람이었다.

"강공작 각하, 준비가 끝났습니다."

"알았다. 알리시아도 가겠어?"

"어, 어머, 무슨 준비가 끝났다는 말씀이시죠?"

고개를 갸우뚱하며 질문하자 세이그람은 조용히 인사를 했다.

"알리시아 님. 정말로 죄송합니다만 저와 티르나드 님, 그리고 또 한 명은 레이덴 지방으로 돌아가려고 합니다."

주위를 경계해서 이름을 말하지 않은 '또 한 명'이 제다라는 사실은 알리시아도 금방 알 수 있었다.

"……왕자 전하와 티르나드 님을 더는 같은 곳에 둘 수 없습니다. 적어도 몸이 완전히 회복할 때까지는 접촉을 피하고 싶습니다. 생일까지 함께 있어 드리지 못해서 유감입니다만."

발언 내용은 기특했지만 발언자의 표정은 미동도 하지 않았다. 별로 미안하게 여기고 있지 않다는 점은 명백했다. 무엇보다 알리시아는 그런 점을 눈치채지도 못했고, 알아차렸어도 별로 가슴 아파하지 않았으리라.

"알았어요. 그럼 저도 배웅을 하죠."

세 사람은 발소리를 죽여서 몰래 계단을 내려갔다.

저택의 뒤쪽에 있는 통용문 근처에는 이미 마차를 준비해 놓았고, 안에는 티르나드가 타고 있었다. 제다는 여전히 모습이 보이지 않았지만, 어딘가에 숨어서 주인 곁을 지키고 있을 터였다.

마차에 가까이 가던 도중, 알리시아는 노라가 먼저 와 있음을 알아차렸다. 주인 부부와 세이그람이 접근을 알아차리고 당황해서 시선을 돌려버렸지만.

"어머 노라. 노라도 레이덴 백작님을 배웅하러 왔나요? 역시 백작님을 좋아하는군요."

"마님, 시간이 별로 없으니 빨리 인사를 해주세요!"

노골적으로 화제가 전환되었지만 알리시아는 그에 거스르지 않고 티르나드 쪽을 향했다.

"몸조심하세요, 레이덴 백작님. 제 생일은 신경 쓰지 마세요."

"죄송합니다, 알리시아 님……. 축하 선물은 반드시 보내겠습니다."

비교적 큰 쿠션에 몸을 묻은 채 송구스러워하는 티르나드에게 알리시아는 미소를 지어 보였다.

"그렇게 신경 쓰지 마세요. 무엇하면 현금이라도 상관없으니까요."

"아, 아뇨, 그건 좀. 역시 실례가 아닐까……."

"티르나드 님, 슬슬 출발하죠."

세이그람이 두 사람 대화에 쌀쌀맞게 끼어들었다. 그가 마부에게 출발 신호를 하려던 때였다.

"아, 자, 잠깐 기다려라. 세이그람!"

당황한 목소리를 내는 티르나드의 창백한 뺨에 아련하게 홍조가 깃들었다. 티르나드의 눈은 힐끗힐끗 노라를 보고 있었다.

"……아아, 후견인 각하에게도 인사를 하셔야지요."

"아, 그, 그렇지. 아아, 라이센, 그러니까."

집사가 차갑게 한마디 하자 티르나드가 겨우 카슈반의 존재를 기억해냈다. 엎드려 절 받기 식으로 인사를 받은 카슈반이 쓴웃음을 지었다.

"건강해라, 티르. 세이그람도. 레이덴 지방을 잘 부탁한다. 그
럼 알리시아, 우리는 돌아가자."

짧게 인사를 한 카슈반은 알리시아의 손을 잡고 재빨리 발길
을 돌렸다.

"예, 그럼 노라도."

"노라는 조금 늦을 것 같다."

소리 없이 웃으며 중얼거린 카슈반은 알리시아의 손을 잡아끌
며 걷기 시작했다.

알리시아는 거스르지 않고 걷기 시작했다. 그런 알리시아와
스쳐 지나가는 형국인 노라가 뭔가를 결심한 얼굴로 마차 쪽으
로 발을 내디뎠다.

"카슈반 님, 왜 노라는 늦는다고 하셨죠……?"

도중까지는 순순히 카슈반의 말을 따른 알리시아였지만, 아무
리 해도 신경이 쓰여서 그렇게 물어보며 뒤를 돌아보았다.

마침 그때, 마차에서 몸을 내민 티르나드가 노라를 끌어안고
어색하게 입을 맞췄다.

"출발합니다."

지극히 건조한 어조로 세이그람이 말하고, 마차가 움직이기
시작했다.

멍청히 그 광경을 지켜보면서 알리시아는 얼굴을 빨갛게 물들
이는 것으로 자기 완결했다.

"……요, 용건이, 있었, 군요."

"그렇군."

노라도 천연덕스럽게 대답하는 카슈반과 알리시아가 아직도 그 자리에 있다는 사실을 알아차렸다. 한순간, 도망치고 싶은 얼굴을 했지만 필사적으로 평정을 가장했다.

"아, 카슈반 님, 마님, 도, 돌아가죠, 빨리."

"그러, 네, 요. 용건은, 끝난, 것, 같으니까요. 저기, 노라."

다른 사람이 입맞춤하는 광경, 특히 티르나드와 노라의 조합은 처음 보았기 때문에 알리시아도 어쩔 줄 몰라 우물쭈물하고 말았다. 노라도 동요를 감추지 못했다.

"용건이라니, 뭐, 뭐죠? 마님. 눈이 나쁘시니, 잘못 보신 게, 아, 아닌가요?"

"그, 그러네요……. 노라와 레이덴 백작님이 입을 맞춘 듯이 보였지만 그게 아니었을지도 모르겠네요……."

"……."

"저기, 그럼 노라는 방금 레이덴 백작님과 뭘 했나요?"

"─키스하고 있었습니다. 그게 잘못인가요?!"

알리시아가 되묻자 노라가 뺨을 새빨갛게 물들이고는 외쳤다. 다음 순간, 카슈반이 득의양양한 표정을 짓고 있음을 알아차리고는 자신의 말을 정정했다.

"아, 아, 아니에요. 새, 새, 생일이었기 때문이에요!"

그러고 보니 노라도 얼마 전에 생일을 맞이했다. 그 사실을 떠올린 알리시아는 노라의 말에 수긍했다.

"어머, 그러네요. 입맞춤만이라면 싸게 먹혔네요. 하지만 노라는 역시 레이덴 백작님을 좋아하는군요. 입맞춤은 좋아하는 사람이 해줘야만 선물이 되잖아요?"

"저, 저는 입맞춤만으로 끝날 정도로 싼 여자가 아니에요?!"

"그런가요? 그럼 레이덴 백작님 몸이 좋아지신다면 입맞춤 이상을."

"아니에요. 그렇게 야하게 말하지 말아 주세요! 물론 보석이라든가 드레스라든가, 제게 어울리는 물건을 받겠지만요—!!"

스스로 무덤을 파고 만 노라는 결국에는 '먼저 돌아가겠습니다!' 아우성을 치고는 도망쳐버렸다.

"……생일을 축하하려고 했다면 얼마 전에 티르의 방에서도 같은 선물을 받았던 것 같은데……. 이거, 자칫하면 노라와 티르가 여러모로 앞지르겠는데……."

카슈반이 한숨 섞인 목소리로 혼잣말했다.

그 목소리를 들으면서 알리시아는 조금 전 노라가 한 말을 떠올렸다.

"생일 축하 선물로는 역시 입맞춤 이외에도 더 필요하지 않을까요……?"

작년 말에 23세를 맞이한 남편에게는 입맞춤 이외에 아무것도 선물하지 않았다. 그런 생각을 하면서 알리시아는 우선 카슈반을 따라 자기 방으로 돌아왔다.

"나는 티르에게 어지간히도 미움 샀나 봐."

티르나드 일행이 몰래 레이덴 지방으로 돌아가고 다음 날 아침. 식사 자리에서 그 사실을 알게 된 제오르디스는 과장된 동작으로 탄식을 해 보였다.

"문병을 가도 집사에게 쫓겨나곤 해서 결국 제대로 만나보지도 못했는데 이렇게 돌아가 버리다니……. 슬프군. 나는 이렇게나 티르를 좋아하고 또 친구로서 걱정하고 있는데."

"어머, 하지만."

무심코 입을 열다 만 알리시아는 카슈반의 날카로운 시선을 알아차리고는 입을 닫았다.

"왜 그래? 알리시아."

"음, 그러니까…… 아무것도 아니랍니다."

가능한 한 말을 걸지 마라. 카슈반의 명령을 하마터면 깰 뻔한 알리시아가 말을 얼버무리자, 제오르디스는 알리시아의 남편에게 힐끗 시선을 주었다.

"흐응, 카슈가 다시 교육했나."

카슈반이 히죽거리며 웃는 제오르디스의 표정을 힐끗 살피고는 담담하게 말했다.

"병문안이라고 하시니, 마벨 양은 몸이 어떻습니까? 지금쯤이면 다 회복하셨을 것 같습니다만."

"하하. 뭐냐, 카슈. 너도 내가 빨리 돌아갔으면 하냐?"

제오르디스는 가벼운 어조로 카슈반의 말을 되받아치고 나서는 등 뒤에 조각상처럼 서 있는 플로리안에게 말을 걸었다.

"뭐, 그도 그렇군. 뮤제도 방에만 틀어박혀 있으면 지루하겠지. 그렇지? 플로리안."

"……그럴지도 모르겠군요."

플로리안이 입술만을 움직여 대꾸했다. 알리시아는 플로리안에게도 동석하자고 권했지만, 사람 눈을 확 잡아끄는 외모와는 정반대인 무뚝뚝함과 고지식함은 변함없었다.

손님의 고용인이 이런 상황이니 노라나 트레이스도 제오르디스 일행이 온 후로는 같은 식탁에 앉지 않았다. 두 사람 다 각각 식사 시중을 드는 데 힘쓸 뿐, 필요 이상으로 말을 하려고 들지 않았다.

무엇보다 두 사람 다 제오르디스를 거북하게 여겼다. 플로리안이 없어도 동석하지 않았으리라. 제오르디스도 두 사람의 심경을 알아차리고는 있을 터였지만, 지금은 굳이 언급하지 않았다.

"나는 매일매일 즐거운데, 플로리안과 나딜은 지루하겠네."

"저도 꽤 흥미로운 나날을 보내고 있습니다, 왕자 전하."

우아하게 미소 지어 보인 자는 나딜이었다. 플로리안이 요양 중인 뮈제의 방을 지키거나 제오르디스를 수행하는 등 바쁘게 지내는 것과는 달리, 나딜은 혼자서 느긋하게 지내고 있었다.

때로는 가까운 마을이나 시가지에 발걸음을 하고 있었다. 신을 믿지 않는 영주와는 대조적으로, 아직도 '날개의 기도' 교단에 강한 신앙심을 가진 자들과 접촉하는 일이 즐거운 모양이었다.

아즈베르그의 영민들도 좀처럼 만날 수 없는 고위 성직자의 방문에 눈물을 흘릴 기세로 기뻐했다. 젊은 아가씨들은 옅게 화장을 한 나딜의 화려한 미모에 뺨을 붉히면서 '나는 나딜 님 파', '그럼 나는 디네로 님 파'라며 들떠 있다고 한다.

그러나 제오르디스는 나딜에게 사양하지 말라고 하며 웃었다. 뭔가를 꾸미는 얼굴로 말이다.

"그래, 플로리안. 오늘은 내가 뮤제를 돌보지. 알리시아, 카슈. 오늘은 플로리안과 나딜을 상대해주겠어?"

의외의 말에 알리시아는 어떻게 반응해야 할지 곤란해서 카슈반을 바라보았다. 카슈반도 한순간 눈썹을 가볍게 찡그리며 탐색하듯이 플로리안과 나딜의 기색을 살폈다.

"왕자님, 뮤제에게 뭘 하시려는 생각입니까?"

걱정했던 대로 플로리안은 험상궂은 눈초리를 하고 주군을 추궁했다.

"뭐라니, 병문안이지. 너무하네. 미래의 형님은 내가 무슨 짓을 하려고 든다고 생각하는데?"

제오르디스가 질문에 질문으로 답하는 바람에 플로리안은 대답에 궁해졌다. 제오르디스가 상처를 일그러뜨리며 웃어 보였다.

"게다가 무슨 짓이든 내가 하는 일이라면 뮤제는 기꺼이 받아들여 줄 거야. 뮤제는 나를 좋아하니까."

한층 더 예리해진 플로리안의 시선에도 개의치 않고 제오르디스는 카슈반에게로 시선을 옮겼다.

"카슈도 나 빼고 플로리안과 나딜에게 듣고 싶은 얘기가 있겠지? 그럼, 결정됐네."

제오르디스가 멋대로 정하고 나서자 카슈반은 떫은 얼굴을 했다. 그러나 제오르디스의 말에도 일리가 있다고 생각했을까, 이렇게 제안하는 정도에 그쳤다.

"……라그라드르는 아즈베르그보다 거칠고 위험한 땅입니다. 마벨 양의 상태가 안정되지 않았다면 그분만이라도 저희 집에서 맡아드리지요."

"생각해보지."

목적을 잊지는 않았겠지? 무제 이외에는 얼른 다 꺼져버려. 그렇게 말하는 듯한 카슈반의 말에 제오르디스는 대범하게 고개를 끄덕여 보였다.

아침 식사 후, 라이센 부부와 플로리안, 나딜은 정말로 네 사람이서 간단한 자리를 만들기로 했다. 알리시아가 때때로 노라나 세일러 등과 함께 차를 마시는 작은 방에 네 사람이 모여 차와 구운 과자를 올려놓은 탁자를 둘러싸고 앉았다.

카슈반은 애초에 알리시아가 동석하는 데에 난색을 표했다. 그러나 눈을 뗀 틈에 제오르디스가 낚아채 가는 것보다는 낫다고 생각한 모양이었다. 너무 떠들지 말라고만 한 뒤 트레이스를 대동하고 방으로 왔다.

"우후후. 여기서 남자분과 차를 마시기는 처음이에요."

알라시아는 혼자서 들떠 있었다. 반면에 재빨리 차를 준비하는 노라는 노골적으로 토라진 얼굴이었다. 티르나드가 돌아가 버려서 쓰라린 모양이었다.

이윽고 준비를 마친 노라가 재빨리 방에서 나갔다. 그 뒷모습을 지켜보며 검은 탁자 한쪽 끝에 자리를 잡은 카슈반이 플로리안에게 말을 걸었다.

"마벨 경, 앉으시겠는가?"

"아니요. 저는 이대로도 충분합니다."

식사 자리에서와 마찬가지로 플로리안은 바른 자세로 선 채였다. 이야기해야 했으므로 일단 탁자 옆에 있기는 했지만, 자기가 먼저 허물없이 굴 생각은 없는 모양이었다. 플로리안이 이러니 트레이스도 카슈반 옆에 서 있을 수밖에 없었다.

'순결한 은기사'라는 기묘한 별명을 그대로 재현해놓은 은색 갑옷으로 몸을 감싼 플로리안은 조금이라도 움직이면 시끄러운 소리가 난다. 그러나 플로리안은 움직이지 않을 때는 정말 조각상처럼 미동도 하지 않았다.

'어쩌면 갑옷이 이분 본체일지도 모르겠네요.'

망상을 하는 알리시아를 내버려 두고 카슈반은 다시 한번 말을 걸었다.

"동생이 걱정된다면 방에 가 봐도 상관은 없는데."

"……아뇨, 신경 쓰지 마십시오."

속눈썹을 살짝 떨기는 했지만 플로리안은 완고한 태도를 바꾸지 않았다. 카슈반은 더 무슨 말을 해도 소용없다고 깨달았는지, 대각선 방향에 있는 나딜 쪽을 바라보았다.

나딜이 바로 미소를 지으며 가볍게 머리를 숙였다. 그러나 그를 바라보는 카슈반의 눈초리는 험악했다. 플로리안을 대할 때는 약하게나마 품고 있던 동정심이 싹 사라지고, 경계심과 적의가 그 자리를 차지했다.

"나딜이라고 했던가? 그대는 꽤 아즈베르그 지방이 마음에 든 모양이더군. 이곳저곳을 돌아다니고 있는 모양이던데."

신을 싫어하는 카슈반은 '날개의 기도' 교단 성직자에게 일관되게 냉랭한 태도를 유지했다.

게다가 류크가 한 말에 따르면 나딜은 겉으로 보기에는 우아한 미남이라는 느낌이지만, 사실은 뭔가 꿍꿍이를 품고 있는 속이 시커먼 야심가라고 했다. 왕자 일행이기에 카슈반은 일단 '그대'라는 호칭을 사용했지만 마치 심문이라도 하는 목소리를 냈다.

팽팽하게 긴장된 공기를 감지했는지 플로리안이 무의식적이었는지는 몰라도 등을 곧게 폈다. 알리시아마저도 '어머, 카슈반 님은 나딜 님마저도 때리시려나요?' 이렇게 생각했다.

"예. 이 땅에는 생각보다 저희 가르침이 강하게 남아 있어 다행입니다. 이 저택에서도 그 점을 느낄 수 있었습니다."

나딜은 세상 물정에 익숙하게, 웃는 얼굴로 카슈반의 위압도 부드럽게 받아넘겼다.

"저택 내에 무척 훌륭한 성당이 있지 않습니까? 듣자 하니 마님과 혼례를 치르실 때조차도 사용하지 않으셨다고 들었습니다만."

나딜은 창밖으로 희미하게 보이는 성당을 눈짓하면서 말했다. 그 말에 카슈반은 낮은 목소리로 대답했다.

"……칭찬해주다니 영광이군. 하지만 나는 벌써 몇 년이나 저 안에 발을 들여놓은 적이 없다. 그래도, 그렇군. 급진파 대표 격으로, 미래에는 교단 대표가 될 나딜 님은 우리 집에도 관심이 매우 큰가 보던데."

카슈반은 나딜이 제오르디스와는 다르게 저택 안을 산책하고 있음을 알았다. 그리고 경건한 신자인 트레이스가 성직자에게 약하다는 점을 알아차리고 그를 통해 카슈반의 동향을 탐색하고 있다는 점도.

"저야말로 과대평가를 받아 부끄러울 따름입니다."

"—정말이다. 라그라드르인에게 사과하기 전에 부디 나한테 도 사과해줬으면 좋겠군."

천천히 자리에 고쳐 앉은 카슈반의 눈 안쪽에서 창백한 불꽃 이 피어올랐다.

"지난여름 끝 무렵. 그대들이 일으킨 사태에 관해 잊어버렸다 고는 하지 않겠지?"

그것은 작년 여름, 풍작 축제가 열렸던 날. 중상을 입은 세이 그람이 전하러 왔던 그 일을 이야기하고 있었다. '날개의 기도' 교단이 티르나드를 유괴하고 레이덴 저택에 불을 지른 사건을.

티르나드 유괴 사건에 이어서 알리시아와 디네로가 납치되면 서 마침내 친 디네로파가 폭발하는 데에까지 이르렀다. 이 건으 로 아즈베르그 지방은 한때 대혼란에 빠졌다. 알리시아도 정확

한 숫자는 듣지 못했지만 백 명 단위 부상자와 십수 명 이상 사상자가 나왔다고 했다.

"물론 죄송하게 생각하고 있습니다. 사과하라고 말씀하신다면 성심성의껏 사과를 드리지요. 그러나 저를 급진파 사람이라고 생각하신다면 응당 온건파의 존재도 아시겠죠? 여러분을 해친 자들은 저나 저와 뜻을 같이하는 자의 의지가 아니었다는 점만큼은 부디 알아주셨으면 합니다."

지금 여기서 화제로 언급하기 전까지 급진파도 온건파도 정식으로 사죄 따위는 해 오지 않았다. 그런데도 나딜의 어조는 거침없었다.

"어머, 하지만…… 읍."

급진파 분들은 아즈베르그 지방분들을 전부 살해할 생각이라고 류크에게서 들었는데요?

아슬아슬하게 그 말을 내뱉을 뻔했던 알리시아는 카슈반이 살짝 노려보자 놀라서 제 손으로 입을 덮었다. 그런 알리시아에게 나딜은 요염하게 미소를 지었다.

"안심하십시오. 유란에게는 하늘의 심판이 내려졌습니다. 이를 알면서도 국왕 암살을 계획한 어리석은 자들에게는 저희가 엄중한 조치를 취했습니다. 교단의 의지는 겨우 통일되었습니다. 아름다운 마님을 두 번 다시 그런 위험한 일에 처하게 하지는 않겠습니다."

당시 알리시아도 납치되었다는 사실을 인정하는 말이었다. 하얀 분이 발라진 손가락을 가슴에 대고 나딜은 호들갑스럽게 맹세를 해 보였다.

"그렇다 치더라도 사신 공주라는 별명과는 달리 정말 귀여운 분이십니다. 라이센 강공작 각하가 마님을 소중히 여기시는 것도 당연합니다."

화제를 바꾸려고 하는 말임이 뻔히 보이는 노골적인 빈말이었다. 실제로 플로리안은 속이 뻔히 보이는군, 하고 코웃음 치는 표정을 짓고 있었다.

그러나 최근 알리시아만 얽히면 분별력이 떨어진다는 평판을 얻은 카슈반은 나딜의 빈말을 진심으로 받아들인 모양이었다. '그러니까 동석시키고 싶지 않았다……'고 혼잣말을 하는 목소리에는 후회의 빛이 배어 있었다.

한편, 처음으로 나딜과 이야기를 하게 된 알리시아는 대화의 흐름을 타고 무심코 실언을 해버렸다.

"저기, 성녀 아셸님은 어떤 분이신가요? 교단 본거지에 계시죠?"

갑작스러운 질문에 나딜이 눈을 동그랗게 떴다.

카슈반도 순간 말을 잊었지만, 드물게도 아내의 실언에 장단을 맞춰주었다.

"……그렇군. 거기엔 나도 관심이 있다. 어떤가? 나딜 님. 모처럼 성당을 칭찬해주었고, 또 그대들도 내가 교단의 가르침에 흥미를 갖고 있다는 사실을 이해했다고 보는데. 성녀님을 만나게 해주지 않겠나?"

"어머, 정말 멋져요, 카슈반 님! 나딜 님, 부탁드릴 수 있을까요?"

지금도 드레스 주머니에 들어 있는 류크가 만든 성녀 아셸의 초상을 머릿속에 그리며 알리시아는 들뜬 목소리를 냈다. 그 옆에서 카슈반은 차갑게 나딜의 반응을 살폈다.

아무도 모르는 '날개의 기도' 교단 본거지. 그곳에 있다는 성녀 아셸.

몇백 년도 더 전에 아무도 신을 믿지 않게 된 그런 시대에, 오직 혼자서 신앙을 관철했던 소녀 아셸. 전설에 등장하는 인물인 아셸은 '날개의 기도' 가르침의 근간을 이루는 존재다.

박해를 받은 아셸은 바다를 바라보는 절벽으로 몰렸다가 결국 바다에 몸을 던졌다. 그때, 신이 등에 천상의 낙원, 더 높은 나라로 날아갈 수 있는 날개를 주셨다는 일화는 무척 유명하다.

그러나 어차피 동화다. 등에 날개가 돋은 인간은 있을 리 없다고 루아크가 이전에 냉랭한 태도로 말했었다. 그때 루아크는 교단에 있는 것은 가짜 날개를 짊어진 가짜 성녀라고도 말했다.

"······죄송합니다만, 그럴 수는 없습니다."

이렇게까지 노골적인 요구를 받으리라고는 생각도 못 했는지 나딜은 평탄한 어조로 거절했다.

교단 본거지에 가는 일도, 그곳에 있는 아셸을 만나는 일도 엄청나게 신앙심이 깊은 자에게만 허락된다. 혹은 신앙심을 거금으로 환산해 내놓으면 가능하다고 하는데, 카슈반에게는 어느 쪽 대가도 치를 생각은 없어 보였다.

"그럴 수 없어? 너무 무정하군. 한 번만 어떻게 안 되겠나?"

카슈반은 입꼬리를 끌어 올리며 한층 더 깊이 파고들려고 했다. 그러나 다음 순간, 카슈반은 아무 전조도 없이 자리에서 일어섰다.

알리시아는 순간 고개를 갸우뚱했다. 그러나 희미하게 부는 바람의 흔들림을 느끼고는 그 행동을 이해했다. 최근 모습을 보이지 않던 루아크가 뭔가를 알리러 온 모양이다.

"……잠깐 실례하지."

양해를 구하고 나서 문 쪽으로 향한 카슈반의 얼굴이 점점 일그러졌다.

"카슈반 님?!"

카슈반이 그대로 방을 나가버렸기 때문에 트레이스가 놀라서 큰소리를 냈다.

"죄, 죄송합니다. 손님이 계시는데 이런 무례한 행동을……!"

주인의 무례를 사과하는 집사에게 나딜이 온화하게 미소 지었다.

"아뇨, 원래는 저희가 갑자기 밀고 들어왔으니…… 그보다도 뭔가 큰일이 일어난 모양이군요. 확인해보시는 편이 좋겠습니다."

"아, 알았습니다. 그럼 저는 이만."

알리시아가 빠른 걸음으로 방을 나서는 트레이스를 쫓아서 자리에서 일어섰다.

"나도 가겠어요, 트레이스."

트레이스는 잠시 주저하는 듯했지만, 말다툼할 시간도 아깝다고 생각한 듯했다. 말없이 고개를 끄덕이고 종종걸음으로 달려나갔다.

"나딜 님, 마벨 님, 정말 죄송합니다."

"아니요. 그럼 저희도 같이 가지요. 마벨 경?"

나딜이 그렇게 말하고 플로리안에게 의미심장하게 웃어 보였다.

"분명히 우리 왕자 전하와 관계있는 일이겠지요."

플로리안은 대답은 하지 않고 대신 눈꼬리를 치켜세웠다.

일행이 카슈반을 쫓아 도착한 곳은 의외라면 의외, 당연하다면 당연한 곳이었다. ……왜냐하면 그곳은 처음 이곳에 왔을 때부터 제오르디스가 들어가 보고 싶어 하던 곳이었기 때문이다.

"아—아, 탄로 나버렸네."

라이센 저택 뒤편, 말라붙은 덩굴장미의 잔해로 덮인 황폐해진 화원. 거기서 얼굴을 내민 제오르디스는 주눅 드는 일 없이 어깨를 가볍게 으쓱해 보였다. 그의 팔에는 축 늘어진 뮤제가 안겨 있었다.

제오르디스를 노려보는 카슈반의 형상에 겁을 먹은 듯이 보였지만, 그 이전에 뭔가에 체력을 소모했는지 얼굴빛이 매우 안 좋았다. 환자용인 간결한 잠옷에는 흐트러진 흔적도 남아 있었는데, 이유를 알아차린 트레이스의 얼굴이 토마토처럼 익어버렸다.

"―이곳에는 누구도 들어가지 않았으면 좋겠다. 분명히 그렇게 말씀드렸습니다. 왕자 전하."

땅을 기듯이 낮게 깔린 카슈반의 목소리에도 제오르디스는 별일 아니라는 듯이 가볍게 반응했다.

"미안 미안. 그렇지만 하지 말라고 하면 더 해보고 싶은 것이 사람 마음이잖아. 게다가 뮤제도 방에 누워 있기만 해서는 지겨울 거 아냐. 좀 다른 경치를 보여주면 몸이 좋아질까 생각해서."

제오르디스는 천연덕스럽게 말한 후, 흐트러진 뮤제의 머리카락을 빗겨주었다.

"그나저나, 남의 눈은 피하고 싶었는데 꽤 빨리 발견됐는걸. 유감이네, 아직 한 번밖에."

"왕자님!"

플로리안이 날카로운 목소리를 냈다. 그 표정은 카슈반과 마찬가지로 험악했고, 제오르디스를 노려보는 눈에는 격렬한 적의가 불타고 있었다.

"한 번이라니 뭘 하셨죠?"

"알리시아 님!!"

얼굴이 새빨개진 트레이스가 솔직한 알리시아의 질문을 막으려 했지만, 제오르디스가 히죽 웃으며 대답하는 쪽이 더 빨랐다.

"아이 만들기를 했지, 알리시아. 우리 가계는 아이가 잘 생기지 않아서. 빨리빨리 만들어두려고."

"왕자님, 적당히 해두십시오!"

플로리안이 다시 소리쳤다. 오라버니의 절규에 뮤제가 흠칫

몸을 움츠렸다. 울 것 같은 얼굴을 하고 필사적으로 흐트러진 옷매무시를 고치려 하고 있었다.

제오르디스에게 해주고 싶은 말은 아직도 많았다. 그러나 뮤제가 이런 꼴이어서야 어쩔 수가 없었다. 카슈반은 낮은 목소리로 최종 통고를 했다.

"······어쨌든 이런 식의 장난은 이번을 마지막으로 해주십시오, 왕자 전하. 그렇지 않으면."

"알고 있다니까. 미안하다, 카슈. 자 뮤제, 플로리안, 돌아가자. 나딜도 여기 없는 편이 좋을 것 같은데?"

플로리안도 지금 이런 상태인 뮤제를 사람들 눈에 더 내보이면 안 좋다고 생각했으리라. 험악한 표정을 지은 채로, 여동생을 안은 제오르디스의 뒤를 따라 걷기 시작했다. 나딜도 천연덕스러운 얼굴로 뒤를 따랐다.

"카슈반 님, 죄송합니다······."

제오르디스에게 등을 돌리고 황폐해진 화원의 검은 문을 바라보는 카슈반에게 트레이스가 사과했다. 그런 트레이스를 카슈반은 무표정하게 마주 보았다.

"왜 네가 사과를 하지?"

"지, 집 안에서 일어나는 일은 집사인 제 책임이니까요."

"너는 나랑 같이 있었다. 그런 네가 무슨 책임을 진다는 거냐!!"

크게 호통을 치는 목소리에 트레이스만이 아니라 알리시아도 함께 움찔하고 말았다.

두 사람의 반응을 보고 화풀이를 하고 말았다는 사실을 알아차린 모양이다. 카슈반은 눈썹을 가볍게 찡그리며 시선을 돌렸다. 트레이스도 애처로운 표정으로 잠자코 있었다.

"……저 왕자 전하가 하는 일을 섣불리 말리려 들면 어떤 비난을 해 올지 모른다. 트레이스도 사신 녀석도 잘못은 없어."

사실을 알리러 달려온 루아크에게까지 배려를 해줄 수 있을 정도로 카슈반은 회복했다. 그러나 거기까지가 한계였나 보다.

"─잠깐 혼자 있게 해줘. 내가 부를 때까지 아무도 가까이 오지 마라."

카슈반은 크게 한숨을 한 번 쉬고는 폐허가 된 장미 화원을 향해 걷기 시작했다.

마치 장례식에 참석하려는 듯한 불길한 기운을 두른 등이 매우 멀게 보였다.

"카슈반 님……."

불안함을 느낀 알리시아가 저도 모르게 부르자 카슈반이 발을 멈추었다. 그러나 돌아보지는 않고, 등을 돌린 채 짧게 명령했다.

"다가오지 마라, 알리시아. 지금은 내가 무슨 짓을 할지 몰라."

카슈반은 그대로 손을 뻗어 화원의 문을 난폭하게 열었다. 그 충격으로 덩굴장미의 잔해가 찢어지는 소리가 귀에 거슬려서 참을 수가 없었다.

"……널 상처 입히면 나도 그 이상 상처받는다. 내일이 되면 괜찮아질 테니까, 지금은 곁에 오지 말아줘. 부탁이다."

온통 새카맣게 차려입은 거구가 화원으로 완전히 빨려 들어가고, 문이 다시 닫혔다. 그러자 바로 안에서 격렬한 타격음이 울려 퍼져서 알리시아와 트레이스는 동시에 움찔했다.

화원 안으로 들어간 카슈반이 벽이니 바닥이니 하는 곳에 분을 풀고 있으리라. 이 소리의 크기를 볼 때 두드리는 쪽도 아플 것이 분명했다.

공포보다는 오히려 애처로움이 느껴져, 알리시아는 풀이 죽어 어깨를 축 늘어뜨렸다.

"왕자 전하, 너무 하세요……. 이곳은 카슈반 님에게는 매우 큰 의미가 있는 곳인데……."

카슈반이 살해한 아버지와 아버지에게 살해된 어머니, 그 외에 수많은 여자가 잠들어 있는 이 화원은 묘지였다. 주인 허락도 받지 않고 가볍게 발을 들여놓아도 좋을 그런 곳이 아니다.

둔한 알리시아조차도 제오르디스가 한 일이 잔혹하다고 생각했다. 더불어 뮤제의 지친 모습.

"그나저나, 그렇게 힘든 일이군요. 아이 만들기는……. 저, 잘할 수 있을까요……."

언젠가 내 아이를 낳아줘.

왕궁에서 카슈반에게 그 말을 들은 이후 알리시아는 어렴풋하게나마 아이 만들기에 관심이 싹텄다. 그러나 무엇을 어떻게 하면 좋을지 전혀 알 수 없었다. 그런 만큼 뮤제의 지칠 대로 지친 모습이 매우 신경 쓰였다.

"카, 카슈반 님은, 아마도, 능숙, 하실, 테니까⋯⋯."

트레이스는 뭔가 말을 해야겠다는 생각에 입을 열었다. 하지만 알리시아가 '능숙'의 의미를 되묻기 전에 당황해서 신에게 용서를 빌기 시작했다.

결국 점심 식사 자리에도 카슈반은 나타나지 않았다. 노라에게 물어본 바에 따르면 급한 용건이 생겼다면서 외출했다고 한다.

제오르디스도 그 뒤로는 죽 뮤제의 방에 있었는지 모습을 보이지 않았다. 그러나 다음 날이 되어도 카슈반이 돌아오지 않았다는 사실을 알자 희희낙락 알리시아를 꾀었다.

"알리시아, 카슈가 없으니까 한가하지? 나랑 놀아주라."

아침 식사를 끝낸 직후, 방으로 돌아가려는 알리시아를 붙잡은 제오르디스는 노라에게서 떼어낸 알리시아를 데리고 2층으로 올라갔다. 플로리안은 뮤제의 방에 있는지, 제오르디스는 혼자였다. 제오르디스가 앞장서서 데려간 곳은 공사가 거의 끝난 도서실이었다.

비록 사용하지는 않았어도 원래부터 이곳은 손님방이었다. 그래서 방 자체는 이미 제대로 만들어져 있었다. 부분적으로 수선하고 붙박이로 만든 커다란 책장을 늘어세워 놓은 뒤, 알리시아가 만든 목록에 따라 책을 집어넣기만 하면 되었다.

"어어, 거의 다 완성되었잖아. 너희는 잠깐 나가 있어라."

그렇게 말해서 겁먹은 목수들을 쫓아낸 제오르디스는 알리시아와 함께 도서실 중앙에 놓인 긴 의자에 걸터앉았다. 알리시아도 새삼스럽게 내부를 둘러보면서 '루아크는 이 근처에 있겠죠?'라고 생각했다.

　카슈반이 위험할 때는 뒷일 생각할 필요 없이 사신을 부르라고 말했다는 사실을 노라에게 전해 들었다. 그래서 노라나 트레이스는 알리시아가 끌려갈 때 저항하지 않았다. 그래도 알리시아를 바라보는 두 사람의 눈에는 걱정이 가득해 보였다.

　"흐응. 책도 꽤 꽂혀 있는걸. 아아. '비약'도 좋은 위치에 꽂혀 있네."

　저택에 떠도는 반감 따위에는 신경 쓰는 기색도 없이 제오르디스는 만족스럽게 웃었다.

　"예, 물론이랍니다. 우후후. 검은 벽과 괴물 상은 남겨 놓았으니까, 나중에 이곳에서 다시 한번 '비약'을 읽어보겠어요. 정말로 고맙습니다, 왕자 전하."

　알리시아도 주변 사람들이 걱정하는 바는 잘 알고 있었다. 하지만 지금은 이 저택 특유의 내부 장식과 도서실의 조화가 너무 기뻐서 참을 수가 없었다. 알리시아가 좋아하는 책은 표지부터가 범상치 않은 책이 많았다. 그래서 책장에 공백이 눈에 두드러지는 이 단계에서는 연금술사의 비밀 실험실 같은 분위기를 자아내고 있었다.

　한 번 읽은 책도 이곳에서 다시 읽으면 분명히 재미있겠지요, 이렇게 두근거리는 가슴을 안고 있으려니.

"카슈는 말이지, 너를 위해서만 책을 찾고 있는 게 아니야."

갑자기 웃음기가 담긴 차가운 목소리가 들려왔다.

놀라서 옆을 바라보니 의미심장한 미소를 띤 제오르디스의 얼굴이 보였다. 기량이 부족한 자가 입힌 듯이 보이는, 좌우로 흔들린 추한 상처가 미소를 짓자 끌려 올라갔다. 그 때문에 얼굴 오른쪽이 비정상적으로 뒤틀려 있었다.

"아내가 진귀한 책을 갖고 싶어 한다. 이를 표면적인 이유로 내세워서 국내 정보를 수집하고 있지. 설불리 사자를 내보내면 눈에 띄니까."

"어머, 그런가요? 그럼 저, 카슈반 님에게 도움이 되고 있네요."

알리시아는 가까이 다가온, 기분 나쁜 느낌을 주는 웃는 얼굴에는 개의치 않고 생긋 웃었다. 그 반응에 제오르디스가 맥이 빠졌는지 침묵했다. 알리시아는 그런 제오르디스는 내버려 두고 꼼지락거리며 양손 손가락을 깍지 꼈다.

"그게 카슈반 님의 생일에 '좋아한다'라고밖에……."

그렇게 말하는 순간, 갑자기 '배가 아파' 와서 알리시아는 얼굴을 빨갛게 물들이며 말을 바꾸었다.

"아, 아뇨, 제대로 된…… 형태가 있는 선물을 드리지 못했거든요. 이곳에 살게 해주시고, 먹을 것이나 입을 것에 아무 불편함 없이 지낼 수 있게 해주신 것만으로도 고마운 일인데 도서관까지 만들어주시다니…… 역시 저의 이상적인 서방님이세요……."

제오르디스는 오히려 기쁘게 말하는 알리시아를 바라보며 화제를 바꾸었다.

"하지만 분명히 카슈도 선물을 받고 싶을 거야."

그렇게 중얼거리며 슥 알리시아와 거리를 좁혔다.

"말이나 행동도 좋지만, 남자도 때로는 형태가 있는 선물을 원할 때가 있거든. ……왜 알리시아는 처음부터 카슈에게 그런 선물을 주지 않았지?"

"돈이 없어서요."

알리시아가 즉답하자 제오르디스는 움직임을 멈추었다.

"……후, 핫, 하하핫, 하핫, 그런가. 과연! 너는 돈에 팔려 온 신부라는 설정이었지!!"

킥킥 웃는 제오르디스에게 알리시아는 '그렇답니다'라고 평범하게 맞장구를 쳤다. 옅게 웃는 정도가 아니라 얼굴 전체를 쭈글쭈글하게 만들면서까지 웃으니, 상처 때문에 일그러져 기괴해 보였던 얼굴이 그다지 눈에 띄지 않았다.

"─그럼 내가 돈을 벌게 해줄까?"

그러나 한바탕 폭소를 하고 난 후 제오르디스가 짓는 미소는 다시 일그러짐을 동반한 표정으로 돌아와 있었다. 제오르디스가 알리시아 쪽으로 얼굴을 가까이 갖다 댔다. 긴 의자가 삐걱대면서 귀에 거슬리는 소리를 냈다.

"카슈에게 한 것처럼 나한테도 좋아한다고 말하고 입맞춤을 해줘, 알리시아. 그럼 돈을 줄게."

카슈반의 것이 아닌 입술이 달콤한 목소리로 보채면서 다가왔다…….

"……아, 안 돼요!!"

"알리시아?"

양손을 쭉 뻗어 있는 힘껏 제오르디스를 밀친 알리시아는 안도의 한숨을 내쉬었다.

"아, 죄, 죄송합니다. 왕자 전하!"

"……역시 내 상처가 무서운가?"

지금이 기회라는 듯이 제오르디스가 목소리의 톤을 떨어뜨렸다. 그러나 알리시아는 그 말을 재빨리 부정했다.

"아뇨, 저는 왕자 전하의 상처에는 무척 흥미를 갖고 있답니다. 게다가 돈을 받을 수 있다니 고마운 일이지만…… 그게…… 그래도, 안 돼요."

"왜? 내가 싫어?"

"아뇨, 좋아합니다. 하지만 그…… 왕자 전하는 카슈반 님이 아니신걸요……."

카슈반과 만남으로써 비로소 알게 된 '특별'하게 '좋아'한다는 감정.

말로 설명하기는 힘들었지만, 카슈반에게 하는 것과 똑같은 행위를 요구한다면 그에 부응하기는 불가능했다. 입맞춤도…… 물론 할 수 없었다.

"차가워라. 하지만, 흐응…… 그렇게 카슈가 좋은가…… 뭐 그러니까 카슈도 다른…….."

제오르디스는 묘하게 냉정하게 혼잣말을 한 뒤, 쾌활하게 다른 제안을 했다.

"뭐, 됐어. 그럼 나한테 책을 읽어주겠어?"

"네? 예. 그거라면."

그 말에 알리시아는 살짝 안도했다. 알리시아에게 허락을 받은 제오르디스는 자신이 선물한 '비 오는 날에는 악령이 대합창한다'를 책장에서 꺼내 왔다.

"이걸로 괜찮으시겠어요?"

"괜찮아. 나도 그 책을 좋아하니까. 게다가 다른 사람이 읽어주면 또 느낌이 새롭잖아."

제오르디스가 말하는 대로 알리시아는 받아 든 책의 페이지를 넘겼다. 그때, 무릎에 뭔가가 느껴졌다.

"꺅! 제오 님?"

알리시아가 놀라서 저도 모르게 제오르디스를 애칭으로 불렀다. 긴 의자에 드러누운 제오르디스가 알리시아의 무릎에 머리를 올려놓았다.

"됐으니까, 이대로 읽어줘."

알리시아는 뭔가에 겁을 먹는 성격이 아니다. 제오르디스가 태연한 얼굴로 하는 말을 듣고 처음에는 다소 놀랐지만, 곧 나도 어릴 때 어머니가 자주 이렇게 해주셨죠라고 생각하면서 책을 펼쳤다.

"있잖아, 카슈에게도 이런 일을 해준 적이 있어?"

"네? 아뇨. 카슈반 님은 책에 별로 관심이 없으셔서요. 음, 그럼 읽겠습니다. 구름 한 점 없이 갠 하늘에서 태양 빛이 용서 없이 쏟아져 내리고 있었다······."

알리시아의 의식은 이미 이야기책에 쏠려 있었다. 제오르디스는 입가에 옅은 미소를 띠면서 열기에 찬 낭독에 귀를 기울였다.

"빗소리에 섞여 울려 퍼지는 질척질척한 소리와 크고 작은 울음소리. 원통하다, 밉다······. 습도 높은 공기에 섞여드는, 음습한 감정에 가득 찬 목소리에 축축하게 땀이 배어났다."

창문으로 쏟아져 들어오는 한낮의 강하고 밝은 햇빛이 변화하는데도, 알리시아의 낭독은 아직도 이어지고 있었다.

"이제는 한계다! 나는 자리에서 벌떡 일어나 두꺼운 커튼을 걷고 창밖을 바라보았다. 그러자 그곳에는 본 적이 없는 창백한 뭔가가 서로를 눌러 찌부러뜨리듯이 무리 지어 있는 것이 아닌가!! 말랑말랑한 덩어리들이 서로 짓누를 때마다 탁한 액체가 뿜어져 나와 창문을 더럽혔다······."

'비 오는 날에는 악령이 대합창 한다'의 중반 부분에 해당하는 장면이다. 싼 가격에 손에 넣은 저택에 눌어붙은 악령과 주인공이 결국 대치하고야 마는 장면은 노라 마음에 상처를 입혔다.

알리시아는 무릎을 베고 있는 제오르디스는 까맣게 잊어버리고, 손짓 발짓을 섞어가며 열연했다. 그런 알리시아에게 제오르디스가 짝짝 박수를 보냈다.

"재밌었다, 알리시아. 밖은 저렇게 환한데, 이 방 안에는 비가 억수같이 쏟아지는 기분을 느낄 수 있어서 아주 즐거웠어."

"기뻐해 주시니 저도 기쁘네요……. 어머, 벌써 점심때네요."

제오르디스에게 웃는 얼굴을 보인 알리시아의 머리카락을 희미한 바람이 흔들었다. 이제 슬슬 그만해도 좋잖아? 그렇게 말하는 듯한 사신 소년의 신호에 맞춰 알리시아는 창밖을 돌아보았다. 창밖에는 악령이 아닌 태양이 하늘 가장 높은 위치에 떠 있었다.

"아직 괜찮잖아."

"아뇨. 다른 사람들을 너무 기다리게 하면 좋지 않아요. 게다가 슬슬 배도 고파 오고요."

그렇게 말하기 무섭게 알리시아의 배가 울렸다. 지근거리에서 그 소리를 들은 제오르디스가 쿡쿡 웃었다.

제오르디스는 살짝 부끄러워하는 알리시아의 무릎에서 몸을 일으켰다. 그러나 의자에서 완전히 일어서지는 않고 알리시아의 옆에 고쳐 앉았다.

"저기, 알리시아. 앞으로도 이렇게 나한테 책을 읽어줄래? 돈은 줄 테니까."

"아뇨, 돈은 이번에 주시는 것만으로 족하답니다. 그보다, 저…… 왕자 전하?"

"제오 님."

제오르디스가 아무렇지도 않게 고쳐 말하자, 카슈반도 없겠다, 알리시아도 순순히 따랐다.

"음 그러니까…… 제오 님. 레이덴 백작님이나 카슈반 님을 괴롭히지 말아 주시겠어요?"

개인적으로 제오르디스에게 원한은 없다. 하지만 티르나드나 카슈반의 마음에 난 상처를 헤집는 행동은 더는 하지 않기를 바랐다.

때때로 노라 마음의 상처를 마구 긁어대는 알리시아가 진지한 얼굴로 부탁하자 제오르디스도 진지한 얼굴을 했다.

"더는 쓸쓸하지 않게 되면 그러지."

툭 중얼거린 제오르디스가 손을 뻗어 알리시아의 손 위에 자신의 손을 포갰다.

"나는 쓸쓸해. 너무 쓸쓸하고 다른 사람이 부러워서, 행복해 보이는 녀석을 보면 나도 모르게 괴롭히고 말아. 그 마음을 이해할 수 있으려나?"

제오르디스가 희미하게 미간을 찡그리며 알리시아의 눈을 마주 보며 속삭였다. 알리시아는 잠시 생각을 한 후에 그에게 제안해보았다.

"외로우시면 제오 님도 우리 아들이 되시겠어요?"

지금도 가까이에 있을 터인 루아크와 아무도 몰래 레이덴 지방으로 떠난 제다와 똑같이.

류크는 바로 '가족의 초상'을 다시 그려야겠네요. 본인이 들으면 울면서 아우성칠 법한 말이 알리시아의 뇌리를 스쳤다.

……어제 폐허가 된 장미 화원에서 헤어진 뒤로 얼굴을 보지 못한 카슈반. 그 뒷모습도 매우 쓸쓸해 보였다. 카슈반 님도 아들로 삼아야 할까요, 라고 알리시아는 말도 안 되는 생각을 했다.

그러나 알리시아의 제안을 듣고 제오르디스가 잠자코 손을 거두었다.

그 얼굴에서 애처로움을 불러일으키는, 일부러 꾸민 표정은 사라졌다. 뺨으로 흘러 떨어진 한낮의 햇빛이 상처의 그림자를 더욱 뚜렷하게 만들었다.

"—너는 내 뭐가 되지? 엄마? 아니면 어머니인가?"

한순간 알리시아는 그 말의 의미를 깨닫지 못해 고개를 갸우뚱했다. 그러나 한 가지 사실을 알아차리고는 사죄했다.

"그러네요. 제오 님의 어머님은 왕비님이시죠……. 죄송했습니다. 저도 참."

제오르디스의 어머니라고 한다면 돌아가신 브랑가네 왕비님이다. 너는 왕비가 되려고 하냐는 질책을 들은 것 같아서 사죄했는데, 제오르디스가 이번에는 웃기 시작했다. 밝고 쾌활하게.

"아아, 그렇지 그렇지. 그렇지 않으면 곤란하니까!"

"제오 님? 어머, 왜 그러시죠?"

제오르디스가 그대로 자리에서 일어섰기 때문에 알리시아는 고개를 갸웃했다.

"있잖아 알리시아. 이 방은 어슴푸레하고 창문도 작고 또 눅눅하기까지 해."

"네? 예. 그러네요. 이 저택은 전체적으로 이런 구조예요."

선대 영주였던 레디오르의 음습한 광기가 반영된 영주의 저택. 사람도 빛도 외부의 공기도 접근하지 못하게 하는 구조로 돼 있었다. 말은 안 했지만, 알리시아도 원래 아즈베르그 지방은 습기가 많으니 창문을 크게 만들어서 통기성을 좋게 하지 않으면 소중한 책에 곰팡이가 필지도 모른다고 생각하고 있었다.

"책은 강한 햇살에 약하니까요. 창문이 작은 것도 나쁘지만은 않답니다⋯⋯."

갑작스러운 화제 전환에 알리시아는 어리둥절했지만 대꾸를 했다. 그 대답에 제오르디스는 창문 건너편, 희미하게 들여다보이는 폐허가 된 장미 화원을 바라보면서 '과연. 이 저택 전체가 그렇다는 말인가?'라고 혼잣말을 했다.

"창문은 작고 실내는 어둡고 눅눅해. 게다가 언제나 조용하고 인적도 별로 없지. 그런 장소가 이곳 말고도 또 있는데, 알아?"

수수께끼라도 늘어놓는 듯한 말에 알리시아가 눈을 깜박거리고 있으려니, '도서관의 유령'이 뒤를 돌아보며 가볍게 미소 지었다.

"감옥이야."

"옛?"

그 말에 놀라는 알리시아를 보고 제오르디스는 웃었다. 밝고 쾌활하게.

"그럼 알리시아, 나중에 봐. 돈은 나중에 방으로 보내줄 테니까."

완전히 평소 모습으로 돌아온 제오르디스는 가볍게 손을 흔들며 가버렸다.

"감옥⋯⋯."

듣고 보니 그럴지도 모르겠다고 생각하면서 알리시아는 도서실 내부를 둘러보았다.

감옥이라는 단어도 알리시아가 좋아하는 이야기에 자주 나온다. 분명히 이 방 창문은 작고, 어슴푸레하다. 그리고 눅눅한 데다 지금은 알리시아 이외에는 아무도 없지만…… 카슈반이 만들어준 이 공간에 그런 표현을 사용할 마음은 들지 않았다.

게다가 제오르디스 역시 도서관도 책도 매우 좋아하면서, 왜 '감옥'에 비유했을까.

"뮤제 님도, 마벨 님도, 나딜 님도 계시는데…… 제오 님은 역시 어머님이 계시지 않아 쓸쓸하실까요……?"

제오르디스가 준 '비약'을 책장에 다시 꽂아 넣으면서 알리시아는 그렇게 혼자 중얼거렸다.

저녁 식사 시간이 되었는데도 카슈반은 돌아오지 않았다. 제오르디스도 알리시아가 무릎을 빌려주고 책을 읽어준 대금을 방으로 보내는 것 이상으로는 접촉을 꾀하지 않았다.

그런데 제오르디스는 대금과 함께 편지 한 통 건넸다. 내용을 읽은 알리시아는 루아크에게 부탁해 특정 인물의 현재 위치를 알아낸 뒤, 재빨리 노라를 데리고 만나러 갔다.

"목수 씨, 안녕하세요? 다행이네요, 찾고 있었어요."

2층 복도 끝에서, 알리시아가 즐겁게 부르자 당혹스러운 얼굴을 한 자는 예전에 알리시아에게 말을 걸었던 목수였다. 그는 도서실 공사가 거의 다 끝났는데도 아직 이 저택에 남아 있었다.

"저기, 부탁이 좀 있어서요. 목수 씨에게 가능한 일인지 어떤지 모르겠지만…… 사실, 저 카슈반 님에게 반지를 만들어드리고 싶어요."

"흐악."

'반지'란 한마디에 목수는 손으로 얼굴을 덮으며 사죄했다.

"죄, 죄송합니다. 죄송합니다, 강공작 각하……!"

"어머, 왜 그러시죠? 왜 카슈반 님께 사과하시죠? 괜찮아요, 목수니까 반지를 만들지 못하는 건 당연하죠."

알리시아는 왜 제오르디스가 이 목수에게 반지 만들기를 부탁하라고 했는지 알 수가 없었다. 반지를 선물하는 일 자체는 괜찮은 생각 같아서 이렇게 와보기는 했지만 말이다.

황폐해진 화원에 들어가는 카슈반의 쓸쓸해 보이는 뒷모습이 머리에서 지워지질 않았다.

조금이라도 그가 기뻐할 만한 일이라면 뭐가 됐든 해주고 싶었다.

"……마님, 그만두죠. 왕자 전하가 이분에게 부탁하라고 말씀하셨죠? 분명히 뭔가 좋지 않은 일을 생각하고 계신 게 틀림없어요. 류…… 아니, 다른 사람에게 만들게 하면 되잖아요. 본인도 의욕이 가득하니까요."

이 저택에서 뭔가 공예품을 만든다면 류크의 일이다.

알리시아도 류크에게 부탁해야 할까, 그렇게 생각해서 제일 먼저 의견을 타진해보았다. 마침 비밀의 방에 숨어 지내는 생활에 지루해진 류크는 바로 제안을 받아들였다. 지금쯤 어떤 디자인으로 할까 생각하고 있겠지.

진절머리난다는 표정을 지으며 노라가 충고했지만 알리시아는 곤란하다는 얼굴을 했다.

"하지만 카슈반 님 손가락 굵기가 얼마나 되는지 모르는걸요……. 제오 님도 깜짝 선물로 하는 편이 더 좋다고 써놓으셨어요. 그러니까 직접 본인 손가락을 측정해서는 곤란하겠죠……. 제 손가락보다는 굵을 테지만……."

그렇다고 해서 헐렁헐렁하거나, 아예 들어가지 않으면 의미가 없다. 알리시아가 고민하는 사이, 목수는 침착함을 되찾은 모양이었다.

"아, 네, 저…… 저, 마님이 선물하실 반지를 만드실 겁니까? 강공작 각하께서 만드시는 게 아니라……?"

"네? 카슈반 님이요?"

"아, 예, 아뇨, 아무것도 아닙니닷. 아, 아아앗, 그렇지!!"

뭔가 계시라도 받은 듯 목수는 갑자기 이런 부탁을 했다.

"바, 반지는 제가 만들어드리겠습니다. 그러니까…… 저, 마님의 손가락 굵기를 재게 해주시겠습니까?"

"제 손가락이요? 어머, 제 반지가 아니라 카슈반 님께 드릴 반지인데요."

"아, 마, 마님의 손가락을 재어보면 강공작 각하의 손가락 굵기도 알 수 있습니다! 부, 부부시니까요!"

목수가 매달리듯이 계속 부탁했기 때문에 알리시아도 '그러시다면'이라고 생각해 승낙했다.

"바로 도구를 가져오겠습니다!"

목수는 '살았다……!!'라고 입속으로 중얼거리며 달려갔다. 목수에게는 '디자인은 별도로 상담해서 정하고 싶은데요'라고 말하는 알리시아의 목소리가 들리지 않는 모양이었다.

"정말이지, 이 저택에는 별난 사람들만 와 있네요."

그 말에 노라가 마님이 제일 별나시거든요, 라고 중얼거렸다. 노라의 목소리를 들으며 알리시아는 제오르디스가 건넨 편지를 다시 한번 열어보았다. 편지는 카슈에게 반지를 선물하면 좋다는 문장으로 시작해서, 구체적으로 누구에게 어떻게 부탁하면 좋을지 적혀 있었다.

그리고 짧은 문장의 마지막에는 전혀 들어본 적이 없는 여자 이름이 적혀 있었다.

파넬리 발스타트 여남작.

왕궁에서만 통용되는 마법의 주문. 두 사람만의 비밀이니까 누구에게도 알려주지 말라는 문장으로 왕자가 보낸 편지는 끝을 맺었다.

그리고 제오르디스 일행이 찾아온 지 6일째 되는 날 아침.

"카슈반 님!"

아침 식사 후, 이전에도 사용했던 작은 방에서 차를 마시는 라이센 부부에게 얼굴색을 바꾼 트레이스가 달려왔다.

"응? 왜 그래? 카슈. 뭔가 가볼 일이라도 생겼냐? 걱정하지

마. 알리시아와는 내가 잘 놀아줄 테니까."

히죽 웃으면서 말한 자는 부부 건너편에 앉아 우아하게 찻잔을 기울이던 제오르디스였다. 등 뒤에 선 플로리안이 또 시작이라고 말하고 싶은지 얼굴을 찡그렸다.

"……이번엔 뭐냐. 네 선에서 판단할 수 있는 문제라면 맡기겠다고 말했을 텐데."

트레이스가 한숨을 내쉬며 자리에서 일어서는 카슈반의 귀에 재빨리 귓속말했다. 그러기 무섭게 카슈반의 얼굴도 긴장으로 굳어졌다.

"뭐라고?"

카슈반은 실내에 시선을 주더니 창밖을 바라보았다. 알리시아도 그에 이끌려 창밖을 바라보니, 그곳에는 이상한 광경이 펼쳐져 있었다.

빨강, 파랑, 노랑, 보라.

라이센 저택을 둘러싼 검은 숲은 눈이라도 내리지 않는 한, 다른 색깔로 물드는 일이 없을 터였다. 그러나 지금 창밖에서는 다양한 색채를 지닌 덩어리들이 꿈틀거리고 있었다.

"……죄송하지만 잠시 자리를 비우겠습니다, 왕자 전하. 바로 돌아오지요."

말하기가 무섭게 카슈반은 트레이스를 데리고 밖으로 나갔다. 그러나 제오르디스도 거의 틈을 두지 않고 자리에서 일어났다.

"우리도 보러 가자, 알리시아. 너도 관심이 있는 모양이고, 어차피 무슨 일인지 금방 알 수 있을 테니까."

제오르디스가 말한 대로 색채 무리는 분명히 저택을 향해 다가오고 있었다. 알리시아는 속으로 약간 주저했지만, 결국 호기심에 지고 말았다.

알리시아와 사람들이 1층 큰 홀에 들어갔어도 카슈반과 트레이스는 아무 말도 하지 않았다. 두 사람 다 그 자리에 못 박힌 듯이 서서 눈앞에 벌어진 광경을 바라보고 있을 뿐이었다.

열어젖혀 둔 큰 홀의 문 건너편, 원래대로라면 무채색이어야 할 검은 숲에서 다양한 색이 다가오고 있었다.

그러나 그런 색이 모여 만들어낸 것은 왕궁에서 볼 수 있는 질서 잡히고 세련된 미가 아니었다. 표독스러울 정도로 빨간 가면, 칙칙한 파란색으로 만들어진 종복들의 구식 제복, 음험한 보랏빛으로 칠해진 마차가 일제히 이쪽으로 다가오는 광경은 한낮에 출현한 악몽의 행진으로 보일 뿐이었다.

"……어머, 멋져라! 어쩜 이렇게 근사할까요!!"

소란스러움을 눈치채고 1층 큰 홀로 모인 사람들은 일제히 어안이 벙벙한 얼굴을 했다. 제오르디스조차도 눈을 깜박거리고 있을 뿐이었다. 그 속에서 알리시아 혼자 들떠 있었다.

다른 마차보다 한층 화려한, 지붕에 다양한 새의 깃털 장식을 늘어뜨린 보라색 마차가 가까이 다가왔다. 그리고 마차 안에서 누군가가 내려섰다. 그를 본 순간, 제오르디스는 수긍했다는 얼굴을 했다.

"—아아, 그라네우스 숙부님이십니까? 하하. 숙부님과 잘 어울리는 일행이네요. '비약' 일로 신세를 졌습니다."

제오르디스에게 '숙부님'이라고 불린 인물은 50대 정도로 보이는 초로의 남자였다. 백발이 섞인 빛바랜 금발은 동그랗게 말려 있었는데, 초로의 남자는 머리카락을 가볍게 뒤로 쓸어 넘기며 천천히 걸어왔다.

그의 옷차림은 기괴하다는 한마디로 표현할 수 있었다. 장식용 단추로 가득 달린, 소매가 긴 흑자색 윗옷과 검고 긴 장화까지는 그나마 봐줄 만했다. 남국을 연상시키는 화려한 새의 깃털을 필요 이상으로 화려하게 꽂은 커다란 모자는 무엇보다도 눈에 뜨였다. 수염을 깨끗하게 정리한 얼굴은 조각처럼 이목구비가 뚜렷하고 신사적이었는데, 그만큼 기묘한 복장은 한층 더 두드러졌다.

"어머, 그라네우스 피랄 드 가제트 후작님이신가요? 지방백이신?"

화려함을 넘어 악취미 영역에 이른 옷으로 몸을 치장한 그라네우스는 알리시아의 말에 초연한 표정으로 고개를 끄덕였다. 자신에게 날아와서 박히는 라이센 가 사람들의 시선 따위를 신경 쓰는 기색은 없었다.

성의 일부가 실딘 왕가 사람들과 똑같다는 점에서 알 수 있듯이 가제트 가는 지방백 중에서도 특별한 집안이었다. 왕궁이 있는 엘난드 지방과 영지를 접하고 있는 그들은 원래 오래전부터 왕제의 피를 잇는 왕가의 방계 일족이었다.

"무슨…… 앗."

거듭해 질문을 던지려는 알리시아와 그라네우스 사이에 카슈반이 끼어들었다.

"직접 뵙기는 처음이군요, 가제트 후작. 오늘 우리 집에는 무슨 용건으로 오셨는지요."

당연한 질문에 그라네우스는 말없이 대각선 뒤쪽으로 시선을 주었다. 금색과 은색 숄로 장식한, 얼굴이 하얗고 파란 종복이 슥 내민 물건은.

"어머…… '비약'!"

알리시아가 들뜬 목소리를 냄과 동시에 등 뒤에서 노라가 '또 그 책인가요……!'라고 비명을 질렀다. 기묘한 무리의 모습을 살펴보러 나왔다가 그만 또다시 마음에 난 상처가 벌어지고 말았다.

"강공작부인인가. 사자에게 이 책을 찾고 있다는 말을 들어서 말이야. 하지만 혹시 이미 제오가 같은 책을 건넸나?"

각양각색인 반지를 낀 손가락으로 '비약'을 집어 들면서 그라네우스가 말했다. 미소 짓는 얼굴은 의외로 부드러웠고 태도도 신사적이었다.

"예…… 어머, 왕자 전하가 주신 책도 가제트 후작님께서 찾아주셨나요?"

"그러하네. 선물하고 싶다고 들었는데 누구에게 선물할지는 듣지 못했지. 그렇다면 내친김에 이것들도 준비해두길 잘했군."

그라네우스가 손짓하자 앞선 종복이 또다시 책을 몇 권 꺼내 들었다. 그것을 보고 알리시아는 안경 안쪽 눈동자를 반짝반짝 빛냈다.

"어멋, '칠련', '연팔'까지! 대단하세요, 저 귀중한 책을……!!"

도서 목록에 넣기를 꿈꾸었던 기서가 눈앞에 내밀어지자 알리시아는 완전히 흥분하고 말았다. 그런 알리시아의 모습을 노라가 원망스러운 듯이 보고 있었다. 마음의 상처가 늘어날까 봐 걱정하고 있으리라.

"……이렇게까지, 정말 감사합니다. 후작 각하."

카슈반도 일단 감사하며 인사를 늘어놓았다. 아무래도 그라네우스는 카슈반이 알리시아를 위해 내보냈던 사자의 요청에 응해서 직접 책을 갖고 와준 듯했다.

"감사할 것까지는 없네. 게다가 사과할 일도 있어서 말이야. 실은 작가는 찾을 수가 없었다네."

"어머…… 유감이네요."

그라네우스는 가제트 지방에 산다고 하는 '비악'의 작가도 찾아보았던 모양이다. 일부러 발걸음을 한 이유는 사죄의 의미도 있어서인가 보다라고 알리시아는 수긍하려 했다. 그 순간.

"그게 이유인가요? 왠지 거짓말 같은데."

밝은 미소를 띤 제오르디스가 옆에서 끼어들었다.

"정치도, 사람과 교류하기도 싫어서 사람 앞에 거의 얼굴을 내밀지 않는 숙부님이 대체 어떻게 되신 일이죠? 대체 뭐가 숙부님이 이곳까지 발걸음 하게 만들었는지 진짜 이유를 알고 싶네요."

카슈는 말이지, 너를 위해서만 책을 찾고 있는 게 아니야.

알리시아는 의미심장한 제오르디스의 말을 기억해냈다. 그럼 카슈반은 그라네우스에게 책과 관련된 것 이외에 다른 무언가를 원했을까. 그리고 그라네우스는 요청에 응했다⋯⋯?

"그 말대로다. 실은 이전부터 아즈베르그 지방에 와보고 싶었단다."

제오르디스가 무람없이 탐색하는 말에 그라네우스는 시원스럽게 고개를 끄덕였다. 짙은 푸른색 눈동자가 큰 홀 안쪽에서 성직자임을 한눈에 알 수 있는 나딜을 발견하고 미소 지었다.

"생선을 먹어보고 싶어서. 이 지방에서는 먹을 수 있다고 들었는데, 사실인가?"

'날개의 기도'의 가르침에 따르면 생전에 선행이 부족한 자는 더 높은 나라로 가지 못 하고 물밑 왕국으로 가라앉는다고 한다. 무서운 괴물이 어슬렁거린다는 그 나라는 바다 밑에 있다고 전해지고 있어서, 경건한 신자는 바다에 사는 것을 입에 대려고 하지 않는다.

그러나 아즈베르그 지방은 빈곤한 땅이다. 특히 겨울에는 매해 굶어 죽는 사람이 나올 지경이다. 그래서 카슈반은 영민에게 생선을 먹도록 장려하고 있었다. 바다를 아무렇지도 않게 건너는 라그라드르와 가까워서 비교적 쉽게 어패류를 손에 넣을 수 있다.

"어머, 가제트 후작님은 생선을 드시고 싶어서 오셨나요?"

알리시아는 풍요로운 페이트린 지방에서 태어났으면서도 가난 때문에 생선은 물론 독초에까지 손을 댔었다. 알리시아는 의외라는 생각에 그라네우스를 쳐다보았다.

아즈베르그 지방에는 아직 '날개의 기도' 교단의 경건한 신자가 많다. 특히 고령자 중에는 생선을 먹느니 차라리 굶어 죽는 길을 택하는 사람도 많았다. 카슈반이 영민에게 하는 배려가, 폭군이라는 악명을 높이고 있을 정도였다.

그라네우스는 실딘 왕가와 연이 있는 가계. 다시 말해 성녀 아셸을 비호한 공적으로 왕권을 하사받은 자들의 자손이다. 그런 그라네우스가 생선을 먹고 싶어 하다니……

실은 가제트 가도 가세가 기울었을까요? 알리시아는 실례되는 생각을 했다. 그 상상을 제오르디스의 폭소가 가로막았다.

"—과연 악식(惡食) 대공, 소문 그대로 미식가시군요! 아니, 식인(食人) 대공이라고 불러야 할까요?"

"왕자님!!"

알리시아보다도 훨씬 실례되는 발언에 플로리안이 노여운 빛을 띠었다.

"어머, 식인…… 읍."

왠지 매력적인 별명이 알리시아의 호기심을 강하게 자극했다. 그러나 아내의 위험한 움직임을 재빨리 알아차린 카슈반이 입을 손으로 덮어버렸다.

"왕자님, 가제트 후작까지 오셨으니 우리는 슬슬 물러나야 하지 않겠습니까?"

주인의 다음 발언을 봉하려는지 플로리안이 재빨리 제안을 입에 담았다. 그 말을 듣고 제오르디스는 즐겁게 웃었다.

"헤에. 너도 때로는 재치를 발휘하는군, 플로리안. 하지만 괜찮아? 뮤제의 몸 상태는 아직 완벽하다고 할 수 없어."

"약혼자의 몸이 걱정되신다면, 이전에도 말씀드렸듯이 마벨 양만 저희가 계속 맡아드리지요."

카슈반이 플로리안을 엄호하고 나섰다.

"뭐야, 카슈까지. 흐응. 하지만, 뭐 괜찮겠지. 분명히 생각보다 오래 머물렀으니까."

라그라드르로 가는 일 자체는 사실인 모양이었다. 의외로 시원스럽게 플로리안의 의견을 받아들였다. 그런데, 약혼자의 처우에는 다른 의견이 있는 모양이었다.

"하지만 뮤제는 걱정하지 않아도 돼. 그래 보여도 의외로 뻔뻔한 구석이 있는 여자니까."

"……왕자님."

"아아, 미안. 플로리안. 오직 하나뿐인 여동생은 네 안에서는 언제까지나 순결하고 아름다운 모습으로 남아 있지?"

생긋 웃으며 제오르디스가 플로리안의 은색 어깨 보호대 위로 손을 올렸다.

다음 순간, 요란한 금속 소리가 울려 퍼졌다. 플로리안이 주군의 손을 쳐낸 것이다.

시종으로서는 있을 수 없는 태도에 본인조차 헉 놀란 얼굴을 했다. 그러나 제오르디스의 웃는 얼굴은 변하지 않았다. 여느 때처럼 밝고 쾌활한 얼굴 그대로였다.

"결벽증도 여전하군. 너를 만지고 싶어 하는 여자는 많은데 말이지."

플로리안은 말없이 시선을 돌렸다. 괴로운 얼굴을 하자 눈 밑에 눈물점이 한층 두드러졌다.

"게다가 뮤제는 미래의 왕비로서 내 정무를 보좌해야 해. 그렇지 않아도 신분이 낮아서 이유 없이 험담을 듣는 일이 많은데, 나를 좋아한다면 그런 말을 힘으로라도 조용히 시켜야지. 못 간다면 질질 끌고서라도 가겠어."

"왕자님……!"

호된 어조에 플로리안이 격노했다. 하지만 제오르디스는 그의 분노를 가볍게 달랬다.

"불안하다면 네가 안고 가도록 해."

"……그렇게 하겠습니다."

플로리안이 감정을 억누른 목소리로 중얼거렸다. 그 모습을 곁눈으로 보며 제오르디스는 그라네우스를 향해 점잔 빼는 동작으로 인사를 했다.

"그런 연유로 숙부님. 좀 더 이야기를 듣고 싶습니다만, 여기서 실례하겠습니다."

"알았다. 가는 길 몸조심하거라."

그라네우스는 기묘한 행색을 한 것치고는 제대로 된 인사말로 가는 이를 배웅했다. 제오르디스와 플로리안, 나딜도 저택 안쪽으로 되돌아갔다.

"그럼, 라이센 강공작. 나도 좀 실례해도 될까?"

"……물론입니다."

카슈반이 승낙하자 그라네우스는 걷기 시작했고, 기묘한 일행도 줄줄이 저택 안으로 들어왔다. 그 광경을 보며 알리시아는 흥분해서 남편을 올려다보았다.

"어머, 제…… 음 그러니까 왕자 전하가 가시면 쓸쓸하지만, 멋진 분들이 잔뜩 오셨네요!!"

"……좀 너무 많이 왔지만."

쓴웃음을 짓는 카슈반의 옆에서 트레이스가 방을 어떻게 배정해야 하나 머리를 쥐어뜯었다.

[제3장] 사람을 먹은 악식 대공

트레이스가 일기에 '악몽과도 같은 6일이었다'라고 썼던 왕자 일행의 체류는 드디어 끝이 났다.

그러나 다른 의미로 악몽과도 같은 날은 그날을 경계로 시작되었다고 말할 수 있었다.

"어머 가제트 후작님은 공작새를 드신 적이 있군요! 저는 책에서 본 적밖에 없답니다!!"

라이센 저택 식당에서 아침 식사를 막 마친 알리시아는 들뜬 목소리를 냈다.

"그러하네. 꽤 진귀한 먹을거리임에는 분명하나, 그것에 이제는 흥미가 없네."

그라네우스가 여유 있는 태도로 고개를 끄덕였다. 오늘 그라네우스는 우뚝 선 탑을 보는 듯한 착각을 불러일으킬 정도로 높은 모자에 가시가 돋은 덩굴과 검고 작은 새장을 무수히 늘어뜨리고 있었다. 알리시아는 이 저택 내부 장식이 이렇게 잘 어울리는 분도 없을 거라 생각하며 되물었다.

"어머, 어째서죠?"

"벌써 두 번이나 먹어봐서 말일세. 이 부근 국가에서는 새고기를 즐겨 먹으니까."

더 높은 나라로 날아오르려는 날개를 가진 자로서 특히 하얀 새를 먹는 일은 '날개의 기도'를 국교로 삼은 나라에서는 흔한 일이다. 그러나 유명한 미식가로서 이제는 색다른 먹을거리를 찾는 수준에 이르렀다는 그라네우스에게는 '흔한 일'이었기에 더는 구미가 당기지 않는 모양이었다.

"어머, 역시 가제트 후작가 분이시네요……. 부자시군요."

알리시아는 황홀하게 중얼거렸다. 그때 오래된 화폐를 옷 여기저기에 핀 제복을 입은 가제트가 종복이 가까이 다가왔다. 그에 맞춰 그라네우스는 천천히 자리에서 일어났다.

"그럼 한발 먼저 실례하지, 알리시아. 나중에라도 이 멋진 저택을 안내해주겠는가?"

알리시아와 완전히 의기투합한 그라네우스는 어느샌가 '알리시아'라고 친근하게 부를 정도가 되었다.

"예, 물론이죠. 그럼 나중에 뵙겠습니다."

자리에서 일어선 그라네우스는 생긋 웃는 알리시아에게 웃는 얼굴을 되돌려 주고 2층 손님방으로 향했다. 빈방만 잔뜩 있던 손님방 구역은 현재 거의 꽉 차 있었다. 그리고 그곳을 채우고 있는 것은 가제트가 고용인과 그라네우스의 의상이었다.

우아한 취미를 즐기는 그라네우스의 관심은 비단 먹을 것에만 머무르지 않았다. 그가 끌고 온 수많은 마차에 실려 있던 것은 대부분 옷과 모자로, 하나같이 그라네우스가 아니고서는 제대로 소화해낼 수 없을 기발한 모양새였다.

그라네우스는 기회가 있을 때마다 옷을 갈아입으려고 손님방으로 물러났다. 그리고 그때마다 독특한 감성으로 만든 의상으로 몸을 둘러싸고 나타났다. 게다가 한 번 입은 옷은 두 번 다시 입지 않았다. 그 사치스러움에 알리시아의 호기심은 멈출 줄 모르고 꿈틀거렸다.

"가제트 후작님께서 오늘은 어떤 의상을 입고 오실까요? 호화로우면서도 기분 나쁜 그 옷들. 정말 멋진 취미를 갖고 계세요……. 공포 소설도 많이 갖고 계신 모양이고……."

그라네우스가 눈치 빠르게 신경을 써준 덕분에 절반은 포기했던 기이한 책을 잔뜩 손에 넣을 수 있었다. 알리시아가 들떠서 중얼거리는데 옆에서 노라가 복잡한 한숨을 쉬었다.

"……그나저나, 그 옷감에 그 재봉 기술로 왜 그런 옷을 만들까요……? 식재료 취향이며 옷 취향이며 정말로 악식 대공이라는 느낌이네요……."

제오르디스에게 이야기했듯이 그라네우스는 정말로 생선을 먹고 싶어서 아즈베르그 지방을 찾아온 모양이었다. 그런데 요리사인 단이 실력을 발휘한 생선 요리도 처음에는 만족스러워했지만, 나중에는 '식재료는 보기 드물지만, 맛이나 모양은 평범하군. 좀 더 개성을 살려서 만들 수는 없나'라는 평을 내렸다. 그 평가에 단은 머리를 쥐어 싸고 고민하고 있었다.

"가제트 후작님께서 마음에 드는 옷이 있으면 준다고 하시더군요, 노라. 그분 옷을 이용하면 멋진 드레스를 만들 수 있겠는데요."

"설마 재봉사로서 제게 도전하시겠다는 말씀이신가요? 마

님……. 후후후, 재미있군요. 사신 공주에게 어울리는 드레스를
제대로 준비해드릴까요……?"

재봉 실력에는 자신이 있는 노라는 알리시아의 제안을 도전이
라고 간주한 듯했다. 노라가 입 밖으로 저주와도 같은 중얼거림
을 흘린 그때, 식당에 누군가가 들어왔다.

"식사는 벌써 끝났나 보군, 알리시아."

"어머, 카슈반 님. 어서 오세요!"

식당에 들어선 사람은 트레이스를 대동한 카슈반이었다. 남편
이 어제저녁에 돌아오지 않았다는 사실을 알고 있던 알리시아는
카슈반을 보고 안도했다. 그러나 올려다본 남편의 얼굴에는 피
로로 그늘이 드리워져 있었다.

"괜찮으신가요? 얼굴빛이 안 좋으세요……. 바로 식사를 준
비하겠습니다."

"아니, 식욕이 별로 없으니까 대충 아무거나 상관없다. 그보
다 넌 괜찮은가?"

뻗어 온 카슈반의 손이 알리시아의 머리에 얹혔다.

그 동작은 여느 때와 다름없이 상냥했지만, 눈동자 안에서 차
가운 불꽃이 조용히 타오르고 있음을 알 수 있었다.

"……욘이라는 분은 아직 못 찾으셨나요?"

알리시아가 중얼거린 이름에 호응해 황갈색 머리카락을 빗어
내려가던 손이 멈추었다. 카슈반은 그대로 손을 거두고 말았다.

"—그래, 아직. 그 녀석이 이곳을 나간 게 벌써 10년 전 일이니까……. 덧붙이자면 나는 가제트 지방에 관해서는 정보를 거의 갖고 있지 않아. 지금은 발자취를 쫓으려고 밑준비를 하는 단계다."

감정을 억제한 조용한 목소리가 오히려 내면의 갈등을 드러내고 있었다. 곁에 있던 트레이스도 피곤해 보이는 얼굴에 보기 드물게 불쾌감을 드러내고 있었다.

욘이라는 사람은 선대 영주가 살아 있을 때 이 저택에서 일했던 고용인이라고 했다. 알리시아는 물론, 카슈반이 영주가 되면서 저택에 들어온 노라도 잘 알지 못하는 남자였다. 카슈반은 어쨌든 게으르고 소심하며 그런 주제에 입이 싸고, 자기 몸 편한 것만 생각하던 녀석이라고 말을 내뱉었다.

욘은 선대 영주인 레디오르의 광기를 두려워해, 이런 곳에 있다가는 살해당할 거라고 하고서 어느샌가 도망쳤다고 한다. 그런 고용인은 비단 욘만이 아니었지만, 욘은 평소에도 태연하게 '그 머리가 이상한 주인님이라면 농땡이 쳐도 모른다고'라고 떠벌리고 다녔다고 한다. 그래서 남겨진 사람들은 그가 도망쳐서 오히려 속 시원해했다고 한다.

"……솔직히 말씀드리면 이미 어딘가에서 객사했다고 생각했습니다. 그런데…… 사람이라면 한 가지 재주는 있다더니, 의외의 재능이 있었나 봅니다."

어조는 조심스러웠지만 트레이스가 하는 말도 꽤 신랄했다. 죽은 누이에게 집요하게 치근덕거리던 욘에 대한 인상이 상당히 안 좋았기 때문이다.

"그런 모양이더군. 덕분에 알리시아가 즐거워했지. 그건 괜찮은데…… 그런데."

카슈반의 목소리가 낮아졌다. 검은 눈동자가 등골이 오싹할 정도로 냉혹함을 띠어갔다.

"이 저택 이야기를 하필이면 그 녀석이 돈을 벌 목적으로 사용했다는 점만큼은 절대로 용서할 수 없어."

—욘이 바로 '비약', '칠련', '연팔'의 작가이자, 단편을 모은 기담집에 수록된 '하르바스트 장미 저택'을 쓴 작가였다. 그렇게 말한 사람은 오늘만도 벌써 두 번째로 옷을 갈아입고 있는 그라네우스였다.

그라네우스 피랄 드 가제트 후작은 정말로 생선을 먹으러 아즈베르그 지방을 찾아왔다. 그러나 목적은 그것만이 아니라고 카슈반은 얼마 전에 알리시아에게 그렇게 가르쳐주었다.

정확하게는 알리시아가 '카슈반 님은 가제트 후작님께 책을 찾는 것 외에 다른 용건이 있으셨죠?'라고 물었기 때문이었다.

당초 카슈반은 아내가 자기 생각을 꿰뚫어 보았나 싶어서 당황했다. 그러나 제오르디스가 알려주었다는 사실을 알자마자 부아가 치민다는 얼굴을 했다. 마치 지금처럼.

"저기, 음 그러니까. 하지만…… 가, 가제트 후작님은 욘을 찾으라고 하신 거죠……? 그러면 히, 힘을 빌려주신다고."

최근에는 잠잠하던 카슈반의 짜증이 슬슬 폭발하겠다고 느낀 알리시아는 머뭇머뭇 물었다. 노라도 뒷정리를 해야 한다는 이유를 대고는 총총히 자리를 떴다.

아내가 보기 드문 책을 찾고 있다. 이를 표면적인 명분으로 삼아 카슈반이 국내에 사자를 풀어 비밀리에 행하던 것은, 정보를 수집하는 동시에 아군이 될 만한 사람을 찾는 것.

요즘 들어 '날개의 기도' 교단 움직임이 활발해지고 있고, 왕가에서도 불온한 기운이 엿보이고 있었다. 특히 왕자 제오르디스의 강렬한 개성은 약해지고만 있는 실딘 왕가에 위광을 되찾아줄지도 몰랐다.

세이그람이 열심히 부채질하고 있었지만 카슈반에게는 왕이 되고자 하는 야심은 없었다. 오히려 왕가의 힘으로, 하극상의 풍조가 완전히 가라앉지 않아서 아직도 불안정한 국내가 평정되기를 바라고 있었다.

그러나 제오르디스가 재상 이달이 원하는 '강한 왕'이 되어 왕국의 진정한 통일을 이루려고 나선다면, 그때 어떤 일이 일어날지는 불 보듯 뻔했다. 거기까지 생각한다면 적어도 자신에게 튀는 불똥을 막아낼 정도는 아군을 만들어두고 싶은 게 당연했다.

"그래……. 그렇다. 그분의 힘은 무슨 일이 있어도 빌리고 싶다. 뭐라 해도 가제트 후작은 왕위 계승권을 갖고 계신다. 후작 자신도 우아하게 취미만 즐기면서 고상하게 살기 위해서 국내가 너무 시끄러우면 바람직하지 못하다고 생각하시니까. 어느 정도 이해가 일치하지."

오래전에 왕가에서 갈라져 나온 가제트 가의 피를 이은 그라네우스에게는 이미 태어날 때부터 다음 왕이 될 수 있는 자격이

주어져 있다. 원래대로라면 우선순위는 한참 낮았겠지만 현 국
왕 랑드레이에게 제오르디스 이외에 왕자가 없다는 점을 생각할
때, 그라네우스가 왕이 될 가능성도 충분히 있었다.

제오르디스를 왕으로 만들고 싶지 않다면 다른 인물을 왕으로
세워야 했다. 후보자가 되어주지 않겠는가. 카슈반은 알리시아
의 책을 찾는다는 구실을 내세워 그라네우스에게 접근해 비밀리
에 의사를 타진했다.

그라네우스가 뜻을 받아들이는 조건으로 내세운 것이 '행방을
알 수 없는 욘을 찾아내는 것'이었다. 그런 식으로 카슈반의 역
량을 재어보고 싶다는 것이었다.

"욘은 일단 생포할 생각이기는 하다. 하지만 그 후에 후작께
서 그자를 어떻게 할지 거기까지는 듣지 못했어. 애초에 '날개의
기도' 교단에 납치되었을지도 모른다고 한다. 그렇다면 내가 손
을 쓸 수 없을지도 모르지만……."

카슈반은 아까까지 알리시아의 머리카락을 쓰다듬던 자신의
손을 물끄러미 바라보며 메마른 미소를 띠었다.

욘은 그라네우스가 카슈반의 표면상의 요청에 응하려고 '비
악'의 저자를 찾기 시작한 직후에 갑자기 소식이 끊어졌다고
한다.

카슈반이 찾고 있는 줄 알아차리고 겁을 먹고 모습을 감추었
을지도 모른다. 그러나 그의 주변에는 '날개의 기도' 교단이 움
직인 흔적이 남아 있었다. 이전부터 신을 믿지 않기로 유명했던
카슈반을 적대시하던 교단이 뭔가 착각을 해 욘에게 위해를 가

했을 가능성도 있다고 한다.

"······정말이지 그 왕자님과 엮인 이후로 계속해서 싫은 일만 떠올리는 꼴이 됐어."

제오르디스가 있는 동안 억눌렀던 반감이 본인이 없어지면서 분출되고 있었다. 화풀이와도 비슷한 말은 한없이 차가웠고 깊고 깊은 분노가 느껴졌다.

"흥, 그런데 정말로 방심할 수 없는 분이야······. 자기도 어차피 라그라드르인을 구슬리러 그 나라로 가면서. 알리시아에게 쓸데없는 소리를 하고 가다니······."

공허한 중얼거림에 알리시아가 몸을 꿈틀대고 있음을 알아차렸는지 카슈반은 표정을 약간 풀었다.

"그보다, 알리시아. 가제트 후작을 꽤 따르던데, 그분을 조심해라. ······너도 알고 있겠지, 사신."

"물론이지이."

부름에 호응해 루아크가 모습을 나타냈다. 제오르디스 일행이 사라졌기에 루아크도 다시 이렇게 얼굴을 내밀게 되었다.

"어머, 가제트 후작님은 매우 좋은 분이세요. 분명히 조금 별난 분인데다가, 묘한 별명도 갖고 계시지만요."

"······묘한 별명이 붙은 원인에 관해서도 충분히 설명해줬을 텐데."

매번 긴장감이 결여된 아내에게 카슈반이 질렸다는 얼굴을 했다. 루아크도 거기에 동의했다.

"카슈반 형님이 말한 대로야, 알리시아. 사람을 싫어하지 않는 건 알리시아의 장점이지만, 쪼끔은 경계해줬으면 한달까."

루아크는 익살을 떠는 어조로 말했지만, 녹색 눈동자는 빈틈없이 주변을 살피고 있었다.

"그리고 그 사람이 오고 나서 때때로 저택 안에서 묘한 기척이 느껴져…… 어이쿠, 옷을 다 갈아입었나 보네."

루아크가 훅 모습을 감추고 얼마 지나지 않아 그라네우스가 식당에 들어섰다.

이번에는 모자는 쓰지 않고 긴 머리카락을 말린 꽃과 검은 리본으로 묶고, 극단적으로 깃이 높은 검은색 겉옷을 입고 있었다. 겉옷에는 금실로 황야의 풍경이 수놓아져 있었다.

"어머, 이번 의상도 멋져요!"

들떠서 알리시아가 떠드는 목소리에 싱긋 미소를 지은 그라네우스는 카슈반이 있음을 알아차리고 인사를 했다.

"안녕한가, 라이센 강공작. 그래 어떤가? 욘은 찾았는가?"

"……아니요, 아직입니다. 가제트 후작 각하께서 좀 더 시간을 주셨으면 합니다."

"상관없네. 이 저택에서 하는 생활이 실로 매우 마음에 들었어. 기묘한 내부 장식에 색다른 식재료, 그리고…… 별난 안주인까지."

알리시아를 바라보는 그라네우스의 시선은 마치 손녀딸을 바라보는 듯 상냥했다. 그러나 그 광경을 바라보는 카슈반과 트레이스의 얼굴에는 약하게나마 경련이 일었다.

'악식 대공' 외에 그라네우스에게 붙은 또 하나의 별명은 바로

'식인 대공'.

그 별명은 과거 아내였던 록사나라는 여자가 젊은 애인에게 푹 빠지자 분노한 후작은 아내를 죽여 먹어버렸다. 혹은 처음부터 잡아먹을 목적으로 록사나를 취했고, 젊은 애인을 만든 것을 계기로 계획을 실행에 옮겼다는 아주 그럴싸한 소문에서 유래했다.

알리시아와 노라는 그라네우스에게 저택을 안내하면서 2층 복도를 걷고 있었다.

등 뒤에는 주인과 마찬가지로 기묘한 행색을 한 가제트 가 종복이 두 사람 따르고 있었다. 종복은 그라네우스만큼은 아니었지만 하루에 한 번 옷을 갈아입었다. 덕분에 알리시아는 눈이 호강하고 있었다.

"알리시아, 오늘은 어디를 안내해줄 텐가?"

"그러네요. 오늘은 도서실을 안내해드리죠. 얼마 전에 막 공사가 끝났답니다. 후작님께 받은 책도 이미 책장에 꽂아놨지요."

기뻐하는 모습으로 알리시아가 제안하자, 그 말을 들은 노라는 바로 기분이 안 좋아지는 듯했다. 그러나 그라네우스가 '공사가 끝났단 말이지'라며 알리시아의 제안을 받아들였기 때문에 말도 못 하고 마지못해 그 뒤를 따랐다.

라이센의 저택 복도는 한낮에도 여전히 어둡다. 그런 복도를 걸어 도착한 도서실은 이미 공사가 끝났기 때문에 목수의 모습은 찾아볼 수 없었다. 대신 그곳에 있던 자는 나딜이 사라진 덕분에 비밀의 방에서 나온 류크였다.

손아래 그림을 들여다보면서 진지한 얼굴로 펜을 놀리던 류크는 방문자를 전혀 알아차리지 못했다. 그림에 집중하고 있는 얼굴은 진리를 구하는 철학자처럼 진지했다.

"실례하겠네. 호오. 이곳도 꽤 멋지군. 책장 사이사이에 괴물상이 있군⋯⋯. 부조화를 이용한 조화, 아주 멋져. 우리 집에도 이런 도서실을 만들까?"

그라네우스는 악취미적인 장식을 계승한 도서실의 광경을 보고 혼자 감탄했다. 그들의 종복은 이미 익숙해졌는지, 아니면 무슨 훈련이라도 했는지 표정을 전혀 움직이지 않았다.

"⋯⋯지방백 분들은 정말 다들 유별나시네요⋯⋯."

노라는 알리시아며 디네로며 알고 있는 지방백을 머릿속에 떠올렸다. 그러다가 마지막에 지방백 레이덴 가 당주를 떠올리고는 '예외도 있답니다!'라고 자신에게 지적했다.

"─앗, 우와, 알리시아?!랑 앗, 가제트 후작님⋯⋯?!"

겨우 방문자를 알아차린 류크가 당황한 목소리를 냈다.

"안녕한가요? 류크."

"아아, 아, 안녕⋯⋯ 이 아니라! 미안, 바로 나갈게!!"

류크는 그리고 있던 그림을 손에 쥐고 얼른 자리를 뜨려고 했다. 하지만 그라네우스는 '상관없네'라며 대범하게 미소를 지었다.

그 관용적인 태도에 안심해서일까, 류크는 극단적으로 **뻔뻔한** 말을 입 밖에 냈다.

"어, 아, 그런가요……? 에헤헤. 그런데 정말 재미있는 복장을 하고 계시네요!"

"류크!!"

노라가 손님에게 무슨 소리를 하냐고 얼굴색을 바꾸었다. 그러나 그라네우스는 딱히 안 좋은 쪽으로 신경 쓰는 기색이 없었다.

"내게 그 말은 최고의 찬사라네. 자네도 꽤 재미있는 복장을 하고 있군."

"헤헤, 고맙습니다! 처음 뵙겠습니다. 저는 화가 류크에요!!"

류크는 얼마 전에 세일러에게 차여서 퉁퉁 부어 있었다. 하지만 드디어 비밀의 방에 숨어 지내던 생활에서 자유롭게 된 덕분이리라. 개방감에 넘치는 웃는 얼굴에는 류크가 본래 지녔던 천진난만함이 되돌아와 있었다.

"아, 맞다. 가제트 후작 각하께서는 반지도 잔뜩 끼고 계시네요. 어떤가요? 이 중에서 선물 받으면 좋겠다, 싶은 게 있으신가요? 만약 마음에 드시는 게 있으면 제가 만들어서."

"류크, 적당히 해요……!"

노라가 작은 목소리로 타박했지만 류크는 취미인 그라네우스가 흥미진진한 것 같았다. 운이 좋아 후작의 마음에 들면 뭔가 이익을 얻을 수 있겠다고 생각했는지, 류크는 손에 들고 있던 종이를 그라네우스에게 내밀어 펼쳐 보였다.

"어머 류크, 잔뜩 생각했네요. 어느 것이나 정말 부자 같은 느낌이라 멋져요!"

카슈반에게 선물할 반지의 도안을 시행착오를 거치며 계속 생각하고 있었으리라. 그곳에는 반지 도안 십수 개나 그려져 있었다.

알리시아의 눈동자와 색이 똑같은 사파이어를 박아 넣거나, 아즈베르그 지방에 전해지는 수호석을 재료로 하는 등 취향은 다양했다. 어느 도안이나 류크의 자랑인 정밀함이 빛나고 있었다.

"단정하지만…… 뭐랄까, 평범하군."

그러나 그림을 한 번 슥 훑어본 그라네우스의 평가는 쌀쌀맞았다.

"어느 것이나 다 아름답지만, 획일적이군. 이런 종류의 반지는 많이 있네. 유감이지만, 내가 갖고 싶은 물건은 없구먼."

"……네……? 아, 네, 그, 그러신가요……?"

싱거울 정도로 딱 잘라 말하는 그라네우스의 말에 류크는 표정이 점차 어두워졌다.

예술 분야에서 류크의 재능은 카슈반마저도 인정하지 않을 수 없었다. 작업 의욕이 고르지 못하다는 점과 작품 완성이 늦다는 점을 포함해 결점을 전부 보완할 수 있을 정도였다. 그랬던 만큼, 그라네우스가 획일적이라고 부정하자 어쩔 도리 없이 침울해졌다.

"어머, 그러신가요? 유감이네요. 어느 것이나 다 멋진데요."

"아, 알리시아, 위로하지 않아도 괜찮아. 왠지 더 비참해지니까……."

풀이 죽은 류크가 펼쳐 보인 종이를 덮으려고 했다. 그때였다.

"으응? 이것도 자네가 그렸나?"

갑자기 그라네우스의 손가락이 나열돼 있던 도안 하나에 가닿았다.

"아, 아뇨……. 아하, 그건 트레이스 씨가 그렸어요."

지금은 카슈반과 욘을 찾는 일을 상의하고 있을 그림 제자의 이름을 대며 류크는 작게 웃었다.

그럴 법도 한 것이 트레이스는 그림을 좋아하지만 재능은 슬플 정도로 없었다. 무엇을 그리든 본인 이외에는 구별할 수 없는 빨간 타원이 돼버린다. 류크는 자기 그림이 그라네우스의 비평 대상에서 벗어났다는 점에 안도한 듯했다.

그러나 트레이스의 그림을 본 그라네우스의 반응은 류크의 그림을 보았을 때와는 완전히 달랐다.

"근사하군!"

그 소리에 류크는 물론 노라마저 네? 하고 짧게 되물었다. 그러나 그라네우스는 진심으로 트레이스가 그린 반지의 도안을 칭찬하고 있었다.

"우선 형태가 전혀 반지 형태가 아니야. 덧붙여 전체가 빨갛다니! 정말 참신하군. 손에 낄 수 없는 반지, 그 모순점이 정말 근사해!!"

"어머, 참 재미있네요. 저기 류크, 이거라면 카슈반 님도 기뻐해 주실까요?!"

그 말에 노라가 '역시 이상한 분들이에요……' 하고 싫증 났다는 얼굴을 했다. 노라의 곁을 류크가 스쳐 지나가면서 방 밖으로 달려나갔다.

"……우와아아아아아앙! 난 역시 구더기나 마찬가지인 놈이었어어어어!!"

류크는 반지가 그려진 종이를 집어 던지고 반쯤 울면서 자리를 떠났다.

"어머, 류크도 참. 구더기도 열심히 살고 있읍읍."

"잠깐, 마님…… 정말로 죄송합니다……."

노라가 생글거리는 알리시아의 입을 막으면서 경련이 이는 얼굴로 그라네우스에게 사죄했다.

"괜찮네. 이 저택은 항상 시끌벅적해서 참 좋군."

야유하는 기색도 없이 그라네우스는 미소를 지었다. 그러나 노라는 목을 움츠리면서 '정말로 면목 없습니다……'라고 중얼거렸다. 이전에 디네로에게 비슷한 말을 들었음을 떠올린 모양이었다.

그리고 알리시아도 미소 짓는 그라네우스에게서 그때 디네로와 말했을 때와 비슷한 인상을 받았다.

"가제트 후작님도 쓸쓸하신가요?"

직설적인 질문에 그라네우스도 두 종복도 한순간 눈을 크게 떴다.

"……내가 쓸쓸해 보이는가?"

"예……. 조금이지만요."

그렇게 대답하면서 알리시아는 이번에는 제오르디스를 떠올렸다. 이곳에서 제오르디스에게 무릎베개를 해주면서 '비악'을 읽어준 뒤에, 그는 이렇게 말했다.

"제오 님도…… 쓸쓸하다고 말씀하셨어요."

제오르디스의 이름을 들은 그라네우스의 눈동자가 살짝 가늘어졌다.

"제오가, 그대에게 그런 말을 했나?"

"예. 일전에 여기서 '비악'을 읽어드렸답니다."

"'비악'을 읽어줬다고?"

한층 더 의외라고 생각했는지 그라네우스가 중얼거렸다. 그 중얼거림에 당시 기억을 떠올린 알리시아는 단숨에 기분이 고양되었다. 반대로 노라의 얼굴색은 급속도로 나빠졌다.

"예, 그랬답니다. 거기 있는 긴 의자에 앉아서, 제오 님은 제 무릎에 머리를 올리시고…… 그러네요. 역시 어머님이 돌아가셔서 쓸쓸하신가 봐요……."

책을 읽어주는 어머니의 무릎에 머리를 얹고 어리광을 부리는 아이. 그림에 그린 듯한 행복한 모자의 모습을 머릿속에 그리고 있노라니 알리시아까지 조금 쓸쓸해졌다. 하지만 제오르디스에게 읽어준 내용을 떠올리자 다시 기분이 고양되었다.

"시간이 없어서 중반까지밖에 읽어드리지 못해서 유감이었답니다. 하지만 '비악'은 중반에 나오는 클라이맥스도 아주 근사해요! 이제는 한계다! 나는 자리에서 벌떡 일어나읍."

노라가 그라네우스가 눈앞에 있다는 사실도 잊어버리고서 빠른 속도로 알리시아의 낭독을 중지시켰다.

그러나 이번에는 그라네우스의 입에서 뒷부분이 흘러나왔다.

"……두꺼운 커튼을 걷고 창밖을 바라보았다. 그러자 그곳에는 본 적이 없는 창백한 뭔가가 서로를 눌러 찌부러뜨리듯이 무리 지어 있는 것이 아닌가!! 말랑말랑한 덩어리들이 서로 짓누를 때마다 탁한 액체가 뿜어져 나와 창문을 더럽혔다……."

"꺄아아아아악!!"

상대가 그라네우스여서야 입을 막을 수도 없었다. 노라는 귀를 막고 절규했다. 알리시아는 어깨로 숨을 쉬는 노라의 등을 쓰다듬어주면서 의외라는 표정을 짓고 그라네우스를 바라보았다.

"어머, 가제트 후작님도 '비악'을 무척 좋아하시는군요!"

'비악'을 비롯해 수많은 기서를 찾아다 줬을 정도였다. 그 책들을 좋아하리라고 생각했지만, 이렇게 줄줄이 읊을 수 있을 정도일 줄이야. 눈을 반짝반짝 빛내는 알리시아에게 그라네우스는 우아하게 미소 지었다.

"하하, 뭐 그렇다네. 그렇다곤 해도 무릎베개라……. 게다가 '비악'을 줬다고. ……제오에게 그대는 특별한 여인인가 보군."

"네? 아뇨. 제오 님은 뮤제 님과 약혼하셨으니까요. 그분에게 특별한 여인은 뮤제 님이시겠죠."

결혼도 하지 않았는데 벌써 아이 만들기에 부지런히 힘쓰는 사이였다. 자신과 카슈반이 아직 아이 만들기를 하지 않는다는 점을 생각하면, 역시 제오르디스가 '특별'하게 '좋아'하는 여자는 뮤제일 터.

"……그랬지. 하지만 그래도 그대가 제오에게 다른 사람과 어느 정도는 다른 존재라는 점만은 틀림없겠지. 그 아이가 자신을 '제오'라고 부르게 하는 상대는 그런 존재뿐일세."

"어머, 그럼 가제트 님도 제오 님에게 '특별'한 분이시군요."

알리시아가 생긋 웃으면서 말하자 그라네우스도 미소를 지었다.

"……그럴지도 모르지. 나는 그 아이가 가여운 아이라는 사실을 알고 있으니까."

"가여워?"

알리시아와 노라가 동시에 복창하고 말았다. 알리시아는 단순히 의아하다고 생각했고, 노라는 말도 안 된다고 생각해서 그랬다는 차이는 있었지만.

그러나 그라네우스는 두 사람의 의문에는 대답하지 않고 갑자기 화제를 바꾸었다.

"자, 점심에는 뭘 대접받을까? 어제 조개 수프는 꽤 맛있었지. 모래가 들어 있던 점이 실로 재미있었네."

조개를 별로 다뤄본 적이 없는 단이 조개에서 모래를 제대로 빼내지 못한 바람에 수프에 조금이나마 모래가 들어가 버렸다.

단은 그 자리에서 목이라도 맬 기세로 사죄했지만, 그라네우스는 모래를 처음 먹어보았다며 만족스러워했다. 물론 알리시아는 그런 것 따위 아무 문제 없다며 수프 그릇을 비웠다.

"그러네요. 하지만 이미 모래까지 대접한 시점에서 그 외에 가제트 후작님이 먹어보지 않은 것은……."

"……마님, 수호석이라고 말하는 것만큼은 그만둬주세요."

노라에게 먼저 기선을 제압당한 알리시아는 곤란해져서 눈썹을 모았다.

"수호석이 안 된다면, 어렵네요……. 그게 가제트 후작님은 부인까지."

"아아아아아앗?!"

상기된 목소리로 비명을 지른 노라가 당황해서 알리시아의 입을 막았지만 이미 때는 늦었다.

"—신경 쓸 필요 없네. 나에 관해 그런 소문이 돈다는 사실은 잘 알고 있으니."

식인 대공이라고 불리는 남자는 기분 상한 기색도 없이 말했다.

"읍, 죄, 죄송합니다. 가제트 후작님."

일단 노라의 손에서 해방된 알리시아도 재빠르게 사죄를 했다. 그러나 그라네우스는 아무렇지도 않은 얼굴로 아까 하다 만 이야기를 계속했다.

"조금 전 그대는 내가 쓸쓸해 보인다고 말했지. 내가 홀몸이라서 한 말이라고 생각했는데 그게 아닌가?"

"음 그러니까, 아니랍니다. 그저 왠지 그렇게 생각했을 뿐이읍."

위험함을 알아차린 노라가 또다시 알리시아의 입을 막았다.

"가제트 후작님, 그, 정말 죄송합니다. 저희 마님은 갑자기 이상한 말을 하실 때가 있어서…… 악의가 있지는 않습니다만, 분별이 없어서요. 호호."

식은땀을 흘리는 노라의 노력도 허무하게 그라네우스의 시선은 알리시아에게서 떨어질 줄 몰랐다.

"만약 내가 정말로 식인 대공이라면 어찌하겠는가?"

그라네우스가 보통 때와 전혀 다르지 않은 온화한 음성으로 말했다. 그러나 분위기가 화제와 너무 괴리되어 있었기에 목소리에 담긴 온화함은 오히려 기분 나쁘게 들렸다.

"그대는 어떤 맛이 날까, 그런 생각을 하고 있다면 어떤가?"

노라가 그대로 굳어버렸다. 시선이 허공을 헤매기 시작했다. 루아크를 불러야 하나 말아야 하나 생각하는 중이리라.

그러나 알리시아는 잠시 생각하더니 이렇게 대답했다.

"그러면…… 저는 비료불요초를 많이 먹었으니, 드실 때는 조심해주세요."

"아아아마님?!"

노라가 자리에서 펄쩍 뛰어오를 듯이 절규했다. 가제트 가 종복들도 멍청한 표정을 지으며 인간다운 얼굴을 했다.

그라네우스도 어안이 벙벙하다는 얼굴을 했다. 그러면서도 또 이렇게 되물었다.

"비료…… 불요초? 그건 뭔가?"

"어머. 가제트 후작님, 모르시나요? '하르바스트 장미 저택'에 쓰여 있지 않았나요?"

"아니······. 없었다고 생각하네만."

역시 '하르바스트의 장미 저택'을 읽으셨네요, 그렇게 생각하며 알리시아는 설명을 했다.

"저택까지 오는 도중에 길가에 피어 있지 않았나요? 이 정도로 키가 작은 풀로, 두껍고 가장자리가 붉은 잎이 잔뜩 달려 있답니다. 무척 달콤하고 맛있는 냄새가 나죠."

아즈베르그 지방의 명물 중 하나인 '비료불요초'.

알리시아가 설명한 것과 같은 모양인 식물의 잎에는 강력한 독소가 들어 있다. 달콤한 향으로 먹잇감을 꼬드긴 뒤, 무심코 입에 댄 자를 양분으로 삼아 자란다.

'비료불요초'의 독성은 사람에게도 동물에게도 잘 들어서, 이 식물을 이용해 울타리를 만들면 짐승이 가까이 오지 못하는 효과를 발휘한다. 아즈베르그 지방에 사는 자는 거의 먹는 일이 없었지만, 그래도 식욕을 자극하는 냄새에 방심해서 매년 희생자가 나오는 위험한 독초였다.

거기까지 이야기했을 때 알리시아의 머릿속에 좋은 생각이 떠올랐다.

"아, 그래요. 가제트 후작님."

"가제트 후작님은 무사하신가?!"

한밤중이 지나 그라네우스의 방으로 뛰어들어온 카슈반에게 알리시아는 면목 없다는 듯이 고개를 숙였다.

"예, 예. 무사하세요……. 아마도요."

아내의 말에 한층 더 걱정됐는지, 카슈반은 망토도 벗지 않고 침대로 가까이 다가갔다. 그곳에는 그라네우스가 좌우가 흑과 백으로 딱 나누어진 잠옷을 걸치고 누워 있었다.

뒤에서 트레이스가 아즈베르그 지방에 전해지는 민간요법에 관한 책을 품에 안고 다가왔다. 노라는 아까부터 좀처럼 읊는 일이 없는 '날개의 기도' 교단의 가르침 구절을 중얼거리고 있었다. 손 근처에 있는 물병 탓일지도 모르겠지만 말이다.

"……살아는 계시는군."

그라네우스는 두 눈을 감고 있었고, 피부는 창백했다. 또 호흡도 약했다. 그러나 약한 호흡은 안정되어 있었다. 카슈반은 그라네우스가 고비를 넘겼음을 알아차리고 크게 한숨을 내쉬면서 가까이 있는 의자에 걸터앉았다.

"정말로 죄송합니다, 카슈반 님. 무척 기뻐하시는 바람에 그만…… 초심자에게는 위험한 양을 드리고 말았어요……."

힘없이 고개를 숙인 알리시아가 사과했다. 바로 저녁 식사 자리에서 그라네우스에게 '비료불요초'로 만든 풀코스를 대접한 일이었다.

알리시아는 페이트린 지방에서도 자생하는 '비료불요초'를 종종 먹곤 했다. 위험한 독초였지만, 조리해서 조금씩 몸이 익숙해지도록 하면 아예 먹을 수 없는 식물은 아니었다. 또 실제로 맛도 좋았다. 사람도 동물도 손을 대지 않는 풀이라서 손쉽게 공짜로 얼마든지 먹을 수 있다는 점에서도 페이트린 가 가계에 큰 도움이 되었다.

'비료불요초'의 이름조차 알지 못했던 그라네우스는 알리시아의 제안에 매우 기뻐했다.

물론 위험한 독이 있다고 알리시아보다 노라가 더 강조해서 말했다. 그러나 생선 요리에도 슬슬 질렸던 그라네우스는 먹고 싶다고 고집을 부렸고…… 결과적으로 이렇게 자리에 드러눕게 되었다.

"……알고 있다. 모래가 들어간 수프조차도 기뻐하셨던 분이니까. 그런 의미에서 '비료불요초'는 식재료로서 꽤 훌륭했겠지. 그런데……."

손님을, 그것도 왕위 계승권을 가진 고위 귀족을 독살하려고 했다는 의심을 사도 어쩔 수 없었다. 일단 목숨은 건졌다고 해도 초로의 나이인 그라네우스가 아직 눈을 뜨지 않는다는 점을 생각하면 안심할 수 없었다.

"우……."

그때 침대에 누워 있던 그라네우스가 작게 신음했다. 알리시아가 얼른 달려왔다.

"가제트 후작님, 정신이 드시나요?"

알리시아가 멍하니 눈을 뜬 그라네우스의 얼굴을 들여다보며 말을 걸자 그라네우스는 희미하게, 소년처럼 수줍어하는 표정으로 미소를 지었다.

"록사나, 거기 있었군."

죽은 가제트 후작 부인의 이름을 듣고 알리시아는 깜짝 놀랐다. 카슈반은 재빨리 아내의 손을 잡아끌었고, 노라와 트레이스도 얼굴을 실룩거리며 마치 신호라도 한 듯이 침대 곁에서 물러났다.

카슈반의 품에 안긴 알리시아가 지켜보는 와중에, 그라네우스는 몇 번인가 눈을 깜박였다. 어딘가 멍하던 표정은 점차 여느 때 표정으로 되돌아왔으나, 그와 동시에 행복해 보이던 미소에는 쓸쓸함이 배어들었다.

"그리운 꿈을 꿨네."

아직도 카슈반의 품 안에 안긴 알리시아를 바라보며 그라네우스가 조용히 중얼거렸다. 뒤늦게 카슈반에게 안겨 있다는 사실을 알아차린 알리시아는 '배가 아파' 왔다. 카슈반이 아내에게서 몸을 떼며 깊이 머리를 숙였다.

"가제트 후작 각하, 대단히 실례했습니다. 아내가 어리석은 짓을."

"가제트 후작님, 정말로 죄송합니다…… 아."

남편을 따라 함께 머리를 숙인 알리시아를 카슈반이 말없이 가볍게 밀었다. 카슈반이 잠자코 있으라고 시선으로 명령하자 알리시아는 풀이 죽은 얼굴로 뒤로 물러났다.

"아내에게 주의가 미치지 못했던 점, 정말로 죄송합니다. 소생, 두 번 다시 이런 일이 없도록 타이를 터이니, 부디 용서해주십시오."

지스칼드 오델 후작이나 국왕 랑드레이의 앞에서조차 '저'라고만 말하던 카슈반이 '소생'이라고 말했다. 그것은 그라네우스를 왕으로 세우겠다는 의지 표명인 동시에 그를 독살할 뻔한 일을 사죄한다는 마음의 표시였으리라.

　그러나 카슈반을 바라보는 그라네우스의 시선은 차가웠다.

　"용서하지 않겠다면 어쩌겠는가?"

　무표정하게 내뱉은 말에 카슈반은 희미하게 괴로운 얼굴을 했다. 트레이스가 헉 숨을 들이켰고, 노라는 가슴 앞에서 양손을 꽉 맞잡았다.

　"귀공의 아내는 비록 멀다고는 하나 왕가의 피를 이은 가제트가 당주의 목숨을 위태롭게 했네. 반역죄가 적용되어도 어쩔 수 없으이."

　차가운 시선이 자신을 향해 이동했음을 느끼고 알리시아도 몸을 움츠렸다. 알리시아는 어쩌죠? 하지만 카슈반 님이 잠자코 있으라고 하셨는데요, 라며 당황했다. 카슈반은 그런 아내를 힐끗 쳐다보고는 다시 한번 머리를 숙였다.

　"……죄송합니다. 뭐라 사죄를 드려야 할지."

　카슈반의 마음을 읽었는지, 트레이스가 알리시아의 어깨를 살짝 눌렀다. 카슈반 님에게 맡기죠, 그렇게 말하고 싶은 듯한 트레이스의 얼굴을 올려다보며 알리시아도 꽉 주먹을 쥐며 침묵을 지켰다.

　"보시다시피 아직 나이 어린 아내입니다. 무분별한 점도 많습니다만, 전부 남편인 저의 책임. 화내시는 것도 당연합니다만,

부디 알리시아에게만큼은 관용을 베풀어주십시오."

열심히 사죄하는 카슈반을 바라보던 그라네우스의 입가가 갑자기 풀어졌다.

"―그렇게 진지하게 받아들이니 이쪽은 리듬이 흐트러지는군. 아즈베르그의 폭군이여."

카슈반의 별명을 부르는 입술에는 장난이 성공해 기뻐하는 아이와도 같은 미소가 걸려 있었다.

"내가 그대의 부인에게 억지를 써서 '비료불요초'를 먹었으니 말일세. 질책을 들어야 할 쪽은 나의 무분별함 쪽일세."

"……예……."

놀림을 당했다는 사실을 깨닫고 카슈반은 머리를 숙이면서 한순간 진절머리가 난다는 표정을 지었다. 왕가의 인간은 이 녀석이나 저 녀석이나 하나같이, 그렇게 말하고 싶은 듯했다.

그러나 트레이스와 노라는 안도하는 표정을 지어 보였다. 알리시아도 어깨의 힘이 빠지는 것을 느끼고 휴우 안도하며 숨을 내뱉었다.

"후후, 그런데 세상에는 아직도 진귀한 먹을거리가 많이 있어……. 쓰러진 적은 크루세쥬의 울퉁불퉁 버섯을 먹은 이후로 처음이군. 별난 식재료에 이제는 내성이 생긴 줄 알았는데 말이야."

독이 있는 것을 먹은 적은 이번이 처음이 아니었으리라. 그라네우스가 예로 든 수상쩍은 먹을거리에 알리시아는 그만 입 다물고 있으라는 카슈반의 말을 잊어버렸다.

"어머, 울퉁불…… 아, 아뇨, 아무것도 아닙니다."

카슈반이 찌릿 노려보자 알리시아는 서둘러서 입을 다물었다. 그라네우스는 그런 두 사람을 흐뭇하다는 듯이 바라보았다.

"그런데 조금 전에 자네 부인에게 아이 만들기가 그렇게 힘드냐는 질문을 받았네만, 그쪽 교육은 어떻게 되어 가는가?"

느닷없는 질문에 카슈반이 굳어버렸다. 노라도 알리시아의 질문을 막지 못했던 점을 반성하며 어깨를 움츠렸다.

그라네우스는 '비료불요초'를 음미하면서 알리시아와 환담을 즐기고 있었다. 도중에 알리시아는 기혼자였던 그에게 아이 만들기에 관해 질문했다.

사실 알리시아는 이 일에 관해서는 독서 친구이자 오델 가로 강혼한 전 왕녀, 에르티나 오델에게 묻고 싶었다. 그런데 요즘 에르티나와 연락이 끊어져 버렸다. 작년 왕궁에서 있었던 일에 여파가 남아서 남편인 지스칼드의 감시가 심해진 듯했다.

"분명히 보다시피 아직 나이가 어린 부인이야. 무리를 시키고 있진 않겠지?"

그라네우스가 정색을 하며, 그것도 이런 상황에서 묻자 카슈반도 쉽게 얼버무릴 수는 없었다.

"……그게, 아뇨…… 그런 일은……."

알리시아는 횡설수설하며 말끝을 흐리는 남편을 바라보며 뮤제의 지친 모습을 떠올렸다. 옛날에 한 번인가 어머니에게 아이를 낳는 일은 매우 힘들지만, 아이를 만드는 일도 처음에는 무척 힘들다고 들었다. 그러나 구체적인 내용을 배우기도 전에 부모

님은 함께 돌아가셨다.

또다시 살짝 풀이 죽은 알리시아를 상냥한 눈으로 바라보며 그라네우스는 그도 당연하다는 듯이 고개를 끄덕였다.

"그렇겠지. 아직 입맞춤이나 무릎베개 정도겠지. 나이 차이도 꽤 많이 나는 모양이니 너무 서두르지 말고 당분간은 느긋하게 서로 스킨십을 즐기는 편이 좋을 게야."

그라네우스는 평상시 기묘한 취향과는 정반대로 매우 성실한 말을 늘어놓았다. 그러나 카슈반은 의아하다는 듯이 그라네우스가 한 말에서 한 단어를 언급했다.

"……무릎베개?"

"응? 얼마 전에 제오에게 해줬다고 들었네만……. 아아, 실례, 내가 쓸데없는 소리를 했군."

카슈반이 저도 모르게 얼굴을 찡그리는 것을 알아차린 그라네우스는 즐거운 듯 웃었다.

"귀공은 나이에 비해 참 솔직하군. 좋은 일이야."

알기 쉬운 반응을 놀리는 목소리가 점차 혼잣말 비슷한 소리로 바뀌었다.

"……나는 아내에게 미움받아서 말일세. 마지막까지 침실도 따로 썼지. 아이라도 있었다면 우리 관계도 조금은 달라졌을지 모르지만…… 혹은 내가 좀 더 젊었거나 좀 더 솔직했더라면……."

자신의 실제 나이를 밝히며 반론하려던 카슈반은 말하려던 내용을 입안에 담은 채 침묵했다. 지금의 그라네우스의 목소리에는 그럴 정도로 뭔가가 담겨 있었다.

"그러니 미안하네만 아이 만들기에 관해 물어도 대답해줄 수 없네, 알리시아."

"……가제트 후작님……."

알리시아도 그렇게 한마디, 그라네우스를 부른 뒤 입을 다물었다.

"……좀 더 자고 싶군. 미안하네만 다들 나가주겠는가?"

그라네우스는 무거운 공기를 털어내려는지 그렇게 말하고는 침대에 누워 눈을 감았다.

"무슨 일이 생기면 안 됩니다. 제가 곁에 남을 테니 카슈반 님도 알리시아 님도 돌아가서 쉬십시오. 노라, 물을 새로 떠다 주겠어?"

트레이스가 신경을 써서 지시를 내리자 노라는 여전히 살짝 흠칫거리며 물병을 들고 방을 나섰다. 알리시아도 카슈반을 따라 방을 나왔다.

시각도 시각이었는지라 알리시아는 이대로 각자 방으로 돌아가 쉬겠다고 생각했다. 그런데 방을 나오기 무섭게 카슈반이 갑자기 알리시아의 손목을 붙잡았다.

"꺅, 카슈반 님?!"

깜짝 놀란 알리시아에게 카슈반은 아무 대답도 하지 않았다.

그라네우스가 용서해줬다고는 하나 저지른 짓을 생각하면 당연히 혼나야 했다. 알리시아는 침울해하면서 그대로 카슈반에게 이끌려 남편 방으로 들어갔다.

저택 내에서 유일하게 칠흑과 심홍의 주박에서 해방된 이 방은 녹색 커튼을 달아 눈에 부담을 주지 않는 등, 수수한 구조로 이루어져 있었다. 그러나 지금은 주인인 카슈반이 내뿜는 차가운 기운에 평범한 실내가 썰렁해 보였다.

"죄송합니다. 저기, 카슈반 님…… 가제트 후작님께 심한 짓을…….."

촛대에 불을 붙였다고는 하나, 카슈반은 아직도 아무 말도 하지 않았다. 알리시아는 무언의 중압감에 짓눌려서 자발적으로 사죄하기 시작했다.

"가제트 지방까지 가셔서…… 싫어하는 사람을 열심히 찾으면서까지 힘을 빌리고 싶다고 생각한 분인데…… 그 노력을 전부 수포로 만든 점, 정말로 정말로 죄송합니다…….."

대답하지 않는 카슈반의 건너편, 방의 안쪽에 있는 책상에는 처리하지 않은 서류가 산처럼 쌓여 있었다. 카슈반이 욘을 찾으려고 익숙하지 않은 토지를 분주하게 뛰어다니느라 업무 처리에 주의를 기울이지 못한 결과였다.

그뿐만 아니라 이전부터 카슈반은 책을 찾으려고 쉴 새 없이 드나드는 사자와 면회를 하느라 업무에 쏟을 시간을 빼앗기고 있었다. 그런데도 아즈베르그의 통치가 파탄 나지 않은 데에는 이유가 있었다. 디네로와 그 부하들이 정식으로 지령을 받아 영주의 업무를 돕고 있기 때문이었다. 얼마 전에 트레이스가 가르쳐주었다.

디네로에게는 카슈반이 부재중일 때 몇 번인가 영주 대행을 부탁한 적이 있다. 그 형태를 조금 바꾸어 계속 카슈반을 도울 수 있도록 만들었다. 작년에 폭동이 디네로가 영주 대행을 맡는 중에 일어났다는 사실을 생각할 때, 관용적인 조치라고 할 수 있었다.

그러나 아무리 디네로가 가문의 존속을 부정한다고 해도 지방백을 아랫사람 부리듯이 하냐며 반발심을 느끼는 사람도 있었다. 그러나 카슈반은 무턱대고 디네로의 방식을 제약하지 않았고, 디네로도 카슈반을 무시하는 언동을 보이지 않았다. 자발적으로 라이센 저택에 적극적으로 걸음을 해 상하 관계를 확실히 각인시키려고 했다.

그런데 제오르디스에게 반감이 어지간히 강했는지, 아니면 리드렉이 위중해졌는지 디네로는 제오르디스가 온 이후로는 얼굴을 보이러 직접 찾아오지 않았다.

"아즈베르그 가 분들은 다들 괜찮으실까요……."

입을 다물고 있던 카슈반이 다른 일을 생각하기 시작한 아내를 내려다보며 입을 열었다.

"너는, 내가 왜 화났는지 모르겠지?"

차갑게 말을 내뱉는 어조이면서도 어딘가 토라진 울림이 담긴 질문에 알리시아는 고개를 살짝 모로 기울였다.

"……가제트 후작님께서 카슈반 님 나이가 많다고 생각하시기 때문인가요?"

"……그것도 전혀 아니라고는 할 수 없지만, 아니야. 그분과는 관계없는 일이다."

그라네우스가 이유가 아니다. 그럼 대체 뭘까. 아무리 생각해 봐도 뭐 하나 머릿속에 떠오르지 않았다.

어쩔 줄 몰라 하는 알리시아를 물끄러미 바라보고 있노라니, 카슈반도 속이 끓은 모양이었다.

"—화나게 한 이유도 모르면서, 풀어주지도 않고 그냥 내버려 둘 생각이냐?"

"네?"

"어떡하면 내 화가 풀릴 것 같아?"

화난 이유는 아직 불명. 그러나 카슈반을 이대로 놔둘 수는 없어서 알리시아는 머뭇머뭇 남편 곁으로 다가갔다.

우선 커다란 오른손을 꽉 쥐어보았다. 카슈반의 눈꺼풀이 살짝 바르르 떨렸지만 그 이상은 반응을 보이지 않았다.

그래서 알리시아는 꽉 쥔 오른손을 잡아당겨 카슈반이 몸을 숙이게 했다. 손에 닿는 위치까지 내려온 검은 머리카락을 살짝 쓰다듬어보았다.

"……이것도 아닌가요?"

카슈반은 대답하지 않았다. 이것도 아니라고 이해한 알리시아는 양손으로 카슈반의 뺨을 감쌌다.

"저기, 그럼…… 이거…… 인가요?"

흔들리는 촛불의 빛에 힘입어 눈대중으로 겨우 입술의 위치를 파악한 뒤, 제 것과 포갰다. 첫 번째는 코, 두 번째는 입술 끝을 스치는 정도에 그쳤지만 세 번째에는 무사히 위치가 맞았다.

촉, 촉 작은 소리를 내면서 몇 번이나 입맞춤을 해봤지만 카슈반은 여전히 침묵하고 있었다. 피하지는 않았지만 그렇다고 입맞춤에 응하는 기색도 없었다. 그래서 알리시아는 이것도 불발이라는 사실을 깨달았다.

"음, 그러니까. 저기, 조, 좋아합니다……. 카슈 님, 좋아…… 합니다."

술도 들어가지 않은 상태에서 '특별'하게 '좋아'한다고 연창하려니 '배가 아파'서 참을 수가 없었다. 저도 모르게 눈을 감았기 때문에 카슈반이 부끄러움 때문에 붉게 물든 알리시아의 뺨을 바라보며 살짝 웃고 있다는 사실은 눈치채지 못했다.

"저, 저기…… 그럼…… 내일 아침 식사, 제 몫도 카슈반 님께 드릴게요……."

드디어 더는 손쓸 방법이 없어진 알리시아가 최대한 양보를 했다. 그 순간, 더는 참을 수 없는지 카슈반이 웃음소리를 냈다. 알리시아가 깜짝 놀라 눈을 뜨니 어쩔 수 없다는 표정을 짓고 있는 남편 얼굴이 보였다.

"……그러면 내 기분이 풀릴 거라 생각했나? 정말이지 너는……."

"꺄…… 꺅!"

갑자기 알리시아를 끌어안은 카슈반은 방구석에 놓인 침대로 향했다.

이런 식의 전개는 알리시아가 읽은 적이 있는 어떤 공포 소설에서도 몇 번인가 나왔다. 남자가 여자를 침대에 내려놓으면 그 뒤에는 대개 눈 깜짝할 사이에 아침이 돼 있든가, 도중에 뭔가 기괴한 현상이 일어나든가 둘 중 하나였다.

"뭘…… 앗, 아, 어머?"

그러나 카슈반은 알리시아를 침대 끄트머리에 앉히고 무릎에 머리를 얹었다.

"내가 하고 싶었던 건 이거다."

퉁명스러운 한마디에 알리시아는 겨우 남편이 원하던 것을 이해했다.

"알았습니다! 그럼 우선 기억하고 있는 부분까지 읊어드릴게요. '이제 한계다! 나는 자리에서 벌떡 일어나 창밖을 보았다' ……음 그러니까, 다음은."

"잠깐 기다려라. 뭐냐 그건?"

알리시아가 갑자기 정감을 듬뿍 담아 이야기를 시작하자 아내의 무릎에 머리를 베고 있던 카슈반이 의아한 얼굴을 했다.

"예? 카슈반 님도 제 무릎을 베고 '비약'을 낭독하는 걸 듣고 싶으시잖아요? 제오…… 아니, 왕자 전하처럼요."

"……그래, 그거다. 내가 화난 이유가."

갑자기 카슈반 목소리에 가시가 돋쳤다.

"왜 내가 그 왕자보다 나중인가! 화딱지 나게!!"

어슴푸레한 실내와 상황 때문일까, 아니면 제오르디스니 그라네우스니 욘이니 여러 가지 일로 어지간히 울분이 쌓여서일까. 카슈반의 분노 표명은 평상시보다 한층 더 직접적이고 살짝 유치했다.

"어머, 그건…… 죄송해요. 알아차리지 못해서. 카슈반 님이 그 정도로 '비약'에 관심이 있으신지 몰랐어요."

"아니야! 이거다!! 무릎베개다!!"

카슈반은 이 상황이 돼서까지 미묘하게 착각하는 아내의 말을 큰 목소리로 정정했다. 그렇게까지 큰 목소리로 부정하자 알리시아도 사과할 수밖에 없었다.

"어, 어머나, 그게, 정말로 죄송한 일을……."

"……그래, 그렇다고. 나보다 그 녀석에게 먼저 해줘서는 안 됐다고. 그렇다고 이제부터 해줘도 된다는 말도 아니다. 젠장, 나도 일 같은 건 다 내팽개치고 계속 너랑 러브러브하고 싶단 말이다."

"어, 어머, 그거…… 음, 그러니까 죄송합니다."

당혹스러워하면서 사과하는 알리시아의 목소리를 듣고 있자니 카슈반도 두서없는 소리를 늘어놓고 있음을 자각한 모양이었다. 될 대로 되라는 식으로 목소리를 끌어 올렸다.

"아아, 안다. 알고 있다고. 나는 확실히 안다고! 그 왕자라면 너 정도 구슬리긴 쉬웠을 테고, 너도 함부로 거스를 수는 없었으리라고!!"

거의 술에 취한 사람 같은 어조로 '알고 있다'는 말을 반복했지만, 태도 자체가 '알고 있는' 사람의 그것이 아니었다.

"그 녀석도 말했다시피 아내는 정치적인 역할도 수행해야 한다. 앞으로는 나도 외부 사람과 적극적으로 관계를 맺어야 할 테고, 소문의 사신 공주에게 흥미를 갖는 녀석들도 지금보다 더 늘어나겠지!"

제오르디스는 미래의 왕비라는 역할로서 몸이 약한 뮤제를 데리고 라그라드르로 향했다. 제오르디스에게 대항할 아군을 만들려면 알리시아도 아내로서 카슈반을 도와야 하리라.

"알고는 있지만 화가 난다! 너도 그건 알아 둬라!!"

"아, 예. 알았습니다!"

알리시아가 등줄기를 곧게 펴고 선언했다. 그러나 카슈반은 '아니, 넌 절대 몰라……'라고 자기 자신의 감정은 제쳐 두고 원망스럽다는 듯한 소리를 냈다.

"제길, 뭐 하나 마음대로 되는 게 없다……. 나는 변경에 퍼질러져 있는 어리석고 풋내 나는 애송이라도 상관없단 말이다……."

불평을 늘어놓으면서 카슈반은 마치 독점하겠다고 선언하듯이 알리시아의 허리에 손을 두르고 끌어안았다. 체격 차이가 많이 나는 아내의 무릎 위에 머리를 얹은 모습은 덩치 큰 어린애 그 이상도 이하도 아니었다.

"그, 그런가요. 무릎베개는 카슈반 님 이외에 다른 사람에게는 해주면 안 되는군요……."

알리시아는 새롭게 학습한 것을 반복하면서 무릎 위에 놓인, 무게가 묵직한 카슈반의 머리에 시선을 주었다. 이제야 새삼스럽게 서서히 퍼져 나가는 '배가 아픈' 느낌 때문에 얼굴이 살짝 붉어져 있었다.

"그리고, 아이 만들기에 관해서는 나 말고 다른 남자에게 묻지 마라. 알았지?"

화가 난 이유에는 그라네우스에게 아이 만들기에 관해 물었기 때문도 있었나 보다. 역시 가제트 후작님도 관계가 있네요, 알리시아는 그렇게 지적하려고 했다.

"……너는 자신이 귀엽다는 점을 자각해라. 말을 함부로 하면 한층 더 남자의 관심을 끌게 돼."

그러나 카슈반이 뾰로통한 목소리로 말을 이었기 때문에 얼굴을 빨갛게 물들이며 침묵해버렸다. 세이그람이라도 있었다면 말없이 자신의 안경을 내밀었으리라. 그러나 세이그람은 이미 레이덴으로 돌아간 상태. 달콤한 공기를 방해하는 자는 아무도 없었다.

어슴푸레한 방 안에 부드러운 침묵이 흘렀다. 알리시아에게는 무릎 위에 얹힌 머리의 무게와 서로의 희미한 숨결만이 느껴졌다.

카슈반의 얼굴은 알리시아와 같은 방향을 향하고 있었기 때문에 보이지 않았다. 보이는 것은 짧고 검은 머리카락뿐이었다.

그때의 제오르디스와는 달랐지만 어딘가 닮았다.

"카슈반 님도 어머님이 돌아가셔서 쓸쓸하신가요?"

알리시아가 흘린 한마디에 아내의 허리를 안은 손가락에 힘이 들어갔다.

"—왕자가 네게 그런 말을 했나?"

되물어 오는 낮은 목소리에 알리시아는 흠칫했다. 그러나 카

슈반은 질투 때문에 그런 반응을 보이는 게 아닌 모양이었다.

"……그 녀석의 어머니 이야기는 위험하다. 언급해서는 안 돼. 알겠지? 알리시아. 신경 쓰이는 건 알겠지만, 만약 녀석이 먼저 얘기를 해 와도 절대로 받아줘서는 안 된다."

"……예."

그러고 보니 제오르디스는 어머니 이야기에 여느 때와 다른 반응을 보였다. '도서관'과 '감옥'이라는 말을 갑자기 꺼내 든 것도 어머니에 관한 이야기를 한 직후였다.

또 실수했네요. 그렇지만 신경이 쓰여요. 이렇게 생각하며 침울해진 알리시아의 무릎에서 카슈반이 천천히 일어났다. 알리시아의 옆에 엉덩이를 걸치고 앉아서 커튼으로 가려진 창밖에 시선을 주었다.

"나는…… 어머니가 없어서 쓸쓸하다고 생각한 적은 없다. 태어날 때부터 줄곧 어머니는 없다는 말을 들어왔으니까."

카슈반은 이미 장미 화원에 묻힌 지나 하르바스트를 생모라고 잘못 안 채, 진짜 어머니인 마리안느 라이센의 시중을 받았다고 했다.

게다가 마리안느는 그런 상황에도 탄식하지 않고, 당연한 일로 받아들였다고 했다. 마리안느는 '날개의 기도'교의 경건한 신자로서 가르침을 기초로 하는 신분 제도에 순종적이었다. 그런 마리안느에게 상위자인 영주의 요구에 부응하는 행동은 기쁨 그 자체였다.

"하지만…… 카슈반 님은 어머니의 성을 사용하시잖아요."

카슈반은 전 영주 레디오르 하르바스트의 성을 버리고 라이센이라는 성을 택했다.

"저도…… 카슈반 님과 결혼해서 카슈반 님의 어머니 성을 갖게 되었습니다. 카슈반 님은…… 라이센의 성을 남기길 원치 않으시나요……?"

"……하르바스트보다 조금 나을 뿐이야."

카슈반은 변함없이 창밖을 향한 채 대답했다. 그런 뒤 갑자기 뒤를 돌아보았다.

"꺅?!"

다음 순간, 침대에 쓰러뜨려진 알리시아는 놀라서 뒤집어진 목소리를 냈다. 책에 나온 순서와 달라요, 그렇게 생각하면서.

그러나 놀란 것은 카슈반도 마찬가지였다. 알리시아를 감싸듯이 위에 올라탄 채, 긴장한 목소리로 외쳤다.

"사신, 무슨 일이냐!!"

카슈반의 말이 떨어지기 무섭게 침대 머리맡에 사신 소년 루아크가 모습을 나타냈다. 손에는 머리카락과 같은 은색의 번쩍거리는 무기를 들고 있었다.

"미안, 예의 수상한 기척이 가까이에 있었는데 잡지 못했어."

루아크는 거대한 침과도 닮은 물건을 손에 쥔 채 빈틈없이 좌우를 살폈다.

그라네우스가 온 이후로 나타났다는 수상한 기척. 정체를 파악하지 못했다고 보고하는 루아크는 보기 드물게 초조한 얼굴을 하고 있었다.

"지금 건 나도 확실히 느꼈다. 역시 네 전 동료인가? 기척이 닮았어."

"……그럴지도 모르겠네. 아직 추측일 뿐이지만."

루아크나 제다 등 전 '장난감 군대'의 구성원은 조직이 해체될 때 대부분 처분되었다. 그러나 개중에는 탈주한 자, 라그라드르 용병단에 들어간 자 등 다양한 형태로 살아남은 사람이 있다.

"루아크의 동료…… 가제트 후작님이 뒤에서 조종한다고 생각하시나요?"

알리시아가 묻자 카슈반과 루아크는 얼굴을 마주 보며 뭐라 형용할 수 없는 표정을 지었다.

그라네우스가 온 이후로 수상한 기척이 저택 안에서 느껴지기 시작했다. 얼마 전에 루아크가 그렇게 가르쳐주었다.

카슈반의 요구에 응해 일부러 아즈베르그 지방까지 찾아온 그라네우스. 그러나 그에 관해서는 이전부터 좋지 않은 소문이 돌고 있었다. 게다가 제오르디스와도 친한 사이인 듯했다.

애초에 가제트 가는 실딘 왕가와 친교가 깊다. 왕가, 특히 제오르디스를 왕으로 만들고 싶어 하는 재상 이달의 입김이 닿지 않았다는 증거는 어디에도 없었다.

"가제트 지방에 관해 알아보고 계신 것도 가제트 후작님의……, 아."

갑자기 카슈반이 손을 뻗어 타이르듯이 황갈색 머리카락을 쓰다듬었다.

"모든 것이 아직 미지수다. 이 이야기도 남에게 해서는 안 돼,

알리시아. 자, 루아크. 알리시아를 방까지 데려다줘라."

"앗, 하지만 그러면 카슈반 님이 위험해지시잖아요."

조금 전만 해도 위험한 암살자가 바로 근처까지 와 있었을지도 모르는 상황이었다. 떨어지지 않는 편이 좋을 텐데. 알리시아는 그렇게 생각했다. 그에 루아크도 찬동했다.

"그래, 형님. 나로서도 지킬 상대가 한곳에 모여 있는 편이 더 좋다고. 얼마 전에도 그렇다고 말했잖아."

"……알리시아는 나와 있는 편이 더 위험할지도 몰라."

상냥하게 머리를 쓰다듬으며 속삭이는 목소리에 알리시아는 눈을 크게 떴다.

"최근에 내가 초조하다는 자각은 하고 있다. 여유가 없을 때 네 상대를 하면, 나중에 후회하는 꼴이 될지도 모르겠다는 기분이 들어."

그런 식으로 말하면 알리시아도 루아크도 반론할 수 없다.

"내 몸은 스스로 지킬 수 있다. 나도 이제 가서 잘 테니, 알리시아도 그만 자라. 루아크, 알리시아에게서 눈을 떼지 마라."

카슈반은 알리시아를 침대에서 내려오게 한 뒤, 이마에 어색하게 키스를 해주고 방에서 쫓아냈다. 촛대를 하나 멋대로 빌린 루아크가 '나는?' 하고 장난스럽게 보채자, 그는 '500년 뒤에 해주마'라고 쌀쌀맞게 거부했다. 그러나 쌀쌀맞은 태도는 어딘지 일부러 꾸민 듯한 느낌이 들었다.

"하아, 이거이거, 여전히 귀찮은 주인님이야."

한쪽 손에 촛대를 든 루아크가 알리시아와 나란히 걸으면서 과장스럽게 투덜거렸다.

"카슈반 님, 괜찮으실까요? 강한 분이기는 한데요."

"웅…… 아마도 괜찮겠지. 나한테 기척을 들켰다면."

한순간, 뭔가를 생각하듯 천장을 바라보던 루아크는 바로 웃는 얼굴을 하며 알리시아를 위로했다.

"그 사람, 요즘 들어서 진심으로 상대하는 나 이외에 다른 사람에게는 져본 적이 없잖아. 그런데 나보다 강한 녀석도 보기 드물거든."

분명히 카슈반은 용병단장인 발로이를 검술 스승으로 두고 있는 만큼 강했다. 제다와 싸워 이긴 적도 있을 정도였다.

그러네요, 알리시아는 웃으며 대답하면서 자기 방으로 돌아갔다. 루아크는 바로 모습을 감추었다. 그래도 근처에 있어 줄 터였다.

"……빨리 카슈반 님께 드릴 반지를 완성해야겠어요."

그라네우스에게 '평범'하다는 말을 들어서 어지간히 충격이었던 모양이다. 류크는 또다시 방에 틀어박혀 있었다. 같은 방에 있는 세공업자 같은 목수도 두문불출. 그러한 상황을 보자니 작업은 순조롭게 진행되는 것 같았다. 그러나 도안을 담당하는 류크가 정신적으로 충격을 받은 상태였기 때문에 좀처럼 완성 단계에 들어서지 못하고 있었다.

"류크도 참. 나는 류크가 평범한 구더기라도 상관없는데 말이죠……. 카슈반 님도 그렇게까지 예술에 관심을 가지진 않으셨고요…….”

알리시아는 류크의 마음에 난 상처를 더 헤집어놓을 말을 하면서 잠옷으로 갈아입었다.

[제4장] 폭군의 심판

　그라네우스가 온 지도 보름이 지났다. 그동안, 알리시아는 그라네우스를 독살하려 한 날 이후로 카슈반과 거의 접촉하지 않고 지냈다.

　"……역시 안 돌아오셨네요, 카슈반 님."

　알리시아는 텅 빈 아침 식사 접시를 정리하는 노라에게 작은 목소리로 말을 걸었다.

　주인이 앉는 상석은 오늘도 비어 있었다. 항상 주인 곁에 있어야 하는 트레이스도 당연히 부재 상태였다. 루아크도 그라네우스가 있기 때문에 식사 자리에는 모습을 나타내지 않았다. 류크도 아직까지 방에 틀어박혀 있었다.

　이번에는 알리시아가 쓸쓸함을 느낄 차례였다. 단이 자신의 취향을 한껏 살려서 만든 요리는 맛있었고, 작은 동물의 뼈를 쌓아 올려 만든 것 같은, 그라네우스의 오늘의 모자도 무척 흥미로웠다. 그래도 적막감이 느껴지는 것을 부정할 수 없었다.

　"그러네요. 하지만 이전에는 항상 이런 분위기였잖아요? 카슈반 님은 바쁘신 분이니까요. 마님 생일까지는 아마 돌아오시겠죠."

　일부러 그러는 듯 애교가 없는 노라의 반응에 알리시아는 후우 한숨을 내쉬었다.

"그러네요. 노라는 나보다도 더 오랫동안 좋아하는 사람을 보지 못하고 있죠……."

"지, 지금 레이덴 백작님이야 아무래도 좋잖아요?!"

노라가 하마터면 손에 든 접시를 떨어뜨릴 뻔했다. 그런 노라와 알리시아를 보고 있던 그라네우스가 '그럼 나는 먼저 실례하지. 알리시아, 도서실에서 보지'라는 말을 남기고 자리에서 일어섰다. 또 옷을 갈아입으러 가는 것이다.

"예에. '연팔'의 대사 맞춰보기, 기대하고 있답니다."

그라네우스가 가져온 기서의 이름을 대자 알리시아는 조금이나마 기운이 났다. 이렇게 익숙한 하루가 다시 반복되나, 그렇게 생각했다. 그러나 알리시아가 도서실로 가볼까 생각했을 때, 문득 멀리서 말 울음소리가 들려왔다.

"……어머, 카슈반 님이 돌아오셨나!"

알리시아는 서둘러 자리에서 일어나 종종걸음으로 1층 큰 홀로 향했다.

알리시아가 큰 홀에 들어서는 순간, 바깥으로 이어지는 문이 난폭하게 열렸다.

들어온 사람은 예상했던 대로 카슈반이었다. 그의 등 뒤에서는 카슈반이 문 근처에 내버려 두고 온 말을 하인들이 열심히 제압해 마구간 쪽으로 끌고 가려고 하고 있었다.

"어머, 카슈반 님, 어서 오세요! 무슨 일이시죠? 그렇게나 배가 고프신가요?"

 말을 마구간에 집어넣을 시간도 아깝다. 알리시아는 카슈반의 태도를 배가 고프기 때문이라고 해석했다. 카슈반은 매번 있는 아내의 착각에 아무 반응도 보이지 않았다. 피로한 기색이 짙은 차가운 눈동자에는 보는 사람의 발을 묶어버리는 기세가 숨어 있었다.

 알리시아를 쫓아온 노라는 범상치 않은 상황이 되었음을 알아차리고 자리에 딱 멈춰 서버렸다. 알리시아는 카슈반의 등 뒤에 시선을 빼앗겼다.

 "아…… 밧줄에 둘둘 말린 그분이 욘인가요?"

 "—아아, 그래."

 카슈반이 표정을 바꾸지 않으며 고개를 끄덕이고는 가볍게 턱짓을 했다. 그러자 카슈반의 뒤를 따라온 두 청년이 양쪽에서 지탱하고 있던 중년 남자를 바닥에 난폭하게 내동댕이쳤다. 남자의 몸은 마치 짐짝처럼 굵은 끈으로 엄중하게 묶여 있었다.

 괴로운지 일그러진 얼굴에는 기름기가 좔좔 흘렀다. 나이는 이미 30대를 넘은 듯 보였는데, 머리카락 절반가량은 이미 벗겨져 있었다. 뒷머리를 열심히 앞쪽으로 끌어온 흔적이 애처로웠다.

 지금은 기절했는지 꼼짝도 하지 않았지만, 뺨이나 입가에 얻어맞은 흔적이 선명했다.

 "알리시아, 가제트 후작 각하는 어디 계시지?"

 "옷을 갈아입고 계십니다. 시간이 조금…… 걸릴지도 모르는데요."

 알리시아는 남편이 내뿜는 불온한 공기를 알아차리고 재빨리 대답했다. 실제로 그라네우스가 옷을 갈아입을 때는 일정 이상 시간이 걸린다. 그런데 카슈반은 이렇게 말을 이었다.

"그런가. 방해해서 미안하지만, 당장 이곳으로 모셔 와라."

"에, 하, 하지만……."

"빨리 모셔 와라. 그리고 후작 각하를 부른 후에는 너는 방으로 돌아가라."

노라가 아니라 알리시아에게 그라네우스를 불러오게 시켰다. 그것은 카슈반 나름의 배려였다.

카슈반이 서둘러 알리시아를 쫓아내려는 이유는 이제부터 알리시아에게 보이고 싶지 않은 일을 하려고 했기 때문이었다.

"카슈반 님…… 이분을 죽일 생각이신가요?"

"이 녀석의 처우는 가제트 후작 각하에게 달렸다. 그분 명령대로 나는 이 녀석을 붙잡았다. 그뿐이야."

담담한 어조에는 반론을 허락지 않는 울림이 깃들어 있었다. 알리시아는 잠시 시선을 어디에 둬야 할지 몰랐다. 그러다 트레이스가 카슈반의 뒤를 쫓아와서 부하에게 물러나라고 명령하며 조용히 주인 옆에 서는 광경을 보고 안도했다.

여느 때처럼 트레이스가 카슈반에게 뭐라고 간언하리라 생각했다. 그러나 트레이스는 온화한 얼굴에 욘을 향한 불쾌감을 드러낸 채 서 있을 뿐이었다.

"왜 그러지? 알리시아. 빨리 가라."

카슈반은 반응하지 않는 알리시아에게 화를 내는 기색도 없이 또다시 담담하게 명령했다.

그러나 알리시아는 움직이지 않았다. ……움직일 수 없었다. 그러자 카슈반은 알리시아와 마찬가지로 그 자리에 서 있는 노라를 바라보았다.

"그럼 노라. 가제트 후작 각하를 모셔 와라."

"……아, 예!"

지명을 받은 노라가 흠칫 어깨를 한 번 떨고는 종종걸음으로 달려갔다.

노라의 움직임을 쫓아 시선을 돌린 알리시아는 큰 홀 끄트머리에서 사람들을 발견했다. 단이나 세일러, 마부인 로세 등이 주축인 고용인이었다. 그들은 바닥에 구르고 있는 욘에게 시선을 집중하고 있었다. 어느 얼굴에나 트레이스와 비슷한 불쾌한 표정이 떠올라 있었다.

현재 라이센 가를 모시고 있는 고용인은 대부분 포학한 선대 레디오르에게도 굴하지 않고, 폭군이라고 악명 높은 카슈반 곁에 남은 사람들이었다. 그 연대감과 결속력은 매우 강했다. 그렇기에 욘과 같은 형태로 도망친 자를 용서할 수 없었으리라.

디네로와 그라네우스가 언제나 떠들썩해서 좋다고 부러워하던 저택의 공기는 차갑게 얼어붙어서 싸늘하게 변해 있었다.

지금 이곳은 알리시아가 아는 '라이센 돌 저택'이 아니었다. 알리시아가 시집오기 전의…… '하르바스트 장미 저택'이었다.

이야기에 등장하는 '하르바스트 장미 저택'은 무척 좋아했다. 하지만 폐쇄적이고 피와 장미 냄새에 가득 찬 이야기가 알리시아의 집이 된 이곳에서 다시 반복되면…….

"카, 카슈반 님……, 저기."

그러나 카슈반은 알리시아가 머뭇거리며 불러도 고의로 무시했다. 장화 끝으로 욘의 옆구리를 걷어찼다.

"이봐, 이제 기절한 척은 그만하시지. 10년 만에 주인의 저택에 돌아왔다고. 조금은 기뻐하면 어때?"

"아, 아얏! 웃, 아…… 우와아아아아아앗!!"

기절한 척은 아니었던 모양이었다. 찌르는 듯한 통증에 눈을 뜬 욘은 주변을 둘러보기가 무섭게 절규했다.

"하르바스트…… 우와, 아, 도, 돌아, 왔나!"

욘의 기억 속에서 이곳은 지금도 '하르바스트 장미 저택'이다.

10년도 더 전에 도망쳤으니 무리도 아니었다. 아버지의 성을 들은 카슈반이 웃었다. 그 웃는 얼굴이 제오르디스와 어딘가 비슷했다.

"뭐야, 정말로 기절했었나? 변함없이 나약해 빠졌군. 겨우 한두 대 얻어맞은 주제에."

"흐이익!!"

묘하게 밝은 목소리에 반응해 욘이 끈에 둘둘 말린 상태로 카슈반을 올려다보았다. 그 순간, 욘은 얼굴이 새파랗게 질렸다.

욘은 일어나면서 고개를 숙이려고 했다. 하지만 실패하면서 있는 힘껏 이마를 바닥에 부딪쳤다. 쿵, 아파 보이는 소리가 조용한 홀 안에 울렸다. 욘은 필사적으로 사죄하기 시작했다.

"하르바스트 공작님, 주인님. 죄송합니다, 죄송합니다! 이이이이이 욘, 결코결코 도망친 게 아닙니다. 자, 잠시 고향에 돌아가고 싶어서, 그래서……!!"

기절했다가 막 눈을 뜬 욘에게 이곳은 '하르바스트의 장미 저택'.
—그리고 카슈반은 그의 아버지인 레디오르 하르바스트였다.

카슈반의 한쪽 눈썹이 움찔하고 흔들렸다. 트레이스도 낭패스러운 표정을 지었다.

"카슈 님, 안 됩니다. 아직 가제트 후작께서 오지 않으셨습니다."

평소 트레이스는 공사를 구별하려고 '카슈'라는 애칭을 사용하지 않는다. 그러나 오늘은 주변 분위기에 영향을 받아서인가, 저도 모르게 말실수한 모양이었다. 그러나 그 호칭이 오히려 카슈반의 등을 떠민 모양이다.

"카슈반 님, 안 돼요!"

알리시아가 놀라서 목소리를 높임과 동시에 카슈반이 스릉 허리에 찬 검을 뽑아 들었다. 서늘하게 빛나는 칼날이 욘을 향했다.

"……종적을 감추었던 욘을 발견했습니다. 그러나 이미 때는 늦어서 그는 돌아올 수 없는 사람이 되었습니다."

폭군이라는 별명에 걸맞은 동작과는 어울리지 않는, 마치 책을 읽는 듯한 대사가 카슈반의 입에서 흘러나왔다.

"힘이 닿지 못했던 점, 죄송합니다. 그러나 익숙지 않은 토지에서 족적을 쫓아 유해를 발견할 수 있었습니다. 제 노력을 인정해주셨으면 합니다. —이런 줄거리는 어떠냐? 독자 여러분에게는 다소 재미없을지도 모르겠지만, 현실은 대개 이렇지."

옅게 웃는 얼굴에서 어른거리는 광기. 그러자 그 얼굴이 비밀의 방에 걸려 있던 레디오르의 초상화와 한층 닮아 보였다.

끈에 둘둘 말린 욘은 애벌레처럼 버둥거리며 필사적으로 카슈반에게서 거리를 두려고 했다.

"흐으, 헉, 사, 살려줘!! 미안해, 카슈 도련님, 정신 차렸어. 이제 괜찮아, 이제 착각하지 않을 테니까!!"

"……기분 나쁜 호칭으로 부르지 말라고 몇 번이나 말했을 텐데?"

욘은 완전히 정신을 차렸지만, 정작 '카슈 도련님'의 심기를 상하게 해버렸다. 당황한 욘이 이번에는 트레이스에게 매달렸다.

"트, 트레이스, 사, 살려줘! 리리아 일은 사과할게! 하지만 생각해봐. 그때 나랑 도망쳤으면 살해되지 않았다고!!"

"……누나 이름을 그렇게 허물없이 부르지 말라고 말했습니다."

생전에는 이 저택에서 하녀로 봉사했고, 현재는 장미 화원에 잠들어 있는 누나의 이름이 거론되자 트레이스의 표정도 얼어붙었다.

"알리시아, 앞으로 일어나는 일을 보기 싫다면 방으로 돌아가라."

트레이스에게는 카슈반을 말리는 역할을 기대할 수 없다. 알리시아가 그렇게 판단하고 뭔가 말을 보태려 했을 때였다. 카슈반이 먼저 또다시 명령했다.

"이 녀석은 네가 좋아하는 이야기를 써준 인간이다. 동정을 베풀고 싶은 기분은 이해하지만 재능과 인격은 별개니까. 생일에는 다른 작가를 불러주마."

"카, 카슈……, 꾸엑."

욘이 뭐라고 나불거리려고 하자 카슈반은 부풀어 오른 배를 짓밟아 입을 봉했다.

"그건…… 그것도 있지만요."

욘이 죽으면 '비악'의 속편을 읽을 수 없다. 은밀한 욕망은 일단 제쳐 두고, 알리시아는 더듬더듬 말을 이어나갔다.

"하지만 그분이 책을 써주지 않으셨다면…… 저와 카슈반 님은 분명히…… 저기, 서, 서로에 관해 알기까지 시간이 걸렸을 거예요……."

'하르바스트의 장미 저택'을 읽었기 때문에 알리시아는 이 저택에 관한 일이나 저택에서 일어난 참극을 알 수 있었다.

처음에는 이 저택에서 일어났던 일이라고는 알아차리지 못해서 카슈반의 화를 돋우었다. 알고 난 후에는 한층 더 호기심이 일어나 카슈반을 화나게 하기도 했다. 하지만 그런 일을 겪지 않았다면, 카슈반이 책에 쓰이지 않은 일까지 가르쳐주는 데에 좀 더 시간이 걸렸겠지.

"아아, 무슨 말인지 모르겠지만 그 말이 맞아, 아가씨! 좀 더 말…… 꾸엑!!"

"내 아내에게 허물없이 말을 걸지 마라."

욘은 알리시아에 관한 정보도 그다지 갖고 있지 않은 듯했다. 카슈반이 영문도 모르는 채 맞장구를 치는 욘의 배를 다시 한번 짓밟았다.

"게다가 그…… 이 저택에서 피를 더 흘리면…… 카슈반 님을 위해서라도 안 좋다고, 저……."

남편을 올려다보며 열심히 말하던 알리시아의 등 뒤에서 갑자기 뭔가가 쓰러지는 소리가 들렸다.

"꺅?!"

알리시아는 우선 그 소리에 놀랐다. 다음에는 틈을 주지 않고 재빨리 옆으로 다가온 카슈반의 품에 안기는 바람에 한층 더 놀랐다. 도중에 꾸엑 소리가 들린 걸 보면 또 욘의 배를 밟은 모양이었다.

"루아크!"

카슈반은 한 손으로는 알리시아를 안고 다른 손으로는 검을 겨눈 채 날카롭게 사신의 이름을 불렀다. 삐뚤어진 안경을 고쳐 쓰면서 홀 중앙부를 바라본 알리시아는 그림자 두 개가 서로 포개져 있는 모습을 보았다.

위에 올라타 있는 자는 루아크였다. 그리고 밑에는 루아크와 비슷한 또래인 낯선 소년이 깔려 있었다.

"드디어 잡았다."

"제, 젠장……!"

몇 번인가 루아크가 입에 올렸던 수상쩍은 기척의 발생원. 바로 이 소년인 듯했다. 그런데 소년의 외모가 알리시아의 시선을 끌었다.

"어머, 저분은…… 라그라드르인?"

소년은 짧게 자른 검은 머리에 검은 눈동자, 야윈 체구였다. 루아크와 마찬가지로 몸에 딱 맞는 검은색 민소매 상의와 바지를 걸치고 있었는데, 겉으로 드러난 피부가 거무스름했다.

실딘인의 하얀 피부와 비교해 한층 더 두드러지는 피부색은 용병 국가 라그라드르 백성의 특징이다.

그러나 알리시아의 질문에 소년은 얼굴색을 바꾸며 고함을 쳤다.

"나를 '진흙의 백성' 따위와 똑같이 보지 마!"

소년은 외치는 기세를 이용해 루아크를 튕겨낸 뒤, 재빨리 일어나 무기를 바로 쥐었다.

루아크도 소년과 마찬가지로 자리에서 일어나 자세를 바로 했다. 루아크가 지닌 무기는 침처럼 생겨 특수하게 보였지만, 이와 달리 소년의 무기는 겉으로 보기에는 크게 휘두를 수 있는 정도만이 장점으로 보이는 평범한 나이프였다. 그러나 전 '장난감 군대' 출신이라면 칼날에 비료불요초를 정제해서 만든 독을 발라놓았을 터였다.

"……그런가. 너, '회색'인가?"

카슈반은 소년의 용모와 라그라드르인이라고 불렸을 때 반응을 보고 정체를 알아차린 모양이었다. 표정에는 불쾌함이 가득 배어 있었다.

"'회색'…… 어머, 그럼 실딘인과 라그라드르인 사이에서 태어난……."

알리시아는 희미한 기억을 더듬었다.

'회색'이란 실딘인과 라그라드르인 사이에서 태어난 아이를 통칭해서 부르는 말이다. 실딘인의 '하얀' 피부와 라그라드르인의 '검은' 피부가 섞여 '회색'이 된다는 의미였다.

그러나 라그라드르인 자체가 뛰어난 전투력과 돈에 악착스러운 성질, 무엇보다 특징적인 피부색 때문에 '진흙의 백성'이라고 불리며 차별을 받는다. '회색'은 라그라드르인과 마찬가지, 혹은 그 이상 차별받는다.

왜냐면 일반적으로 실딘인과 라그라드르인은 정을 나누는 일이 없기 때문이다. 즉, 대부분 '회색'은 손님을 고를 수 없는 창부에게서 태어나든가, 혹은 합의를 거치지 않은 성교로 태어난다. 그중에는 아이의 피부색 때문에 비난받을까 두려워한 부모에게 살해당하는 경우도 적지 않다.

"……그래. 이 녀석의 이름은 기제. 내 전 동료, 라고 할 수 있을까?"

루아크는 반짝반짝 빛나는 눈으로 자신을 노려보는 기제를 간결하게 소개했다.

"흐응, 그런데 기제, 였네. 알다시피 나한테도 기척이 느껴졌다고…… 잠깐, 그렇다면……."

자기가 붙잡아 놓고 루아크는 새삼스럽게 혼잣말을 해댔다.

우습게 여겨졌다고 생각했을까. 기제가 목청을 높여 고함을 질렀다.

"누가 전 동료냐! 웃기지 말라고, 항상 1등이었던 놈이! 아무도 동료라고 생각한 적 없었던 주제에!!"

1등. 그 이름에 루아크가 움찔 표정을 움직였다. 그 얼굴을 본 기제가 계속 규탄했다.

"네가 소중하게 생각한 건 아무짝에도 도움이 안 되던 형뿐이었잖아! 그런 무능력자를 살려두려고 우리가 몇 명이나 희생됐다고 생각하냐?! 사신이라고 불리나 보던데, 넌 정말 사신이다! 동족을 죽이는 사신!!"

"기제, 그런…… 읍."

카슈반이 참견하려는 알리시아를 제지했다. 쓸데없이 기제의 관심을 끄는 행동을 하게 내버려 두고 싶지 않았다. 그러나 알리시아는 아무 말이 없는 루아크의 속내가 신경 쓰여 참을 수가 없었다.

'장난감 군대'는 암살자로 이루어진 정예 부대다. 질을 유지하려고 구성원의 순위를 매기고 순위가 낮은 자는 죽여 버렸다는 이야기를 알리시아도 들은 적이 있었다.

다리를 다친 루아크의 형 사이드는 원래대로라면 다리를 다친 시점에서 처분되었어야 한다. 그러나 기제가 한 말처럼 부대 내에서 '1등'이었던 루아크의 바람에 따라 사이드는 계속 살아남을 수 있었다. ……그런 정신적인 부담 때문에 한층 더 동생을 증오하면서.

"그—런 어중이떠중이를 모아놓은 부대에서 동료 의식을 갖는 녀석은 거의 없을 텐데. 그렇게 보면 애초에 2등도 상당한 시체 위에 서 있는 셈인데, 그런 자각은 있나?"

이번에는 루아크가 기제를 '2등'이라고 불렀다. 기제의 표정이 조금 전 루아크와 비교도 되지 않을 만큼 크게 움직였다.

"뭐 아무려면 어때. 이제는 없어진 조직 일로 지금 와서 서로 매도해봤자 허무할 뿐이니까."

루아크는 기제의 반응을 관찰하면서 그 이상 말하지 않고 화제를 바꾸었다.

"단도직입적으로 묻지. 있잖아, 기제. 기제의 고용주는 누구야? 거기 계신 화려한 후작님? 아니면 괴물 왕자님?"

루아크가 녹색 눈동자를 들어 힐끗 2층으로 통하는 계단을 바라보았다. 잠시 후, 계단 꼭대기에 옷을 다 갈아입은 그라네우스와 종복들이 모습을 나타냈다. 밤하늘과 별을 표현했을까. 검정에서 파랑으로, 소매 끝으로 내려갈수록 색이 변화하는 겉옷에 작은 보석이 무수하게 꿰매 붙여져 있었다.

어머. 오늘도 멋지시네요, 하고 알리시아는 느긋한 감상을 품었다. 그러나 그라네우스를 부르러 갔던 노라의 얼굴색은 창백했다. 설마 그사이에 상황이 아까보다 더 심각한 사태로 진전했을 줄은 생각도 못했으리라.

그러나 기제는 한순간 그라네우스를 힐끗 쳐다보았을 뿐 아무 반응도 보이지 않았다. 뭔가 관계가 있다고, 그렇게도 받아들일 수 있는 태도였다. 그러나 루아크는 기제의 반응을 대답이라고 간주했는지 질문을 바꾸었다.

"그럼 두 번째. 이 건에…… 아니, 작년 국왕 암살 미수 사건 때부터 '선생님'이 관여하고 있었어?"

'선생님'이란 단어가 나온 순간, 알리시아도 알 수 있을 정도로 기제의 얼굴색이 노골적으로 바뀌었다. 다음 순간, 아차 싶은 표정도 또 노골적으로 드러났다. 그 반응을 보고 루아크는 어깨를 움츠렸다.

"어떻게 알았냐고? 간단하지. 나보다 강한 녀석이라니, 전 세계에서도 손에 꼽힌다고. 하물며 '장난감 군대'와 얽힌 자로 범위를 좁혀 본다면야 답은 금방 나오지."

"루아크, 선…… 읍."

알리시아는 '선생님'이라는 단어가 의미하는 바를 알고 싶었다. 그러나 또다시 카슈반이 입을 막는 바람에 읍읍거릴 수밖에 없었다. 그런 알리시아와 카슈반을 곁눈으로 바라보며 루아크는 이야기를 진행했다.

"왕궁 안에 내가 있었는데도 기척을 전혀 내지 않고 임금님의 방에 숨어 들어간 암살자. 연금술사로 변장해서 임금님에게 신뢰를 얻고는 암살에 실패하자 공손하게 음복 자살까지 해줬지. 하지만 도중까지 보여줬던 수완 좋은 솜씨와 마지막 순간의 조잡한 마무리가 너무 균형이 안 맞아. 그래서 수상쩍다고 생각했지."

생각해보면 루아크는 작년 그 사건의 결말이 석연치 않다는 기색을 보였다. 알리시아는 루아크가 제다와 이야기하고 싶다던 일이 이것이었다는 사실을 깨달았다.

"시체는 가짜. 암살자는 기제가 변신했다고 생각할 수도 있지만, 미안하지만 기제치고는 솜씨가 너무 좋았어. 혹시나 했지만 '선생님'이었다면 수긍할 수 있지."

들으면 들을수록 알리시아는 '선생님'을 향한 흥미가 끓어올랐다. 그러나 카슈반이 입을 막고 있었기에 얌전히 있을 수밖에 없었다. 한편, 카슈반은 '선생님'에 관한 일을 루아크에게 들은 모양이었다. 표정이 여느 때보다도 한층 더 날카로웠다.

"요약하자면 '선생님'은 왕자님을 따라서 이곳에 왔고, 기제도 '선생님'과 함께 왔어. 그리고 '선생님'만이 라그라드르로 동행하고, 기제는 남아서 저 화려한 후작님이나 주변 일을 조사하라는 명령을 받았다……. 대충 그렇지?"

루아크의 추측은 얼추 들어맞은 모양이었다. 기제는 밉살스러운 눈초리로 그를 노려볼 뿐이었다.

"……흐응, 그나저나 간단히 죽지는 않았을 거라고 생각했는데, '선생님' 살아 있었구나. 그것도 왕가 쪽에 붙었을 줄은 생각도 못 했네. 하지만 왕자님이 나딜 씨를 데리고 온 걸 보면, 왕가와 교단 쪽 급진파가 손을 잡았다고 봐도 될까? 결국 암살 미수 사건으로 처벌받은 쪽은 '날개의 기도' 교단 온건파 사람인 모양이니까. 그렇지? 형님."

"……그렇게 보이더군."

루아크가 익살스럽게 부르자 카슈반은 험악한 표정을 지은 채 맞장구를 쳤다. 카슈반은 힐끗 시선만을 돌려 방치 중인 욘을 쳐다보고는 이렇게 말했다.

"이보다 자세한 이야기는 나중에 시간을 듬뿍 들여 하고 싶은데. 무엇보다 지금 나는 바쁘다."

"그—으래."

주인의 의향을 파악한 루아크가 자세를 바로잡았다.

욘을 어떻게 할지는 아직 명확히 정해지지 않았으니, 선결과제는 기제를 제압하는 것. 이야기는 나중에 얼마든지 들을 수 있었다.

"……나를 잡겠다고? 내가 그렇게 간단히 잡힐 거라고…… 너보다 약하다는 말이냐?"

주위에 시선을 주면서 기제가 낮게 물었다.

"거야 그렇지. 그러니 내가 1등이고 기제가 2등이지. 솔직히 기제인 줄 알았다면 이렇게까지 경계하지 않았을 텐데."

"닥쳐라!"

무척 도발적인 루아크의 말에 기제는 우스울 정도로 뚜렷하게 반응했다.

"시끄러워시끄러워시끄러워! 항상 자기가 1등이라고 생각하고……

'선생님'도 항상 너와 나를 비교한다고⋯⋯!!"

상처 입은 짐승처럼 부르짖는 기제의 모습이 갑자기 루아크의 시야에서 사라졌다.

그러나 그 모습이 바로 2층으로 이어지는 계단 중간에 나타났다. 기제는 그라네우스에게로 향하려고 했다. 그러나 기제의 앞을 동시에 움직인 루아크가 가로막았다.

"안 된다니까."

"⋯⋯제길!"

탁, 바닥을 차는 소리를 내며 기제가 다시 모습을 감추었다.

알리시아가 그렇게 생각한 순간, 갑자기 자신을 안은 카슈반의 팔에 힘이 들어가는 바람에 알리시아는 허둥댔다. 비명을 지를 뻔한 시점에, 가까이에서 칼날이 부딪치는 귀에 거슬리는 소리가 울려 퍼졌다.

기제가 목표를 바꾸어 카슈반을 덮쳤다. 알리시아라는 짐을 안고 있다는 점을 생각하면 루아크보다는 상대하기 쉽다고 생각했으리라.

그러나 카슈반은 얼굴을 살짝 찡그리면서도 기제의 나이프를 검신으로 미끄러뜨려 흘려버렸다.

"⋯⋯솜씨가 뛰어나긴 하다만, 내 '아들' 정도는 아니야!!"

카슈반은 나이프 공격을 막아내면서 기제의 발을 걸었다. 기제는 즉시 점프해서 공격을 피했다. 그러나 그사이 카슈반은 자세를 바로 잡았고, 루아크도 카슈반 곁으로 이동했다⋯⋯.

"트레이스, 물러나라!"

카슈반이 험악한 목소리로 외쳤다.

카슈반을 상대하는 것도 여의치 않다고 여긴 기제가 목표를 트레이스로 바꾸려 한 것이다. 알리시아는 저도 모르게 트레이스에게 좀 더 비료불요초를 먹여서 몸이 독에 익숙해지게 했어야 됐다고 후회했다.

트레이스의 신체 능력은 평범했다. 기제의 나이프를 받아낼 수 있을까 의심스러웠다.

"아, 옛!!"

트레이스는 뒤로 벌렁 넘어질 뻔하면서도 어떻게든 암살자의 나이프를 피하고 근처 기둥 그림자로 뛰어들었다. 그 모습을 본 루아크가 기쁜 듯이 익살을 떨었다.

"과연, 트레이스 씨. 아직 많이 부족하지만 그래도 내 제자다워!"

"하, 하하, 제다가, 이길 수 없을 것 같으면 첫 일격을 피한 뒤, 도망치라고 가르쳐줘서……."

"아하하, 역—시. 훈련 상대를 제다 씨로 바꾸길 잘했네."

한가로운 대화를 나누기도 잠시. 기제가 허공을 벤 나이프를 버리고 몸을 낮게 숙였다.

"헉, 앗, 나……?!"

아무래도 트레이스를 공격한 것은 처음부터 연막이었던 모양이었다. 기제는 끈에 둘둘 말린 채 방치된 욘의 목덜미를 덥석 붙잡고는 밖으로 이어지는 문 쪽으로 이동했다.

"어머, 욘이!"

기제가 욘의 겨드랑이 밑으로 손을 넣어 꼼짝 못 하게 하는 광경을 보고 알리시아는 고개를 갸우뚱했다.

"도, 도와줘, 아가씨!!"

카슈반은 아직도 주제 파악을 못 하고 알리시아를 불러대는 욘과 그런 욘을 인질로 삼은 기제 양쪽을 다 코끝으로 비웃었다.

"이봐, 설마 그 녀석을 방패로 삼아 도망치려고? 기제. 너도 들었을 텐데. 나는 조금 전까지 그 녀석을 죽이려 했었다고."

"그런 잔인한! 카, 카슈반 님, 마음 고쳐먹겠습니다. 성실하게 일할 테니까, 제발 살려주십쇼!"

욘이 썰렁해진 머리를 마구 흐트러뜨리며 구해달라고 애원했다. 기제는 그런 욘보다 한층 더 호리호리했다. 그런데도 목에 두른 팔에 힘을 넣자 숨이 막히는지 욘의 얼굴이 갑자기 새빨개졌다.

그러나 기제는 뒷일을 생각하고 욘을 붙잡는 행동을 하진 않았던 모양이었다. 카슈반에게 대꾸하는 말에는 힘이 없었다.

"……시, 시끄럽다……. 이 녀석을 어떻게 할지는, 아직 정하지 않았잖아……."

지금 이 순간, 계단 꼭대기에 서서 이쪽을 응시하는 그라네우스는 분명히 욘을 어떻게 하라고 말하지 않았다. 노라나 다른 고용인이 일찌감치 도망친 것과는 달리, 그라네우스는 자리를 뜨지 않고 물끄러미 상황을 지켜보고 있었다.

"게다가 도망친다고 해도 '선생님'의 존재를 누설한 기제를 그 사람이 어떻게 다룰까? ……이미 '장난감 군대'는 존재하지 않아. 그러니까 적당히 현실을 직시하는 게 어때?"

평상시보다 50%쯤 더 얄미워진 루아크의 야유에, 그 사실을 부정하려는 듯이 기제가 고함을 쳤다.

"시끄러워시끄러워시끄러워!! 나는 강해질 수 있어! 너보다 '선생님' 에게 도움이 될 수 있다고!!"

기제는 루아크에게도 '선생님'에게도 일일이 크게 반응했다. 알리시아는 욘을 끌어안고 주춤주춤 후퇴하는 기제의 손가락에서 뭔가가 둔하게 빛나고 있다는 점 알아차렸다.

"어머…… 기제도 반지를 끼고 있네요. 결혼반지는 아닌가 본데."

피부색과 비슷한 색으로 숨겨놓은 상태라 알아차리기 힘들었지만, 기제의 오른손 검지에 구리로 된 두꺼운 반지가 끼워져 있었다.

"반지…… 그런가, 그것도 무기인가."

카슈반은 때때로 날카로운 눈썰미를 발휘하는 아내의 말에 약간 동요하면서도 반지의 정체를 알아차린 모양이었다. 암살자가 불필요한 물건을 몸에 지니고 있을 리 없다는 판단에서 내린 결론이었다.

"반지로 가장한 독침인가? 그것도 '선생님'이 쓰라고 시켰어?"

루아크가 일부러 도발하며 질문하자 기제는 또다시 '시끄러워, 너랑은 상관없잖아!'라고 고함을 쳤다. 한편 목덜미에 독침이 닿기 직전이라는 사실을 깨달은 욘이 눈물 어린 목소리로 구해달라고 빌기 시작했다.

"죄, 죄송합니다. 이 저택 일을 외부에 누설해서 그, 정말 죄송했습니다……! 수, 수입도 대단치 않았고 그것마저 전부 써버려서 바로는 어렵습니다만, 그 이야기로 벌어들인 돈과 같은 금액을 카슈반 님께 드릴 테니 살려주십시오!!"

"카슈반 님……."

미묘하게 천박함을 띤 절규에도 카슈반은 아무 대답도 하지 않았다. 알리시아는 그런 남편의 이름을 살짝 불러보았다.

그러나 카슈반은 움직이지 않았다. 그래서 알리시아는 아직도 도망칠 기색을 보이지 않는 그라네우스를 향해 질문을 던졌다.

"저…… 가제트 후작님. 욘을 어떡하면 좋을까요? 어떡하면 카슈반 님의 힘이 돼주실 거죠……?"

"사, 살려주셔야 합니다! 그렇습니다, 고귀한 분!!"

욘은 그라네우스를 잘 알지 못하면서도 원조를 구하는 목소리를 높였다.

그러나 그 부주의한 한마디가 오히려 기제의 초조함에 부채질을 한 모양이었다. 독침이 든 반지를 낀 손가락에 힘을 넣자 욘은 갑자기 입을 우물거렸다.

"이제 포기해, 기제. 기제는 솜씨는 훌륭하지만, 성격이 암살자에 어울리지 않아. 그걸 알면서도 '선생님'이 널 쓰는 이유는 실패하면 바로 잘라버리기 위해서야."

그렇게 말한 루아크는 옆에서 날카로운 표정을 짓고 있는 카슈반을 힐끗 올려다보았다.

"내 주인님은 인재를 다루는 법을 알지. 기제도 그럴 생각이 있다면 그냥 이대로 여기 남으면 어때?"

찰나의 순간, 망설이는 것처럼 기제의 시선이 허공을 맴돌았다.

그러나 시선이 카슈반을 향한 순간, 마음속에 굳게 뿌리내린 문제가 떠오른 모양이었다.

"……라그라드르인과 친하게 지내는 녀석 밑에 붙을 것 같으냐!!"

그렇게 외친 기제의 팔에 다시 힘이 들어갔다.

동시에 알리시아는 카슈반이 자신에게서 떨어지고 루아크가 일으킨 바람이 뺨을 매만지는 것을 느낄 수 있었다. 욘이 쥐어짜는 듯한 비명을 지르고 알리시아는 저도 모르게 눈을 감았다.

"꺄악……?!"

난폭하게 문이 열리는 소리가 들렸다. 알리시아는 놀라서 눈을 떴다.

밖으로 이어지는 문이 열려 있었다. 그 앞에서 카슈반과 루아크가 밖을 노려보고 있었다.

두 사람의 발밑에는 욘이 아우아우 의미 불명인 신음을 내뱉으며 쓰러져 있었다. 기제의 모습은 어디론가 사라져 버렸다.

"어머, 욘 괜찮나요? 음 그러니까, 지금 와서 비료불요초를 먹이면 효과가 있을까요?"

카슈반이 독에 내성을 키우려는 알리시아의 말에 쓴웃음을 지었다.

"지금 비료불요초를 먹였다가는 네가 이 녀석을 죽이게 된다. 어이, 욘! 언제까지 바닥에서 구르고 있을 거냐? 빨리빨리 일어나."

카슈반은 끈에 둘둘 말린 욘이 자력으로 일어날 수 없는 줄 알면서도 차갑게 말하며 구두 끝으로 욘을 걷어찼다.

"아얏! 앗, 앗, 나 살아 있나……?!"

이미 더 높은 나라에라도 올라간 줄 안 모양이었다. 욘이 입속에서 성경 구절을 외우기 시작했다. 그러나 통증 덕분에 욘은 자신이 얼마나 운이 좋았는지를 알 수 있었다. 알리시아라면 모를까, 정제한 비료불요초의 독을 맞았다면 한참 전에 목숨이 끊어졌으리라.

"카슈 도련님……!! 아, 아아, 감사합니다, 감사합니다……! 정말로 구해주실 거였으면 그렇게 거드름피우지 말고 바로 구해주셨으면 되었을 것을! 어쨌거나 정말로 감사합니다, 카슈 도, 아얏!!"

말을 속사포처럼 내뱉던 욘은 카슈반이 또다시 어깨를 걷어차자 그대로 침묵했다.

"아, 늦지 않았구나. 다행이네, 욘 씨. 동요시키려고 열심히 찔러보았지만, 기제도 실력이 보통이 아니라서. 다행히 목숨 건졌네."

루아크는 발밑을 바라보면서 생긋 웃는 얼굴로 말했다. 그러나 잠시 후, 루아크는 시선을 다시 문밖으로 향했다.

"……그건 그렇고, 과연 기제야. 결국 인질도 없이 도망쳤어. 그 왕자님도 앞으로는 라그라드르인과 교류할 생각일 텐데……. 뭐, 어떤 식으로 교류할지는 모르겠지만."

카슈반은 혼잣말을 하는 얼굴을 보고 루아크가 평소보다 한층 더 수다스러웠던 이유를 알아차렸다.

"너치고는 묘하게 계속 도발한다고 생각했는데…… 기제도 실력이 꽤 뛰어난가 보군."

카슈반도 조금 전 기제에게 일격을 받았을 때는 루아크보다 실력이 떨어진다고 도발했었다. 그러나 기제는 두 사람 앞에서 아무 상처 없이 도망쳤다. 두 사람이 욘에게 정신이 쏠려 있었다는 점을 빼더라도 솜씨가 상당했다.

"단순히 기술만 놓고 본다면 기제가 나보다 위일지도 몰라. 하지만 그 녀석은 정신이 약하달까, 좀 불안정해서. 잠자코 재빨리 해치우면 간단한 일도 가볍게 찔러주면 무너져버려."

기제를 동요하게 하려고 '1등'이니 '2등'이니 강조했던 루아크였지만, 실제 평가는 다른 모양이었다. 애초에 기제를 그렇게 낮게 평가했다면 '선생님'이 잠복해 있다고 의심할 필요까지 없이 바로 붙잡을 수 있었으리라.

"뭐, 암살자는 일할 때는 서로 말을 할 기회가 별로 없어. 그래도 기제는 무슨 일이 됐든 가슴속에 오래 품고 있더라."

"특히 너와 관계된 일이겠지?"

카슈반이 검을 칼집에 집어넣고 참견했다. 갑작스러운 일에 놀란 바깥의 경비병에게 사정을 설명하는 역할은 트레이스에게 맡겼다.

"너도 의외로 가슴속에 오래 품고 있는 경향이 있지, 루아크. 기제를 상처 입히는 건 상관없지만, 자신이 흘리는 피도 계산에 넣어둬라."

"……변함없이 착한 형인 척 행세해서 짜증 나."

루아크는 오랜만에 밉살스러운 소리를 내뱉고 발밑의 욘을 힘들이지 않고 잡아서 일으켜 세웠다. 욘은 루아크가 상당한 실력자라는 사실을 깨달았는지 얌전히 침묵을 지켰다.

"기제의 일은 일단 제쳐 두고, 이 사람을 어떻게 해야 할지 여쭤봐야 하잖아?"

루아크의 시선이 움직였다. 그에 맞춰 고개를 돌린 알리시아는 그

전과는 다르니까 말이다."

카슈반은 욘 스스로는 비아냥거린다고 자각하지 못했던 비아냥거림을 깨끗하게 받아넘겼다. 이후, 말을 잇지 못하는 욘을 바라보며 허리에 찬 검에 손을 갖다 댔다.

"불만인가? 그렇다면 어쩔 수 없지. 더 높은 나라가 됐든 물밑 왕국이 됐든 단숨에 보내주마."

"아, 알았습니다. 알았습니다!!"

욘은 될 대로 되란 식으로 카슈반의 말에 동의했다. 카슈반은 거만하게 고개를 끄덕이고는 그때 마침 홀로 돌아온 트레이스에게 지시를 내렸다. 이전부터 협의했었는지 트레이스는 상황을 바로 이해하고, 경비병을 불러 루아크에게서 욘을 떼어냈다.

"우아, 저, 저기, 카, 카슈반, 님…… 부디……?"

한층 더 머뭇거리는 욘을 바라보는 카슈반의 시선이 단숨에 차가워졌다. 겉치레뿐이던 상냥함도 완전히 벗어버리고 '아즈베르그의 폭군'은 냉혹하게 선언했다.

"애초에 나는 사후 세계 따위는 믿지 않는다. 네놈이 더 높은 나라에 갈 수 있으리라고는 생각되지 않지만, 물밑 왕국의 괴물보다 현실 세계의 괴물이 더 무서운 법이다. 너도 곧 깨닫게 되겠지."

그렇게 말하는 카슈반의 눈빛은 돌아가신 아버지와, 자신을 지칭하는 '괴물'이라는 표현에 걸맞았다. 카슈반의 눈빛을 뒤집어쓰고 욘이 굳어버렸다. 그 눈빛에, 옆에 있던 트레이스조차도 순간 움직임을 멈추었다. 두 사람의 반응을 알아차리고 카슈반은 작게 한숨을 내쉬었다.

라네우스가 계단을 내려와 가까이 다가오고 있음을 알아차렸다. 그라네우스가 처음으로 대면하는 은발의 소년을 흥미롭게 바라보았다.

"솜씨가 훌륭하군. 네가 소문의 사신인가?"

"어이쿠, 나 꽤 유명인인걸. 처음 뵙겠습니다, 가제트 후작 각하. 루아크에용."

루아크가 익살스럽게 자기소개를 했다. 루아크와 그라네우스를 바라보는 카슈반의 표정이 살짝 굳었다. 그러나 알리시아는 남편의 굳은 얼굴은 알아차리지 못하고 미소를 지으며 말을 덧붙였다.

"루아크는 저희 아들이랍니다."

"아들?"

거기까지는 알지 못했는지 그라네우스는 지그시 알리시아와 루아크를 번갈아 바라보았다. 그러더니 마지막에는 카슈반에게 책망하는 시선을 보냈다.

"라이센 강공작…… 그대는 제오보다도 손이 빠르군. 설마 알리시아와 결혼하기 전부터."

"……오해하시는 것도 지당하십니다만, 아닙니다. 각하. 양자와 비슷하다고 생각해주십시오."

의미도 없는 헛기침을 하고, 카슈반은 날카로운 눈초리로 화제를 바꾸었다.

"그건 그렇다 치고, 루아크까지 알고 계시다니, 의외군요. 대체 이 녀석에 관한 일은 어디서 아셨습니까?"

루아크의 존재는 일부 관계자 외에는 모른다. 이렇게 모습을 나타낸 것도 드디어 꼬리를 드러낸 기제를 잡기 위해서 어쩔 수 없이 그랬

을 뿐이다.

그러나 그라네우스의 반응은 일정 이상으로 루아크에 관해 잘 안다고밖에 생각할 수 없었다.

"그보다도 귀공은, 욘을 어찌할 생각인가?"

그라네우스는 위험한 기색을 풍기는 카슈반의 질문을 온화하게 받아넘겼다. 카슈반의 눈초리가 점점 더 날카로워졌다.

"……끌고 오라고 말씀하신 분은 각하가 아니십니까?"

"그랬지. 나는 끌고 오라고 말했네. 하지만 그 뒤, 어떻게 하라고는 말하지 않았네. 그러니 다시금 묻지. 귀공은 그를 어떻게 처단하겠는가?"

시험해보는 듯한 말에 카슈반은 말없이 욘을 바라보았다. 그러기 무섭게 욘이 온몸을 떨면서 애원했다.

"카…… 도련님, 아니 그, 노, 농담이시겠죠. 기, 기껏 찾아주시고는, 이, 일부러 이곳까지 데려오셔서, 게다가 한 번은 살려주시고는 죽인다뇨. 그런…… 그렇죠?"

비지땀을 흘리며 욘은 아첨하는 시선을 보냈다. 그러나 카슈반도 욘을 붙잡고 있는 루아크도 아무 말도 하지 않았다.

"저기…… 가제트 후작님은 욘을 어떻게 하시고 싶어서 데려오라고 하셨죠……? '비약'의 속편을 읽고 싶다든가, 그런 생각이셨나요……? 그럼 적어도 한 편을 다 쓸 때까지는 살려둬도 좋겠지요?"

알리시아가 그렇게 제안을 해봤지만 그라네우스의 태도는 쌀쌀맞았다.

"알리시아, 나는 그대 남편의 판단을 묻고 있다네."

그 말에 알리시아는 걱정스러워하면서도 더는 아무 말도 하지 못하고 입을 다물었다. 그러자 결국 이곳에 자신의 아군은 없다는 사실을 깨달은 욘은 있는 힘껏 애처로움을 불러일으키는 표정을 지었다.

　　"부, 부탁합니다. 부탁합니다. 라이센…… 맞다, 강공작 각하! 저, 저따위를 죽여 봤자 좋은 일 하나도 없습니다……!! 관대한, 관대한 처사를 부탁드립니다. 아, 아버님과는 다르다고 말씀하신다면 그렇게 해야만 합니다!!"

　　남 듣기 좋은 듯하면서도 속을 박박 긁는 말을 잘한다는 점은 류크와 닮았다. 그러나 지금은 방에 틀어박힌 화가와는 달리 욘의 언동은 뻔뻔함의 영역을 넘어서 있었다. 본인에게는 비아냥거릴 의도가 전혀 없다는 점이 한층 더 신경에 거슬렸다.

　　"어떻게 할까? 형님. 이 사람, 처리해버릴까?"

　　루아크가 세이그람의 비위를 맞추려던 제다의 흉내를 내서 장난스럽게 말했다. 그러나 눈은 웃고 있지 않았다. 비료불요초의 달콤한 향기를 풍기는 가늘고 긴 침을 눈앞에 들이대자 욘이 비참한 비명을 질렀다.

　　꼴사나운 광경을 차가운 눈으로 지켜보던 카슈반은 드디어 묘하게 상냥한 얼굴로 웃었다.

　　"—그래, 나는 무척 관대한 남자다, 욘."

　　목소리도 상냥했다. 그러나 루아크와 마찬가지로 눈은 웃지 않았다.

　　"관대한 김에 다시 한번 너를 고용해주지. 너를 묶어서 이곳까지 데려온 녀석들이 동료가 될 테니 얼굴을 익힐 필요는 없겠군. 바로 내일부터 일하도록 해라."

환한 표정을 지으려던 욘이 거기까지 듣고 절규했다.

"그, 그 녀석들, 자경단이라고 하던데요. 카카카카슈 도련님의 충실한 부하라고……!"

"그래, 나의, 충실하고 귀여운 부하지. 어디의 누구 씨와는 달리 내 평판이 아무리 나빠도 도망치거나 하지 않고, 무슨 일이 있다면 목숨을 걸고 싸워줄 그런 녀석들뿐이다."

카슈반은 실단의 구귀족에게는 잘 받아들여지지 않지만, 농민층에서는 평판이 의외로 나쁘지 않았다. 특히 나이가 비슷한 젊은이들은 구체제에 반항적인 카슈반의 태도에 공감했는지, 자발적으로 자경단을 만들었을 정도였다.

때로는 열의가 지나쳐 카슈반의 이름을 대고 함부로 날뛰는 경우도 있어 성가신 일이 일어날 때가 있었다. 그러나 작년에 친 디네로파가 폭발했을 때는 자리를 비운 영주의 빈틈을 메우려고 솔선해서 싸워주었다. 카슈반은 외부에 아군을 만듦과 동시에 자신의 지반을 단단히 하고 싶어 했다. 그래서 때때로 자경단에 협력해달라고 요청하곤 했는데, 덕분에 자경단의 사기는 한층 더 높아져 있었다.

그런 곳에 욘이 던져진다. 대가 바뀔 때 도망쳤던 배신자로서.

"그런 녀석들과 함께 지낸다면 네놈의 느슨해진 정신 상태와 육체도 꽉 조여지겠지. 조금 난폭한 구석이 있는 녀석들이기도 하니 길게 보면 완만하게 처형당하는 것과 다르지 않을지도 모르겠지만, 나는 너를 믿는다. 욘. 모든 시련을 견디고 훌륭한 부하가 돼주겠지? 10년

"……어떤 더러운 피라도 이곳에서 피가 흐르는 건 이제 사양하고 싶다. 내가 계속 관대하게 굴 수 있도록 노력해라. 두 번째 기회는 없다."

"트, 트레이스도 할 수 있다면 나도 집사…… 아얏!!"

트레이스가 한층 더 관대하라고 요구하는 욘의 다리를 힘껏 짓밟았다.

트레이스도 점점 카슈반 님을 닮아가네요, 알리시아는 이렇게 생각했다.

"어머, 하지만 잘됐네요, 욘. 앞으로 좀 바빠지겠지만, 시간이 있으면 여러 가지 얘기를 듣고 싶어요. '비약'의 속편도 좋지만 '연팔'의 속편도 읽어보고 싶은데, 어때요? 제목은 '이렇게 되면 아홉 번을 살아주겠다 연금술사', 줄여서 '이구연'으로 하면 어떨까요?"

카슈반은 그렇게 제안하는 알리시아의 머리를 쓰다듬으면서 짓궂게 중얼거렸다.

"정말이지 그런 책을 써놓고 살아남았으니 다행으로 생각해라."

부부가 각각 하는 말을 듣고 끌려가던 욘은 고개를 갸우뚱했다.

"저, 기…… 왠지 아까부터 좀 이상하다고는 생각했지만…… 책이라니, 무슨 말씀이십니까……?"

"네? 욘은 책을 많이 썼잖아요?"

'하르바스트의 장미 저택'을 비롯한 수많은 저서가 있을 텐데. 알리시아도 의아한 얼굴로 되물었다. 그러나 욘은 고개를 크게 저었다.

"천만에요! 그렇게까지 읽고 쓰기를 할 수 있었다면, 좀 더 제대로 된 일을 했을 겁니다. 저는 그저 이곳에서 있던 일을 재미있어하던 녀석에게 말해주었을 뿐……!!"

"뭐라고?"

카슈반도 눈썹을 치켜세웠다.

"이야기했을 뿐이라고? 누구에게?"

"옷차림이 좋긴 했지만 어디의 누군지는 모릅니다. 만난 적도 한 번뿐이고요."

아즈베르그 지방에서 도망친 욘은 추적자가 쫓아올까 두려워서 각지를 전전했다. 그 사이, 가제트 지방까지 흘러 들어갔다. 그곳 선술집에서 술에 취해 찌그러져 있던 때, 욘은 마침 근처에 있던 낯선 남자와 의기투합해 출신지 이야기까지 했다. 그랬더니 그 남자가 특이한 이야기를 듣고 싶어 하는 사람이 있다면서 누군가를 소개했다고 한다.

마침 돈도 떨어져 가던 욘은 사례금을 받을 수 있다는 말에 미끼를 덥석 물었다. 그래서 다음 날 밤, 같은 술집에서 '하르바스트 장미 저택' 이야기를 해주고 그 자리에서 돈을 건네받았다. 그리고 거기서 끝이었다. 그자에 관해서는 어딘가 별난 것을 좋아하는 귀족이라거나 이야깃거리를 찾는 음유 시인이라고 생각했다고 한다.

"그럼 그 책의 작가는 그 녀석인가. 만일을 위해 묻는데 비 오는…… 뭐시기 하는 책도 네가 안 썼다는 말이지?"

"비인지 맑음인지 모르겠지만 저는 책 같은 건 쓴 적이 없습니다 요! 아, 카슈반 님. 혹시 제가 그 이야기를 책으로 써서 퍼뜨렸다고 생각해서 화가 나셨습니까?! 그렇다면 오해입니다. 그러니 저는 이걸로 무죄 방면아얏!!"

카슈반과 트레이스에게 한쪽씩 다리를 짓밟힌 욘이 비명을 질렀다.

　역시 트레이스는 카슈반 님이나 세이그람을 닮아가고 있어요. 알리시아가 그렇게 생각하는데 퍼뜩 머릿속에 몇 가지 사항이 연속해 늘어섰다.

　귀중품일 터인 '비악'을 단기간 내에 두 권이나 준비할 수 있었다.

　'칠련'도 '연팔'도 갖다 주었다.

　'비악'의 문장을 술술 읊을 수 있다.

　'하르바스트 장미 저택' 내용을 기억하고 있다.

　무엇보다 아무 관련성도 없어 보이는 '연금술사' 시리즈와 '비악', '하르바스트 장미 저택'을 전부 동일한 작가가 쓴 작품이라는 사실도 알고 있다.

　"혹시 책을 쓴 사람은 욘이 아니라 가제트 후작님?"

　알리시아는 머릿속에 떠오른 내용을 그대로 입에 올렸다. 알리시아가 입에 올린 그 한마디에 잠자코 상황을 지켜보던 그라네우스가 희미하게 반응을 보였다.

　"앗, 어머, 정말인가요?! 그럼 '이구연'도 부디읍."

　"—과연."

　혼자 뭔가를 깨달은 카슈반은 아내의 입을 막으면서 손을 가볍게 저어 병사들에게 욘을 끌고 가도록 명령했다. 홀 안에 관계자만이 남은 시점에 카슈반은 새삼스럽게 그라네우스에게 시선을 향했다. 그런 카슈반의 눈빛이 매우 날카로웠다.

"그리고 제가 욘을 찾고 있다고 녀석에게 알리고, 도주를 도운 사람도 가제트 후작 각하, 당신이셨지요?"

"어?"

알리시아는 놀라서 카슈반을 올려다보았다. 그러나 발언자는 물론, 트레이스도 루아크도 동요하지 않았다.

그리고 그라네우스에게도 역시 동요하는 기색이 없었다.

"그렇다네."

카슈반의 지적을 싱거울 정도로 금방 긍정하는 목소리에는 똑똑한 학생을 칭찬하는 교사와도 같은 만족스러움이 배어나오고 있었다.

"정말로 사이가 좋은, 그리고 감이 좋은 부부야. 두 사람이 한 말은 전부 정답일세. 욘에게서 이 집의 이야기를 들은 사람은 내가 아니라 돈을 주고 고용한 자였지만 말일세."

카슈반은 알리시아도 함께 칭찬하는 그라네우스에게 거듭 질문을 던졌다.

"그럼 아까 나타났던 기제라는 암살자, 그 녀석도 각하께서 고용하셨습니까?"

"그건 아닐세. 그에 관해서는 루아크라고 했던가. 그대의 추측대로일 게야. 단, 전 '장난감 군대'의 생존자 중 왕가에 붙은 자는 없을 터. 그러니 기제와…… 그 '선생님'이던가? 그들은 나딜이라는 남자의 부하라고 보면 옳겠지."

카슈반은 그라네우스가 술술 대답하는 말을 듣고 미간에 주름을 모았다. 카슈반의 오른손이 칼집을 꽉 쥐었다.

"—후작 각하는 '나는 속세를 떠난 사람이나 마찬가지로 왕위에도 정치에도 관심이 없다. 그러나 귀찮은 일이 벌어지면 마음껏 지낼 수 없으니 만약 욘을 사로잡을 수 있다면 힘을 빌려줄 수 있다', 그렇게 이야기하셨습니다. 그런 것치고는 왕가의 속사정을 꽤 잘 알고 계시는군요."

조직이 해체된 후, 전 '장난감 군대'의 상황은 구성원이었던 루아크조차 제대로 정보를 지니지 못했다. 루아크가 헤에, 의외라는 듯한 소리를 내는 것을 들으며 알리시아는 지금 당장에라도 검을 뽑아 들 기세인 남편의 팔에 매달렸다.

"카슈반 님, 싸우는 건 좋지 않아요. 가제트 후작님의 힘을 빌리고 싶으시죠? 베시려면 적어도 조금 더 기다리시면 어떨까요?"

"물러나 있어라, 알리시아. 네 말은 일리가 있지만, 이분은 우리에게 몇 가지 거짓말을 했다. 이유를 알지 못하는 한 방심할 수 없어."

카슈반은 스리슬쩍 실례되는 말을 하는 알리시아를 뒤로 감싸며 위험스러운 발언을 했다. 그동안에도 카슈반의 시선은 그라네우스에게서 떨어지지 않았다.

"그렇게 무서운 얼굴 하지 말아주겠나? 이것도 처세술의 일종일세. 내가 왕위에 관심이 없는 말은 사실일세. 젊었을 무렵, 그 건으로 이달에게 엄청 괴롭힘을 당했거든. ……그렇다고는 해도 정치에 완전히 무관심하게 있으면 나도 모르는 사이에 재난이 닥쳐오는 경우도 있다네."

재상의 이름을 거론하며 쓴웃음을 지은 그라네우스의 손가락이 천천히 밤하늘을 표현한 겉옷 주머니로 미끄러져 들어갔다.

카슈반과 루아크가 작게 움직였다. 물론 그라네우스가 뭔가 무기를 꺼내는 게 아닐까 생각했기 때문이었다. 그러나 반지가 잔뜩 끼워진 손가락이 꺼내 든 물건은 달콤한 향기가 배어든 옅은 보라색 봉투였다.

"어머, 그 편지는…… 에르티나 님이 보내신?"

알리시아는 눈은 나쁘지만 코는 무척 좋았다. 카슈반 너머로 풍겨오는 향기에 민감하게 반응했다.

최근에는 받지 못하지만, 기품 넘치는 색깔과 달콤한 향기가 특징인 이 봉투는 에르티나 오렐이 마음에 들어 하는 것이었다. 개봉했기 때문에 봉납은 없었지만, 그곳에는 격조 높은 한 송이 장미 문장이 찍혀 있었을 터였다.

"가제트 후작님도 에르티나 님과 편지를 주고받고 계시나요?"

"그렇다네. 그대만큼 빈번하지는 않지만, 나와 에르는 예전부터 사이가 좋았다네. 왕위를 둘러싼 분쟁에 휘말려 호된 경험을 한 사람들끼리 연대감이 있으이."

의외의 교류 관계를 밝힌 그라네우스는 놀란 얼굴을 한 카슈반에게 미소를 지었다.

"라이센 강공작, 실은 에르에게 부탁을 받았다네. 귀공과 알리시아의 아군이 되어달라고 말일세."

그 말을 듣고 루아크가 손에 들고 있던 무기를 잠자코 거두었다. 카슈반도 검에서 손을 뗐다. 그러나 눈 깊숙한 곳에 여전히 날카로운 빛이 흔들리고 있었다.

"……설명해주실 수 있겠지요? 가제트 후작 각하."

"물론이지. 처음부터 이야기하겠네. 조금 길어질지도 모르겠지만 들어주겠나?"

"물론이죠!!"

기세를 담아서 알리시아가 대답하자 그라네우스는 즐겁게, 그러나 조금 쓸쓸하게 웃었다.

"……알리시아, 너는."

방으로 돌아가라고 말하려던 카슈반을 그라네우스가 제지했다.

"알리시아와도 관계가 있는 이야기네. 지키고 싶은 마음은 알겠지만, 언제까지고 혼자 아무것도 몰라서야 가엾지 않은가. 함께 이야기를 듣도록 하지."

카슈반은 솔직하게 싫다는 얼굴을 했다. 그러나 그라네우스의 기분을 상하게 해서는 안 된다고 생각했으리라.

"……듣기만 해라, 알리시아. 그리고 이제부터 들을 이야기는 다른 사람에게 절대 누설해서는 안 된다."

언제라도 입을 막아버릴 수 있게 카슈반은 스리슬쩍 알리시아의 어깨에 손을 올려놓았다. 그런 남편의 행동에 '배가 아픈' 감각을 느끼면서 알리시아는 고개를 끄덕였다. 그런 부부의 모습을 그라네우스는 역시 즐거워 보이면서도 쓸쓸한 눈으로 바라보고 있었다.

일의 시작은 30년 전으로 거슬러 올라간다. 그라네우스는 그렇게 설명을 시작했다.

"지금도 그렇지만 당시 실딘 왕가도 후계자 복이 없었지."

우리 가계는 아이가 생기기 힘들다. 알리시아는 폐허가 된 장미 화원에서 제오르디스가 한 말을 기억해냈다. 카슈반도 같은 일을 기억했는지, '그 빌어먹을 왕자'라고 작게 욕지거리를 내뱉었다.

"랑드레이라는 왕자가 하나 있었지만, 자네들도 잘 알듯이 그 녀석은 겁쟁이에 미덥지 못하지. 하극상의 기운을 완전히 제압하고 '날개의 기도' 교단도 발밑에 둘 수 있는 절대 왕정 실현을 꿈꾸는 이달에게는 성에 차지 않았겠지."

그라네우스는 카슈반의 풋내 나는 반응을 온화하게 바라보며 이야기를 계속해나갔다.

"그러나 이달은 왕가의 혈통에 집착했네. 선왕의 아들인 랑드레이를 왕으로 만들겠다고 하면서 물러서지 않았지. 그러나 나는 랑드레이와 동년배에, 멀기는 해도 왕위 계승권을 갖고 있었네. 나 자신은 예전부터 권력 지향적인 성격이 아니었지만, 왕가가 단절되는 일만큼은 있어서는 안 된다는 주변의 뜻에 따라 일단 제왕학을 공부했지. 그 결과 야심을 가진 자들이 랑드레이보다는 낫다면서 나를 내세우려고 하던 일이 몇 번 있었어……. 덕분에 이달은 줄곧 나를 눈엣가시로 여겼지."

랑드레이에게 무슨 일이 생긴다면 다음 왕이 없다. 국가의 존속을 위해 보험을 들어두는 일은 당연했다. 그러나 왕위 계승권자가 여러 명 있으면 반드시 신하들끼리 싸움을 일으킨다. 알리시아가 좋아하는 책에서도 그런 전개가 자주 나온다.

"무엇보다 이달은 랑드레이에게 만족하지 못했다네. 오히려 자신이 왕으로 뽑아줬으니 한층 더 잘해야 한다는 듯 꽤 엄격하게 랑드레이를 조였지. 그러면서 랑드레이의 역량이 자신이 바라는 바에 미치지 못한다고 탄식했네. 그게 오히려 랑드레이를 비굴하게 만들었네만……."

탄식을 하던 그라네우스는 이 이야기는 여기서 그만하는 편이 좋겠다고 판단한 모양이었다. 얼굴에 띠던 안타깝다는 표정을 지우고 평탄한 어조로 되돌아갔다.

"왕위 계승 쟁탈전에 질려버린 나는 정치에 흥미가 없다고 선언한 뒤, 사람과 교류를 끊었네. 결혼도 하지 않고 아이도 만들지 않았지. 섣불리 왕위 계승권을 가진 자를 늘려서 분쟁의 불씨를 남기고 싶지 않았거든."

"어머, 디네로 님 같읍."

요즘 라이센 저택에는 얼굴을 내보이지 않는 디네로. 그가 작년에 한 선언을 연상한 알리시아의 입을 카슈반이 재빨리 막았다.

그라네우스는 그 익숙함이 엿보이는 행동에 눈으로만 살짝 웃은 뒤, 이야기를 계속했다.

"전부터 좋아하던 취미의 세계에 몰두해서 마음 가는 대로 사는 일은 적성에도 잘 맞았네. 사람들은 악취미를 즐기고 있네, 의무를 방치하고 맘 편하게 살고 있네, 말이 많았지만 내 알 바 아니라고 생각했지. ……내가 의무를 방기함으로써 흐르지 않게 된 피도 있으이."

이상야릇한 취미는 그라네우스의 원래 기호이기도 했으리라. 그러나 염세적인 관점까지 더해지면서 그는 '악식 대공'의 길에 발을 내디디게 되었다. 그렇게 겉으로는 속세를 등진 듯이 보이는 그라네우스를 보고 이달은 저래서야 경쟁 상대가 안 되겠다고 남몰래 웃었음이 틀림없었다.

"드디어 경사스럽게도 랑드레이가 왕이 되고 얼마 후, 에르티나라는 딸이 태어났네. 이달은 여왕은 마음에 들지 않는 모양이었지만, 그래도 직계라는 이유로 에르에게도 일단 제왕학을 가르쳤지. 그 뒤에도 오랫동안 남자아이가 태어나지 않아서 에르가 여왕, 혹은 에르의 남편이 왕이 된다는 소문이 돌기도 했네. 그런데…… 그와 관련된 얘기는 에르에게 들었나?"

"……예."

알리시아의 입을 막은 채 카슈반은 신중하게 고개를 끄덕였다.

한때는 억지로 왕으로서의 길을 걸어야 했던 에르티나는 제오르디스가 태어나면서 야심가 지스칼드와 결혼하게 되었다고 한다.

"에르도 가여운 아이일세. 아버지와 이달의 형편에 따라 휘둘리며, 줄곧 정치의 도구로 사용되었어. ……남편을 사랑한다는 점이 그나마 다행이겠지."

아무리 왕좌에 오르기 위한 발판으로 취급되어도 에르티나는 지스칼드를 사랑한다. 그러나 그래서 생기는 갈등도 분명히 있었다. 그라네우스는 그것을 잘 이해하고 있었다.

"그리고 제오…… 제오르디스가 등장했지. 이달은 어떻게 해서든 그 아이를 다음 왕으로 만들 생각이네. 랑드레이 때에 이루지 못했던 '강한 왕'을 만들기 위해서. 그러나…… 자네들도 잘 알 걸세. 제오가 어떤 인간인지."

카슈반은 대답하지 않았다. 그러나 왕자의 이름이 나온 순간 미간에 모인 주름이 속내를 고스란히 표현하고 있었다. 카슈반은 대답하는 대신 질문을 던졌다.

"……그래서 오델 후작 부인은 자신은 우리와 연락을 할 수 없으니, 후작 각하에게 직접 부탁을 했습니까?"

알리시아와 편지를 주고받는 일조차 통제되는 상황이었다. 카슈반에게 편지를 보내기는 불가능했으리라.

"그렇다네. 에르는 총명한 데다 정치적인 후각도 뛰어나지. 나 같은 처지에 있는 인간이 귀공의 아군이 된다면, 적어도 왕위 계승권 측면에서는 제오와 균형을 이룰 수 있을 테니까. 이달이 어떻게 수를 쓰든, 그 아이가 정치판에 갑자기 등장한 것만큼은 누가 보더라도 명백하다네. 인망이 없다는 점과 이름이 알려지지 않았다는 점에서도 오랫동안 사람들 앞에 모습을 드러내지 않았던 나와 좋은 승부가 되겠지. 애초에 이 나라의 왕 자체가 사람의 관심을 끌지 못한 지 오래되었지마는……."

실딘 국내에서는 각 지방 영주가 흡사 소국의 왕처럼 행동하는 상황이 지속되고 있었다. 왕가의 권위는 완전히 바닥에 떨어진 정도까지는 아니지만, 왕궁에서 멀리 떨어진 지방일수록 왕가의 통제를 받지 않는다. 심할 때는 왕명에 따른 징세나 징병조차 거부하기도 한다나 뭐라나.

지스칼드 님은 그것을 바꾸고 싶다고 말씀하셨죠. 알리시아는 그 말을 기억해냈다. 그와 동시에 밤의 정원에서 지스칼드에게 쫓겨 다닌 끝에 입술을 빼앗겼던 때의 기억도…….

"알리시아?"

카슈반이 부르르 몸을 떠는 아내를 의아하게 바라보았다. 이야기를 방해해서는 안 된다고 생각한 알리시아는 '아무것도 아니랍니다' 하고 말을 얼버무렸다.

그라네우스도 살짝 눈을 가늘게 떴지만, 곧 이야기를 재개했다.

"그러나 라이센 강공작. 내가 귀공의 아군이 된다면 다시 한번 정치 무대로 돌아간다는 것. 그렇기에 그대가 어떤 인간인지 알고 싶었네. 그래서 욘을 이용해 다양한 각도에서 그대를 분석해보려고 했다네."

다양한 각도라고 말하는 부분에서 그라네우스는 왠지 알리시아를 바라보았다. 알리시아가 반사적으로 생긋 웃자 그라네우스도 마주 미소 지어 보였다. 그 광경을 보고 카슈반은 울컥했다.

"일단 말해두지만, 제오와 내가 거의 같은 시기에 이곳에 온 것은 단순한 우연일세. 한편으로는 필연적이기도 하겠지. 무엇보다 제오는 귀공과 알리시아에게 무척 흥미를 갖고 있으니⋯⋯."

믿어주지 않을지도 모르지만 말일세. 그라네우스는 그렇게 말을 끝맺었다.

카슈반은 무표정한 얼굴로 물었다.

"—그래서 어떠셨습니까? 일련의 일을 통해 본 소생은. 당신의 신하로서 합격점에 도달했습니까?"

일인칭을 '소생'이라고 한 질문에 그라네우스는 살짝 등줄기를 곧추세웠다.

"그렇군. 우선 욘을 사로잡은 일 및 내가 배후에 있다는 사실을 알아차린 점은 훌륭했네. 귀공은 가제트 지방에는 아무 연고가 없을 텐데도 익숙하지 않은 토지에서 잘도 이만큼 정보를 얻어냈어. 라그라드르인은 정보를 다루는 데에도 익숙하다고 들었는데, 그들의 활약인가?"

"대금 지급을 태만히 하지 않는다면 매우 우수한 인재입니다."

라그라드르인의 편을 드는 기색이 보이지 않는 대답에 그라네우스는 고개를 한 번 끄덕이고는 화제를 바꾸었다.

"그러나 욘에게 한 처우는 의외였네. 구제할 도리가 없는 폭군이라고 들었다네."

"그 녀석의 목숨을 거두기는 쉬운 일입니다. 그러나 저도 언제까지고 단순한 폭군으로 남아 있을 수는 없습니다. 때로는 인간적인 면을 보여주는 것도 필요하지요."

단순한 폭군으로 남아 있을 수만은 없다. 작년에 디네로가 했던 말이다.

디네로 님과 리드렉은 괜찮으실까요. 그런 생각을 하면서 알리시아는 무의식적으로 남편의 겉옷 자락을 꽉 쥐었다.

언뜻 보기에는 담담한 카슈반과 그라네우스의 대화에는 알리시아까지 안절부절못하게 하는 긴장감이 배어 있었다. 루아크와 트레이스도 약간 걱정스러운 얼굴을 하고 있었고, 기제가 떠나면서 다시 돌아온 노라를 비롯한 고용인들도 조마조마한 얼굴을 했다.

"괜찮은 대답이군. 인간적인 면을 보일 필요성을 모르기보다는 낫겠지."

이것 역시 깊이 추궁하지는 않았다. 그라네우스는 갑자기 아슬아슬한 질문을 했다.

"미래의 왕으로 내세운다면 혈통으로는 귀공의 피후견인인 레이덴 백작이나 오델 후작, 혹은 아즈베르그 공작이라도 괜찮지 않은가? 고명한 지방백이 왕위를 이은 예가 과거에 없지는 않았으이. 아니면 스스로 왕이 된다는 방법도 있는데 왜 나를 내세우는가?"

세이그람이 기회가 있을 때마다 입에 담았던 왕위에 오르라는 권유.

처음 듣는 말도 아닌데, 알리시아는 심장이 덜컹 내려앉는 듯했다.

"……레이덴 백작은 아직 나이가 어려 왕위를 맡기기에는 짐이 무겁습니다. 오델 후작과 저는 사이가 그다지 좋지 않은 상태인지라 그분을 내세우기는 불가능합니다. 아즈베르그 공작은 작년부터 제 밑에서 일하고 있으니 지금 와서 왕으로 삼기에는 체면상 도저히 할 수가 없습니다. 또 저 자신은 왕의 그릇이 아닙니다."

"귀공은 거짓말을 하는군."

그라네우스는 주저함이 없는 카슈반의 대답을 일축했다.

"어차피 귀공은 이 나라의 왕은 장식이라고 생각하고 있어. 그렇지만 제오가 '강한 왕'으로 머리 위에 군림하는 건 견딜 수 없지. 그러지 않으려면 다른 왕이 필요하네. 그리고 싸움의 결과, 당사자가 해를 입을 가능성이 매우 커."

그렇게 말하는 목소리는 온화했지만 말하는 내용은 매우 위험했다.

"그러니까 내세우려면 쉽게 쓰고 버릴 수 있는 상대, 그래도 양심에 찔리지 않을 상대가 좋겠지. 레이덴 백작과 아즈베르그 공작은 귀

공과 친교가 깊고, 오델 후작은 에르의 남편이다. ……그랬기에 에르
는 내게 말을 걸어왔을 테지."

즉, 카슈반도 에르티나도 그라네우스에게 생명의 위기가 닥칠 가
능성…… 암살당할 가능성이 있는 줄 알면서도 조력을 구했다는 뜻
이다.

알리시아는 곤혹스러워하면서 카슈반을 올려다보았다. 그러나 카
슈반은 전혀 미안한 기색도 없이 긍정했다.

"거기까지 알고 계신다면 쓸데없는 일을 말씀드릴 필요는 없겠군
요. 좀 더 젊은 왕위 계승권자가 있었다면 더욱 좋았겠지만 말입니
다."

그라네우스도 조용히 그에 동조했다.

"그런 자가 있다면 이달도 제오를 억지로 왕자로 내세우지는 않았
을 게야. ……무엇보다 그런 젊은 싹은 랑드레이가 다 짓뭉개 버렸겠
지만."

한숨을 내쉰 그라네우스가 다시 알리시아를 바라보았다. 눈에 뭔
가를 꾸미는 기색이 담겨 있었다.

"그런데 여왕 알리시아, 라는 선에서 나가보는 건 어떤가? 지방백
페이트린 가 영애일세. 귀공보다는 왕이 될 자격이 있을지도 모를 텐
데."

"─농담이시겠지요."

카슈반은 그 말을 짧게 되받아쳤다. 그러는 카슈반의 얼굴에는
조금이나마 초조감이 어려 있었다. 그라네우스는 폭군의 풋내 나는
반응을 호감 어린 눈초리로 바라보더니 중얼거렸다.

"귀공은 정말로 아내를 사랑하는군. 그리고 알리시아도 귀공을……."

그라네우스는 기쁘게, 그러나 조금은 쓸쓸하게 말한 후 천천히 자세를 바로잡았다.

사교 집단의 본거지로 오인할 수도 있을 법한 검은 저택을 배경으로 화려한 금발이 둔중하게 빛났다. 밤하늘을 구현한 의상을 입은 모습에서는 나이를 먹었기 때문에 발할 수 있는 중후한 위엄이 흘러나오고 있었다.

이달이 그라네우스를 위험시했던 것도 무리가 아니었다. 언제나 불안해하는 랑드레이와 비교할 필요도 없었다.

임금님이라기보다는 살짝 마왕님스럽기도 한 점이 무척 멋진걸요, 이렇게 알리시아는 황홀하게 느끼고야 말았다.

"좋네. 귀공의 바람대로 다시 한번 왕이 되는 길을 걸어보도록 하지. 그 대신 라이센, 지금 이곳에서 내게 무릎을 꿇고 충성을 맹세하게."

그라네우스는 가볍게 턱을 치켜들며 오만하게 명령했다.

[제5장] 나의 주인을 칭송하라

그라네우스는 마치 이 저택 주인인 양 홀 중앙에 서 있었다.

그에게서 '무릎을 꿇으라'는 명령을 받은 카슈반의 동향을 알리시아 및 라이센 저택에 사는 사람은 전부 침을 삼키며 지켜보고 있었다.

카슈반은 '아즈베르그의 폭군'이라고 불리며, 국왕에게도 성직자에게도 고명한 지방백에게도 일관되게 불손한 태도를 보이는 남자였다. 그런 카슈반이 자신의 저택에서, 아내나 고용인 눈앞에서 무릎을 꿇으라는 요구를 들었다. ―자신이 선택한 일이라고는 하나 굴욕감을 느끼지 않을 리 없었다.

그러나 카슈반은 주저하지 않았다. 적어도 주저함을 겉으로 드러내지 않았다.

"카슈반 님……."

꽉 쥐었던 겉옷 자락이 알리시아의 손에서 빠져나갔다. 카슈반은 그라네우스에게 다가가 공손하게 무릎을 굽혔다.

"나의 왕이시여. 카슈반 라이센 강공작은 그라네우스 피랄 드 가제트 후작 각하께 충성을 맹세합니다."

잘 울리는 목소리가 낭랑하게 홀 안에 울려 퍼졌다. 그라네우스는 대범하게 그 목소리를 받아내고 있었다.

왕과 그 앞에 무릎을 꿇은 신하. 몇 권이나 되는 책에서도 읽은 적이 있었다.

알리시아는 기사 이야기에나 나올 것 같은 풍경을 신비한 감동을 느끼면서 바라보고 있었다. 그러다가 자신도 살짝 드레스 자락을 쥐었다.

서로 다른 생각과 의도가 얽혔지만, 그라네우스는 카슈반이 충성을 맹세하겠노라 정한 상대.

그렇다면 아내인 자신도.

"……호오."

바닥에 드레스 자락을 둥글게 펼치면서 남편과 똑같이 무릎을 꿇은 알리시아를 보고 그라네우스가 눈을 가늘게 떴다.

"그럼 나도."

"……저도요."

루아크와 트레이스도 알리시아의 양옆에 무릎을 꿇고 고개를 숙였다.

계단 위에 있던 노라도 종종걸음으로 달려와서 알리시아의 뒤쪽에서 같은 행동을 취했다.

조금 떨어진 장소에 있던 세일러, 단, 로세 등 고용인도 차례로 그라네우스에게 무릎을 꿇었다. 어느새 홀 끄트머리에 모습을 나타낸 류크와 금속 세공업자 같은 목수도 영문을 모를 텐데 일단 자리에 꿇어앉았다.

"—훌륭하군. 모두 얼굴을 들라."

무릎을 꿇은 사람들 속에 오직 혼자서 조용히 서 있던 그라네우스는 천천히 명령했다. 말없이 고개를 든 카슈반에게 그라네우스는 미소를 지었다.

"라이센, 아니 카슈반이라 부르도록 할까. 카슈반, 그대는 훌륭한 남편이고 훌륭한 '부친'이며 훌륭한 주인이로고."

"……그들이 훌륭한 아내이고, 훌륭한 '아들'이며, 훌륭한 고용인일 따름입니다."

등 뒤를 살짝 돌아보며 겸손하게 말하는 목소리에는 같이 무릎 꿇은 이들을 향한, 감출 수 없는 감사의 뜻이 배어 있었다.

"그대의 뜻은 잘 알았다. 나 역시 귀공이 필요로 하는 왕으로서 할 수 있는 모든 것을 하겠노라 맹세하지."

똑같이 맹세한 그라네우스는 일어나도록 카슈반을 재촉했다.

"그런데 카슈반. 귀공도 알다시피 사람이란 변하네. 좋게도, 나쁘게도."

그가 말하려고 하는 바를 알아차린 듯 카슈반이 한쪽 눈썹을 치켜세웠다. 그를 올려다보며 그라네우스는 물었다.

"제오…… 제오르디스가 만약 훌륭한 왕이 된다면, 그 아이에게 무릎을 꿇을 수 있겠는가?"

"……훌륭한 왕이 되어주신다면야."

카슈반은 그라네우스의 말을 완전히 부정하지는 않았다. 그러나 대답에는 명백히 가시가 박혀 있었다.

질문한 그라네우스도 그로써 카슈반의 의사를 이해했다. 더는 깊이 캐묻지 않고 '그런가'하고 고개를 끄덕였을 뿐이다.

자세를 바로 하고 두 사람의 대화를 듣던 알리시아의 뇌리에 밝지만 어딘가 비뚤어진 미소를 짓던 왕자의 얼굴이 떠올랐다.

그라네우스는 제오르디스를 '가여운 아이'라고 평했다.

그런데도 카슈반이 바라는 왕이 되겠다고 받아들였을 뿐 아니라, 제오르디스가 훌륭한 왕이 된다는 가정을 했을 때, 카슈반이 불손하게 대답했어도 나무라지 않았다.

난 쓸쓸해. 제오르디스는 그렇게 중얼거렸다.

카슈반과 닮았으면서도 다른, 다르면서도 닮은꼴인 제오르디스에게는 어머니가 없다. 또 시종인 플로리안은 주인을 싫어한다.

"……알리시아. 물러나 있어라."

슬쩍 앞으로 나서는 알리시아에게 카슈반이 얼굴을 찡그려 보였다. 그러나 그라네우스는 알리시아를 보고 미소 지었다.

"괜찮다네, 카슈반. 알리시아, 왜 그러지?"

알리시아는 조금 망설인 뒤 마음을 굳게 먹고 물어보았다.

"저, 왕자 전하는 카슈반 님에게 심술을 부리시니 카슈반 님이 싫어하시는 건 어쩔 수 없을지도 모르겠습니다……. 그런데 가제트 후작님은 제…… 왕자 전하를 불쌍한 아이라고 말씀하셨죠. 책을 조달해주시거나 하신 걸 보면 교류가 있으신데…… 그러면서도 왕자 전하를 도와주지 않으셔도 괜찮으신가요?"

조금 전의 카슈반과 나눈 대화는 마치 제오르디스와 연을 끊겠다는 선언처럼 들리기도 했다.

"……그래, 제오르디스는 가여운 아이야. 그러나 그 아이는 분명히 내가 내민 손을 잡지 않겠지."

그라네우스는 놀랐는지 한순간, 침묵했다. 하지만 곧 망설임 없이 대답했다.

"구원을 바라지 않는 자는 누구도 구원할 수 없네. 그렇지만 혹은 알리시아…… 아니, 됐다."

카슈반의 눈매가 험악스러워지고 있음을 알아차렸는지 그라네우스는 도중에 말을 삼켜버렸다.

"─그런데 각하, 저도 한 가지 여쭙고 싶은 것이 있습니다."

이번에는 카슈반이 질문자로 돌아섰다. 조금 전에 충성을 맹세한 상대를 똑바로 바라보며 한 손으로 알리시아의 어깨를 눌러 뒤로 물러서게 했다.

"가제트 후작 각하께는 아내를 잡아먹었다는 소문이 있습니다. ……이전 제 아내에게도 그런 이야기를 하셨다고 들었습니다만."

어머나, 그런 이야기를 카슈반 님께 했던가요? 한순간 알리시아가 그렇게 생각하는데, 루아크가 한쪽 눈을 찡긋해 보였다. 아무래도 루아크가 카슈반에게 도서실에서 나누었던 대화를 보고한 모양이었다.

"카슈반 님?!"

흠칫해서 목소리를 높인 이는 트레이스였다. 기껏 상황이 잘 수습되고 있었는데 대체 무슨 말씀을 하십니까?! 트레이스의 표정에는 그런 비난의 뜻이 나타나 있었다. 그러나 카슈반은 거기에는 조금도 개의치 않았다.

"아시다시피 제 아내는 호기심이 무척 강하고 특히 그런 위험한 종류의 이야기를 좋아합니다. 덕분에 각하와도 친해질 수 있었고, 각하께서 쓰신 책을 읽으며 꽤 즐거워했습니다. 그러나 각하가 알리시아에게 식욕을 느끼신다면…… 실례이오나 아내와 만나실 때는 반드시 다른 사람과도 동석하시길 허락받고 싶습니다."

이것만큼은 미리 확인해둬야만 했다.

어조는 정중했지만, 이 무례한 질문에는 상대방이 거부하기를 허용치 않는 강압적인 기운이 가득 차 있었다.

"어머, 하지만 가제트 후작님은 꽤 많은 양의 '비료불요초'를 드셨으니 절 드셔도읍."

그만 말실수를 해버린 알리시아의 입을 루아크가 막았을 때였다. 그라네우스가 즐겁게, 그런데 어딘가 쓸쓸히 웃었다.

"귀공은 정말 무례하군. 그리고 정말로 아내를 사랑하고 있어."

조용히 눈을 감은 그라네우스는 크게 한숨을 내쉬었다.

"그래. 나도 이 저택의 일을 책으로까지 써서 세상에 알렸네……. 나와 록사나의 이야기도 귀공에게 들려줘야 하겠지."

'식인 대공'은 그렇게 서두를 끊고 이야기를 시작했다.

"아까 이야기했듯이 나는 정치에는 관심이 없네. 결혼도 하지 않고 아이도 만들지 않겠다고 선언했지. 그러나 이달도 가제트 가 자체를 단절시킬 수는 없다고 생각했겠지. 15년 정도 전에 스무 살이나 어린 아가씨와 혼담을 멋대로 성사시켰네."

"……록사나 에디스 양입니까?"

카슈반이 입에 올린 이름에 그라네우스는 고개를 끄덕였다.

"그러하네. 그러나 록시나는 당시 이미 왕비를 잃은 랑드레이의 두 번째 왕비로 들어가는 자리를 노리고 있었지. 명문 에디스 가에 태어난 여자라면 당연히 꾸어볼 수 있는 꿈이었어. 하지만 이달이 남편으로 선택한 것은 나였다네. 왕가의 힘을 강화하길 바라던 이달로서는 섣불리 에디스 가의 힘을 키우고 싶지 않았을 게야. 나 역시 잘 알고 있었기에 이 혼담을 거절할 수 없었네만…… 당연히 록사나와 그 친족들은 불만스러워했지."

에디스 가라면 알리시아도 알고 있는 명문 귀족이었다. 그래도 하극상의 파도에는 거스르지 못하고 최근에는 조금씩 몰락의 징조를 보이고 있었다. 아마 그렇기에 록사나는 한층 더 왕비가 되는 꿈을 꿨으리라.

덧붙여 알리시아의 부모도, 알리시아가 첫 번째 결혼을 하기 전에 농담조로 '왕비님이 돌아가신 지 오래되었으니 차라리 왕비를 노려보면 어떨까?'라는 식으로 말한 적이 있었다. 그런데 과연 올라갈 수 없는 나무였는지 페이트린 가에는 의견을 타진조차 하지 않은 듯했지만.

"나조차도 억지로 떠넘겨 받은 신부라는 기분을 지울 수가 없었네. 하물며 딸이라고 해도 좋을 나이에, 내가 왕이 아니라는 이유로 바보 취급하던 여자였어. 그런 상대에게 갑자기 애정을 품기는 어렵지."

카슈반과 알리시아, 혹은 지스칼드와 에르티나와 마찬가지로 그라네우스와 록사나도 또 정략결혼으로 맺어진 부부의 전형적인 예였던 모양이다.

그렇게 생각한 순간, 알리시아의 머릿속에 또다시 지스칼드에게 입맞춤 당하던 때의 기억이 떠올랐다. 동시에 카슈반의 선물이기도 한 도서실에서 제오르디스가 얼굴을 가까이 갖다 댄 일도.

"알리시아, 왜 그래?"

작게 몸을 떠는 알리시아에게 루아크가 말을 걸었다.

"아, 아무것도 아니에요."

그렇게 대답하면서 알리시아는 의식을 그라네우스의 이야기에 집중했다.

"그렇다고 해도 록사나의 태도를 불쾌하게 생각하지 않았네. 오히려 이달의 희생자라는 생각에 불쌍하다고 느꼈지. ……지금 생각해 보면 그래서는 안 되었을지도 몰라."

짓궂은 미소에 그라네우스의 입꼬리가 올라갔다. 고독의 그늘이 그라네우스의 얼굴을 한층 더 나이 들어 보이게 했다. 그 얼굴에 알리시아는 저도 모르게 흠칫하고 말았다.

"나는 록사나의 비아냥거림에 일절 대꾸하지 않고 원하는 것이라면 뭐든 사줬네. 최소한 보상을 한다는 생각이었지. 그러나 록사나의 요구는 더 강해질 뿐이었네. 나를 향한 비난과 공격도 한층 거세어졌지. 몇 명이나 애인을 두고 밤이면 밤마다 이곳저곳 무도회에 참석해 오만한 태도로 사람들에게 실소를 샀지. 나는 그 사실을 알고 있었네. 그러나 알아도 묵인하는 것이 훌륭한 남편의 태도라고 믿었지……."

"……미안하셨기 때문이군요."

록사나는 기울어져 가는 집안을 부흥시켜야 한다는 기대를 등에 업었으면서도 결국 왕이 아닌 남자에게 시집을 갔다. 그라네우스는 그런 록사나에게 죄책감을 느꼈으리라. 뭔가 공감되는 부분이라도 있는지 카슈반은 알리시아를 힐끗 쳐다보며 맞장구를 쳤다.

"……나도 취미에 몰두하느라 아내가 어디서 뭘 하는지 파악하지 못했지. 그런 나날이 계속되던 어느 날, 갑자기 록사나가 행방을 감췄네. '진정한 사랑을 알아버렸다'는 말만 써서 남기고, 당시 가장 마음에 들어 하던 애인과 야반도주를 했지."

"……어머나."

작게 한숨을 내쉰 알리시아에게 그라네우스는 쓴웃음을 지어 보였다.

"그러나 한 달도 지나지 않아서 무척 상처 입은 모습으로 돌아왔네. ……애인 쪽은 록사나가 가진 돈이 목적이었던 게야. 결국 아내는 몰래 갖고 나간 현금이나 보석을 빼앗기고 다시 저택으로 돌아왔지. 나는 일단 아내를 위로해야겠다고 생각했네. 그런데 록사나는 '당신이 내 마음을 어떻게 알아요! 줄곧 내팽개쳐 뒀던 주제에!!'라고 울부짖으면서 주변 물건을 부수며 날뛰기 시작했지……."

당시 일을 떠올리고 있을까. 그라네우스는 과거를 들여다보는 눈을 하고 있었다.

"……내가 생각해도 악취미지만, 처음으로 솔직한 감정을 드러낸 록사나를 사랑스럽다고 여겼네. 딸에게 품는 감정과 비슷했을지도 모르지……. 어쨌든 지켜주고 싶다고, 그렇게 생각했네. 록사나도 본심을 드러내서 기분이 풀린 모양이더군. 조금씩이나마 내게 마음을 열기 시작했네."

서로 엇갈리기만 했던 형식상의 부부가 애인의 배신이라는 시련을 겪으면서 어색하게나마 조금씩 상대에게 마음을 키워나가기 시작했다.

그렇게 끝난다면 아름다운 해피엔딩이 될 것이다. 그러나 그라네우스의 이야기는 아직 끝나지 않았다.

"······그런데 어느 날, 돈을 다 탕진한 록사나의 애인이 돌아와서 처음부터 다시 시작하자고 아내를 유혹했네."

닦아낼 수 없는 후회가 배어 있는 목소리는 씁쓸했다.

"록사나는 마음이 움직여서 또다시 애인에게로 달려갔네. 나는 당황해서 병사를 모아 뒤를 쫓았지."

저도 모르게 알리시아는 양손을 가슴 앞에서 꽉 쥐었다. 카슈반은 앞으로 이어질 내용을 예측했는지 눈썹을 모은 채 눈을 감고 있었다.

"그러나 상대 남자는 이번에는 록사나와 도망칠 생각조차 없었네. 질이 좋지 않은 동료와 공모해서 록사나가 들고나온 금품을 빼앗은 후······ 겨우 따라잡은 내 눈앞에서 웃으면서 아내를 죽였다네."

이 이야기를 다른 사람에게 하기는 처음이었으리라. 그라네우스는 식은땀이 밴 이마에 달라붙은 앞 머리카락을 가볍게 털면서 자조적인 미소를 띠었다.

"······나는 줄곧 자신이 분쟁을 싫어하고 우아하게 취미를 즐기는 한량이라 생각했네. 검술 훈련을 받긴 했지만 실전 경험도 전혀 없었지. 그러나 그때 나는······ 마치 한 마리 짐승과도 같았네. 제지하려는 병사도 뿌리치고 몇 번이나······."

몇 번이나, 라는 단어에 맞춰 그라네우스는 꽉 움켜쥔 주먹으로 허공을 내리쳤다. 알리시아도 무언가를 내리치는 행동이 의미하는 바를 굳이 말로 듣지 않아도 알 수 있었다.

"남자들을 처리한 후, 나는 상세한 사정에 대해 그 누구에게도 아무 말도 하지 않았네. 록사나가 사라지고 그 애인마저 행방불명되었다는 사실을 안 사람들은 '악식 대공이 결국 아내를 살해해서 먹었다.', '원래 잡아먹으려고 들인 아내였다. 그래서 애인을 만들어도 무관심했다'는 등 소문을 퍼뜨렸지."

그라네우스가 또다시 입가에 자조적인 미소를 띠었다.

"마침 그때 어딘가의 영주가 랑드레이의 호출을 공공연하게 거절하는 일이 벌어졌다네. 그 일이 사람들이 왕의 쇠약함에 야유를 던지던 시기와도 겹쳤지. 이달은 사람들에게서 관심을 돌릴 다른 화젯거리를 제공하려고 여러모로 손을 썼나 보더군."

"가제트 후작님……."

알리시아가 작게 부르는 소리에 그라네우스는 여느 때의 우아한 미소를 지어 보였다.

"말할 필요도 없으리라 생각하지만, 모두들 이 이야기는 남에게는 하지 말아주게. 내 아내의 명예를 더럽히지 말아주게나."

"물론입니다. ……큰 실례를 했습니다, 나의 왕이시여."

카슈반이 가슴에 손을 얹고 깊숙이 고개를 숙여 인사했다. 그라네우스는 짧은 사죄의 말과 새삼스럽게 다시 입에 올린 '나의 왕'이라는 존칭에서 카슈반의 뜻을 읽어낸 모양이었다.

"카슈반, 나도 한 가지 부탁을 더 추가하겠네."

이윽고 고개를 든 카슈반과 알리시아를 번갈아 바라보면서 그라네우스는 또 하나 명령을 내렸다.

"아내를…… 알리시아를 울리지 말게. 어떤 때도 사랑하고 지키겠노라 맹세하게. 그것이 귀공의 행복으로 연결될 걸세."

명령을 받은 카슈반은 조용히 고개를 끄덕이고 상냥한 눈으로 알리시아를 바라보았다.

"명심하겠습니다. 알리시아는 제게는 아까울 정도로 멋진 아내입니다. 벌써 몇 번이나 아내의 사랑에 도움을 받았으니…… 이번에는 제가 아내를 행복하게 해줄 겁니다."

알리시아는 몸의 어딘가가 카슈반과 맞닿지도 않았는데도 체온이 급격히 상승하는 것을 느꼈다.

그와 동시에 '배가 아픈' 감각이 피어올라 알리시아는 허둥거렸다. 그러면서 조용한 그라네우스의 표정을 바라보자 제오르디스의 일과는 관계없이, 따로 느끼던 불안감이 커졌다.

"저…… 기, 그렇다면 저도 가제트 후작님과 카슈반 님께 한 가지 부탁을."

이름이 거론된 두 사람이 놀란 얼굴을 했다. 그에 아랑곳하지 않고 알리시아는 뻔뻔스럽게 부탁했다.

"저는…… 가제트 후작님이 죽지 않으셨으면 합니다. '비악'의 속편도 읽고 싶고, 아직 제가 구경하지 못한 의상도 잔뜩 있으실 테고, 또…… 그게."

장식뿐인 왕으로서 그라네우스가 전면에 선다면 제오르디스 일파의 주의는 당연히 그에게 쏠린다. 그러면 조금 전에 말했듯이 암살자에게 암살될 가능성조차 있다.

그러나 누군가가 해야만 하는 역할이었다. 그라네우스도 카슈반도 전부 다 이해한 끝에 주종의 맹세를 했다. 지금 와서 참견할 일이 아닐지도 몰랐다. 그러나 마치 유언과도 같은 말들을 듣고 있노라니 더는 잠자코 듣고 있을 수만은 없었다.

"저, 언젠가 카슈반 님의 아이를 낳아서 루아크를 '형'으로 만들어 줄 예정이랍니다. 그러니까…… 가제트 후작님은 저희 아이들의 할아버지가 되어주시겠어요?"

갑작스러운 제안에 카슈반도 루아크도 깜짝 놀랐다. 그라네우스도 놀라기는 했지만 그러면서도 감개무량한 듯이 고개를 끄덕였다.

"……음, 분명히 주군이란 신하에게 아버지와 같은 존재이기도 하지……. 후후, 나를 할아버지로 해줄 텐가? 그거 고마운 말이군."

눈가에 한층 깊이 주름을 새기며 그라네우스는 조용히 숨을 내쉬었다.

"자식을 얻지 못했는데 손자가 생겨버리다니…… 오래 살고 볼 일이군."

"초야도 치르지 않았는데 아이가 둘이나 생겨버린 사람도 있는데 뭘. 그렇지? 카슈반 형님."

"……조용히 해라."

루아크가 혜살을 놓자 카슈반은 무뚝뚝한 얼굴로 대답했다. 그러나 알리시아의 제안에 관해서는 아무 말도 하지 않았다. 그저 한 손으로 아무렇게나 아내의 머리를 한 번 쓰다듬었다.

"알리시아, 나도 죽고 싶어서 왕의 자리를 노리지는 않으이. 애초에 전부 나와 카슈반의 기우일 가능성도 있지. 조금 전에 말한 대로 사람은 변하는 법. 제오도…… 왕의 자리에 앉으면 어느 정도는 바펼지도 모르니까."

이윽고 웃음을 거둔 그라네우스는 엄숙하게 자신에게 들려주려는 듯한 말을 중얼거렸다.

"……이야기하느라 조금 지친 것 같으이. 차라도 마시지. 내 생각에는 '비료불요초'를 찻잎 대용으로 쓴다면 아주 진귀한 마실 거리가 되겠다 싶은데…… 어떤가?"

참신한 제안에 알리시아는 얼굴을 환하게 밝혔다. 반면 노라는 흡 숨을 들이켰다.

"……각하. 적어도 양을 생각해서 마셔주십시오. 알리시아도."

카슈반은 등 뒤에서 '저는 함께하지 않겠습니다'라고 눈으로 호소하는 노라에게 시선을 던지면서 두 사람에게 살짝 쐐기를 박았다.

그리고 그라네우스는 그 뒤 이틀 정도 더 라이센 저택에 머물렀다. '비료불요초'의 잎을 우려 차로 내놓은 다과회에는 노라 대신 독에 내성이 있는 루아크가 자리를 함께했다. 그라네우스는 루아크가 대상을 적당히 얼버무리면서 이야기하는 '일'의 일화를 듣고 창작 의욕이 마구 샘솟는다며 만족스러워했다.

그러나 영지를 너무 오래 비워두었기 때문에 왕가에서 수상쩍어할 수도 있다며, 그라네우스는 일단 가제트 지방으로 돌아가기로 했다.

"아쉬워요……."

아침 식사 후, 1층 큰 홀 한쪽 구석에 선 알리시아는 차례로 실려 나가는 커다란 짐을 바라보며 탄식했다. 다시 영지로 돌아가는 것뿐인데도, 묵묵히 바지런히 일하는 종복들은 본 적이 없는 의상으로 갈아입고 있었다. 시종 일관된 미학을 관철하는 태도에 그저 탄식만 나올 뿐이었다.

"어머, 저 종복은 뿔을 달고 있네요, 멋져라! 나한테도 뿔이 나 있다는 소문이 있으니까 다음에 언제 저런 장식을 달아볼까요? 노라."

알리시아가 그렇게 들떠서 떠드는데 옆에 서 있던 노라가 크게 한숨을 내쉬었다.

"……겉보기는 둘째 치고 옷감과 재봉 솜씨는 정말 다들 훌륭했어요……. 몇 벌인가 선물로 받았으니 언젠가 마님의 드레스로 만들어드릴게요. 하지만 뿔은 안 됩니다! 세 번째 눈도 안 돼요!!"

아무래도 좋을 이야기를 나누는데, 예의 자칭 목수가 슬금슬금 다가왔다.

"마, 마님."

"어머, 목수 씨. 안녕하세요."

한 손에 커다란 짐을 끌어안고 돌아갈 채비를 갖춘 목수는 알리시아에게 살짝 작은 상자를 건네주었다.

"전에 말씀해주셨던 그 물건입니다."

"앗…… 어머, 기뻐요. 완성됐군요! 또 그 '그 물건'이라는 울림도 참 좋아요!!"

작은 상자에 담긴 내용물은 물론 카슈반에게 주려고 목수에게 부탁해서 만든 반지였다. 도안은 결국 류크가 새로 생각한 것을 채택했다.

기쁜 미소를 지은 알리시아가 고맙다고 인사를 늘어놓으려 하자 목수는 재빨리 작별 인사를 시작했다.

"그, 오, 오랫동안 신세를 졌습니다. 정말로 길었습니다……. 그럼 저는 이만!"

말이 끝나기가 무섭게 목수는 질서 정연하게 일하고 있는 가제트가 종복들 사이를 휘젓듯이 뛰어 저택을 빠져나갔다.

"어머…… 아직 인사도 제대로 못 했는데요."

대금은 미리 치렀으니 괜찮지만요. 그렇게 중얼거리는 알리시아의 옆에서 노라는 혼자 동정 어린 표정을 짓고 있었다.

그곳에 그라네우스와 트레이스를 대동한 카슈반이 다가왔다. 알리시아는 재빨리 상자를 드레스 주머니에 집어넣고 인사를 했다.

"가제트 후작님, 카슈반 님, 트레이스. 안녕하세요. 후작님은 벌써 돌아가시나요?"

"아아, 이제 준비도 거의 끝났으니까. 나도 떠나기 아쉽지만 일단 돌아가기로 했네."

오늘은 가까운 숲에서 뜯어 온 '비료불요초'의 잎과 말린 생선의 뼈를 곁들인 모자를 쓴 그라네우스가 우아하게 미소 지었다.

아직 춥지만 아즈베르그 지방은 원래 습기가 많다. 달콤한 향에 희미하게 비린내가 섞인 냄새에 카슈반과 트레이스는 가끔 스리슬쩍 코를 움켜쥐기도 했다. 그러나 알리시아는 그 냄새를 맡고 있으려니 배가 고파 왔다.

"다음에 만날 때까지는 신작을 완성하고 싶군. 이곳에서 생활하면서 새로운 소재를 얻기도 했으니."

그라네우스가 검은 저택을 둘러보면서 던진 한마디에 알리시아는 갑자기 들떠서 떠들기 시작했다.

"기대하겠어요! 다음 작품은 무엇으로 하실 예정이죠? 앗, 저 '이 구연'도 읽어보고 싶지만, '비악'의 속편도 신경 쓰이고요. 완전한 신작도 기대하고 있답니다!! 어쨌든 엄청 기분 나쁘고 무섭고 조마조마하고 두근두근하고 무서운 나머지 식사가 목에서 내려가지 않아서 한 끼 정도는 거를 그런 이야기가 좋아요……."

결과적으로 알리시아는 생일이 되기 전에 좋아하는 책의 작가와 만나 셈이다. 완전히 들뜬 알리시아 옆에서 실제로 '비악'을 읽고 식욕을 잃었던 노라는 공기 중에 떠도는 냄새도 한몫했는지 벌써 한 끼 거르고 싶은 얼굴빛이었다.

"알았다, 알리시아. 엄청 기분 나쁘고 무섭고 조마조마하고 두근두근하고 식사가 식도를 타고 내려가지 않을 정도에……."

알리시아의 요망을 복창하던 그라네우스는 힐끗 카슈반을 보고 온화하게 미소 지었다.

"그리고 마지막에는 무서운 괴물과 공주님이 행복한 결말을 맞이하는 그런 이야기를 쓰지. 그대들 부부를 보고 있으려니 오랜만에 그런 이야기를 쓰고 싶어졌어."

"네?"

그라네우스의 작품에 그런 이야기가 있던가? 왕가의 분쟁에 시달려온 탓인가, 그라네우스가 쓰는 이야기의 주인공은 평민이거나 세상을 등진 사람이 많았다. 괴물은 종종 나왔지만 공주님이 나오는 일은 극히 드물었는데…….

열렬한 독자가 위화감을 품었다는 사실을 깨달았는지, 그라네우스는 장난스럽게 한쪽 눈을 찡긋해 보였다.

"실은 '꿈의 왕자님'도 내가 썼다네. 출판을 부탁하는 자들이 때로는 팔릴 만한 책을 써달라고 울며불며 매달려서 그만……. 에르에게는 비밀일세."

"……로벨 양에게도 비밀로 해두죠."

알리시아가 '꿈의 왕자님'의 열렬한 독자인 시이르 로벨의 이름을 거론하자 카슈반은 쓴웃음을 지었다.

그때 갑자기 알리시아의 옆에서 루아크가 나타났다. 과연 이제는 익숙해졌는지 노라와 트레이스는 별로 놀라지도 않았다. 그러나 그라네우스는 '여전히 신체 능력이 뛰어나군. 하지만 모처럼 사신이라는 별명이 붙었음에도 어울리는 의상이……'라고 중얼거렸다.

"어머, 왜 그래요? 루아크."

"레이덴 지방에서 손님이 왔나 봐."

루아크가 큰 짐을 밖으로 운반하려고 열어놓은 문밖을 바라보며 예언 비슷한 말을 했다. 얼마 지나지 않아 가제트가 고용인 사이를 뚫고 세이그람이 모습을 드러냈다.

"어머, 세이그람. 안녕하세요? 오늘은 무슨 일인가요?"

"몇 가지인가 강공작 각하께 전하고 싶은 일이 있습니다."

그라네우스를 경계해서일까, 아니면 알리시아에게 상세한 내용을 이야기할 필요가 없다고 생각했을까. 세이그람의 설명은 간결했다. 덧붙여 주변을 마구 두리번거리는 노라에게도 차갑게 말을 덧붙였다.

"노라, 티르나드 님은 저택에서 요양 중이시다. 그렇게 간단히 만날 수 있는 분이라고 생각하지 마라. 자신의 처지를 잘 깨닫도록 해라."

"레이덴 백작님을 만나고 싶다고 한 적 없어요!"

노라가 풍만한 가슴을 흔들면서 세이그람의 말을 부정했다. 세이그람은 그런 노라를 무시하고 카슈반의 귓가에 무슨 말인가를 속삭였다.

"……뭐라고? 알았다. 세이그람, 가제트 후작 각하라면 괜찮다. 편지를 다오."

세이그람은 몰래 그라네우스의 신변을 조사하고 있었던 모양이다. 현재는 그에게 해를 끼칠 의도가 없다고 보았을까, 명령대로 한 통의 편지를 카슈반에게 내밀었다.

얇지만 품질이 좋은 봉투와 적자색 봉납. 봉납에 찍힌, 개인을 나타내는 문장은 커다란 장미였다.

장미를 싫어하는 카슈반이 보자마자 진절머리난다는 표정을 지었다. 그러나 알리시아는 이 봉납을 최근에 본 기억이 있었다.

"어머 그건…… 혹시 왕자 전하에게서 온 편지인가요? 왕궁으로 돌아가실 때 다시 들르……앗, 음 그러니까."

이전에 제오르디스가 무릎베개를 해준 대금과 함께 건넨 편지에도 이 봉납이 있었다. 왕자님이 또 오시려나, 싶어서 알리시아는 기뻐했지만 자신을 제외한 전원이 씁쓸한 얼굴인 걸 보고 당황해서 입을 다물었다.

"……그건 아니다. 그분은 돌아가시는 길에 디네로 집에 들르신다는군."

재빨리 봉납을 뜯어서 내용물을 잽싸게 눈으로 훑어본 카슈반이 찡그린 표정으로 가르쳐주었다.

"호오, 아즈베르그 공작의 집에 말인가."

그라네우스도 디네로를 알고 있는지, 흥미를 드러냈다. 그러나 알리시아는 곤혹스럽기만 할 뿐이었다.

"디네로 님 댁에요? 어머…… 하지만."

디네로는 영내를 통치하는 문제로 카슈반에게 사자를 보내고 있었다. 하지만 정작 본인은 제오르디스가 라이센 저택에 온 이후 줄곧 모습을 보이지 않았다. 리드렉의 몸이 좋아졌다는 이야기도 듣지 못했다.

무엇보다 그 디네로가 드물게도 제오르디스에게 혐오감을 드러냈다. 그런데 제오르디스는 디네로의 집으로 간다고 한다.

"뭔가 이유를 댈 수 있었다면 우리 집에 머물겠다는 요청부터 거절했을 거다. 이것만큼은 디네로의 판단에 맡기는 수밖에 없다. 물론 상황은 살펴보겠지만."

짜증나는지 그렇게 내뱉은 카슈반이 문득 제오르디스의 편지를 바라보며 굳어버렸다. 알리시아가 남편의 반응을 재빨리 알아차렸다.

"어머, 왜 그러세요?"

"—라그라드르에 뭔가가 있다. 조사해보면 좋을 거다……. 그렇게 쓰여 있어."

그 말이 끝나기 무섭게 홀에 모인 일동은 표정이 흔들렸다.

"카슈반 님…… 왕자 전하는 대체 라그라드르에서 무엇을 하고 계실까요?"

트레이스가 일동을 대표해 물었다. 그러나 카슈반의 대답은 '모른다'였다.

"여기 쓰여 있는 것은 방금 읽은 한 문장이 전부다. '라그라드르에 뭔가 있다. 조사해보면 좋을 거다'. 디네로의 일을 포함해 시시한 일을 쓰다가 마지막에 와서 갑자기 그 문장으로 끝냈다."

"어머, 왕자 전하의 편지는…… 읍."

이전에 제오르디스에게 받은 편지도 갑자기 튀어나온 '마법의 말'로 끝났다. 그만 편지 얘기를 입 밖에 낼 뻔했지만, 다른 사람에게 알려줘서는 안 된다고 쓰여 있었다. 알리시아는 거기까지 생각해내고 스스로 입을 막았다.

알리시아의 묘한 반응에 카슈반은 한순간 의아하다는 눈을 했다. 그러나 언제나 묘한 반응을 보이는 아내를 추궁해도 부질없다고 생각했는지, 다른 사람에게로 시선을 돌렸다.

"세이그람."

"알았습니다, 강공작 각하. 좀 더 시간이 걸리겠지만 정보 수집은 제게 맡겨주십시오."

세이그람은 카슈반이 무슨 말을 할지 다 안다는 얼굴로 고개를 끄덕였다. 세이그람은 자신만의 독자적인 정보망으로 지금까지 카슈반을 도와주었다.

그렇다고는 해도 이번에는 정보망 일부를 담당하는 라그라드르를 상대로 한다. 애를 먹을 게 분명했지만 세이그람의 표정은 여느 때와 다름없이 태연했다.

"덧붙여 세이그람 씨. 나중에 제다 씨한테 편지 좀 전해주겠어?"

루아크가 옆에서 끼어들었다. 기제와 '선생님'의 일을 포함해 제다에게 묻고 싶은 일이 있어서이리라.

"알았다. 그 전에 제다가 네게 보내는 편지를 부탁했다. 무거우니까 먼저 건네주마."

그렇게 말하면서 세이그람은 편지 다발을 내밀었는데, 두께가 '비악'까지는 아니더라도 절반 정도는 되었다. 그것을 본 루아크가 눈을 동그랗게 떴다.

"……많이 쓴다고 좋은 게 아닐 텐데."

루아크가 살짝 부끄러워하면서 편지 다발을 받아 들었다. 그러자 그라네우스가 불현듯 입을 열었다.

"제오와 함께 있던 '날개의 기도' 교단 성직자…… 나딜, 이라고 했던가."

"예, 그렇답니다. 성직자치고는 부자라는 인상인 분이셨죠. 하지만 제2계제이시니 실제로 부자일지도 모르겠네요."

"부자, 하하. 그렇군."

알리시아의 솔직한 의견에 그라네우스는 복잡한 표정으로 동의했다.

"카슈반. 그 나딜…… 이라는 남자가 주체인지 급진파가 주체인지 모르겠지만, 최근 새로운 사업을 생각하고 있더군."

"사업?"

국교인 '날개의 기도' 교단의 행동을 나타내기에는 과격한 표현이었다. 카슈반은 이중의 의미로 놀랐는데, 그라네우스는 한층 더 충격적인 이야기를 했다.

"그들은 최근 나를 포함한 실던 구귀족에게 비밀리에 접근해 이런 이야기를 해 왔네. 더 높은 나라에는 지위가 있다. 즉 더 고위의, 더 고액인 날개를 사면 사후 세계에서도 고귀한 지위를 약속받는다고……."

"……어머나."

알리시아는 양손을 납작한 가슴에 얹고 한숨을 토해냈다.

"보통 날개도 매우 비싼데요……. 하지만 가제트 후작님이라면 사실 수 있을까요?"

어머니와 아버지께는 사드릴 수 없겠네요. 한순간 그렇게 생각한 알리시아가 혼잣말을 했다. 그에 카슈반이 낮은 목소리로 대꾸했다.

"―각하께서는 그런 것은 사지 않으신다."

경건한 신자인 트레이스도 씁쓸한 얼굴을 하는데, 하물며 신을 믿지 않기로 유명한 카슈반은 어땠겠는가. 표정에 불쾌감만이 감돌고 있었다.

"보통 사람 정도로 수치심을 가지고 있다면 그런 것에 돈을 내지는 못한다. 애초에 날개란 생전에 한 선행으로 얻는다 하지 않았던가? 그것을 돈으로, 사후 세계의 지위를 얻으려고 산다고……?"

"그렇다네. 바보 같은 이야기지. 사는 쪽도 파는 쪽도 전부 제정신이 아니야."

그라네우스는 우선 그렇게 딱 잘라 말했다. 그러나 다음 순간 허공을 올려다보며 탄식했다.

"그러나…… 인간은 유약한 존재야. ……나도 그 이야기를 들은 순간…… 록사나가 사후 세계에서 안락하게 지낼 수 있다면, 이라고 한순간 생각하고 말았네."

"……사후 세계를 인질로 잡는 게 녀석들 방식입니다."

카슈반이 분노와, 그 외에 다른 성분을 섞어 중얼거렸다. 그 말을 들은 그라네우스도 어조를 살짝 바꾸어 말했다.

"귀공의 어머니도 신앙이 매우 강한 분이라고 들었네만."

그라네우스는 카슈반이 돌아가신 어머니를 위한 날개를 사려 했다가 교단에 거절당했다는 이야기를 알고 있는 듯했다. 카슈반은 아무 대꾸도 하지 않았고, 그라네우스도 더는 묻지 않았다.

그리고 두 사람이 나누는 대화를 듣던 알리시아는 문득 생각이 닿은 점을 입에 올렸다.

"가제트 후작님도 '날개의 기도' 교단 분들이 하는 일을 '사업'이라고 말씀하시네요. 혹시 신을 싫어하시나요?"

"마님?!"

지금은 묘한 냄새를 사방에 풍기고 있었지만 상대는 왕가의 피를 잇는 지방백. 대체 뭘 물어보냐고 노라가 상기되어 목소리를 냈다. 그러나 그라네우스는 그 대범한 질문에 조용히 미소로 답했다.

"……'날개의 기도' 교단을 깊이 믿는 자는 물을 두려워하고 바다에 가까이 가지 않지. 그 그래서 실딘 왕국을 비롯해 그 가르침을 국교로 삼고 있는 나라는 바다를 건너지 못해 육지로 이어진 나라와만 교류하고 있네. 때문에 새로운 기술도 문화도 종교도 들어오지 못하지……."

"그렇죠. 그래서 생선도 그다지읍."

카슈반이 적당히 해두라는 의미로 알리시아의 입을 막았다. 그러나 생선을 먹는 일 자체가 아무리 악식이 취미라 하더라도 '날개의 기도'의 신자답지 않은 행동이었다.

"서쪽 크루세쥬에서는 그걸 좋지 않게 생각해서 성직자를 정치 무대에서 쫓아내 버렸다고 하더군. 이 나라에서 그렇게까지 할 수 있을지 어떨지 모르겠지만…… 바다를 두려워하지 않는 라그라드르인을 중개자로 삼으면 어떻게 되지 않을까 생각하네. 그렇다고 해도 라그라드르인과 친하게 지내는 것 자체가 어려운 일이겠지만."

그라네우스가 비밀리에 키우고 있던 생각이었다. 어쩌면 이달이 그라네우스를 배제하려 했던 원인이 이 사상 때문이었을지도 모른다.

절반쯤은 독백에 가까운 말을 끝낸 후, 그라네우스는 카슈반을 바라보았다.

"……여기에서도 라그라드르인이 나오는가. 카슈반, 제오가 하는 말이니 뭔가 꿍꿍이는 있겠지만…… 훗날을 위해서라도 조사해보는 편이 좋을 게야. 미력하지만 나도 힘을 보태지."

"알았습니다, 나의 왕."

그라네우스는 단순히 신을 싫어하는 정도가 아니라 그를 넘어선 인식이 있었다. 그에게 카슈반은 깊이 머리를 숙였다. 이어서 세이그람에게도 눈짓을 하니, 세이그람도 그라네우스에게 고개를 숙였다.

"왕가 주변 동향에 관해서는 가제트 후작 각하의 힘을 빌리면 여러모로 재미있는 이야기를 들을 수 있겠군요. 앞으로도 잘 부탁합니다."

루아크도 뭔가를 생각하는 눈치였다. 그런데 눈이 갑자기 큰 홀의 구석, 고용인 구역으로 이어지는 방향을 향했다.

"아직 후작님께 인사드리고 싶은 사람이 남았나 본데?"

약간 허둥대며 바쁜 발놀림으로 달려온 자는 류크였다.

"아―다행이다. 안 늦었다아!!"

"어머, 류크. 왜 그래요?"

오늘 아침 식사 자리에서도 볼 수 없었던 류크가 등장하자 알리시아는 놀라면서 말을 걸었다. 언제나 매무시에 신경을 쓰는 류크의 옷은 이전에 '가족의 초상'을 그렸을 때와 마찬가지로 심하게 구겨져서 전체적으로 더러웠다.

그 모습을 본 알리시아는 꼭 레오니아 님 같아요, 라고 생각하며 류크와 사이가 좋았던 성직자를 떠올렸다. 그러나 류크는 알리시아에게는 씩 미소를 지을 뿐, 바로 그라네우스에게 다가갔다.

"가제트 후작 각하. 이것을 받아주시겠습니까?"

갑자기 류크가 내민 것은 조잡한 천에 싸인 시뻘건 구체였다. 그 자리에 있던 사람은 다들 이것이 대체 무엇인가 싶어서 일제히 묘한 얼굴을 했다. 그러나 알리시아는 물건의 정체를 간파했다.

"어머, 트레이스가 그린 반지네요!"

며칠 전 도서실에서 본 트레이스가 그린 반지, 인 듯했다. 반지라기보다 아무리 봐도 그저 붉은 구슬로밖에 보이지 않았지만 그라네우스는 감동했다.

"오오…… 이것은. 정말 멋지군! 그 기묘한 붉은빛을 이렇게까지 표현해내다니!"

"아니. 제가 생각한 반지는 제대로 금과 은으로 된, 평범한 반지 형태였습니다만……? 그건 단순한 붉은 구슬이잖습니까?"

트레이스 본인이 조심스럽게 지적했다. 그러나 너무 조심스러워서 류크가 감격에 찬 말을 하자 지워지고 말았다.

"저, 이번 일을 겪으면서 창작에 몸을 담은 자로서 한 단계 성장한 느낌이 듭니다……! 솔직히 지금까지 저는 약간 재능이 있다고 자만에 빠져 있었습니다."

류크는 반짝반짝 빛나는 눈으로 트레이스와 그라네우스를 바라보았다.

"하지만 뭔가를 표현하기 좋아하는 트레이스 씨의 진솔한 마음과, 솔직한 마음을 솔직하게 평가해주시는 후작 각하와 만나서 깨달았습니다……! 창작의 길의 깊이와 풍요로움을……!! 언뜻 보기에는 뭐 저런 게 다 있나 싶은 것에도 분명히 사람의 마음을 움직이는 무엇이 있습니다……!!"

카슈반과 루아크와 노라가 무진장 뭔가를 말하고 싶은 얼굴을 했다.

그러나 그라네우스는 류크의 지나칠 정도로 솔직한 말을 듣고 감명을 받은 모양이었다.

"류크…… 나도 사죄하겠네. 그대는 매우 솔직하고 감수성이 풍부한 예술가네. '평범'하다고 말해서 미안했으이. 트레이스의 비범한 재능을 인정할 줄 안다. 그것이 자네가 비범하다는 증거일세⋯⋯."

"⋯⋯제 재능은 이상한가요? 제 그림이야말로 매우 평범하다고 생각합니다만⋯⋯."

트레이스가 조금 마음에 걸리는 부분을 지적했다. 그러나 그 지적은 이번에는 그라네우스의 선언에 지워졌다.

"그럼 이번 내 신작에 들어갈 삽화는 자네와 트레이스에게 의뢰하도록 하겠네!!"

"네엣?!"

이 말에는 류크도 트레이스도 놀랐다. 다만 알리시아만이 들뜬 목소리를 냈다.

"어머. 잘됐어요, 류크. 트레이스!"

류크도 그라네우스가 책을 많이 썼다는 사실을 아는 듯했다. 류크는 갑자기 트레이스의 손을 잡았다.

"트레이스 씨. 지금까지 속으로 재능이 없다고 생각해서 미안해요! 가제트 후작님의 책에 들어갈 삽화는 나랑 합작해서 그려요! 분명히 대단한 그림이 나올 거야!!"

"분명히 당신들 두 사람이 합작한다면 대단한 물건이 나오겠죠⋯⋯."

노라가 살짝 중얼거렸다. 트레이스도 곤혹스러운 모양이었다.

"류, 류크. 방금 흘려들을 수 없는 부분이 있던 것 같은 기분이 드는데⋯⋯. 그런데⋯⋯ 미, 믿을 수 없어. 괜찮으십니까? 가제트 후작 각하⋯⋯."

곤혹스러워하면서도 역시나 트레이스도 기쁜 모양이었다. 무엇을 그려도 붉은색 타원으로 만들어버리는 트레이스의 그림은 본인의 열정과는 반대로 높은 평가를 받은 적이 없었으니 당연한 일이었다.

"새로운 재능이 꽃피는 자리에 함께하다니, 한 사람의 창작자로서 이만큼 기쁜 일은 없네……."

필요 이상으로 격조 높은 그라네우스의 한마디에 트레이스도 눈시울을 적셨다.

"가제트 후작 각하……! 당신은 저의 주인이 선택하신 왕이시자, 저의 예술의 신입니다……!"

"우와—앙! 트레이스 씨! 어떡해, 나 눈물이 다 나요!!"

미와 창작을 사랑하는 세 사람은 감격에 겨워 서로 얼싸안았다. 주변에 풍기는 묘한 냄새는 이미 그들 머릿속에서 지워져 있었다.

감동을 공유하는 세 사람을 바라보고 있노라니 알리시아에게도 묘한 전율이 느껴졌다. 지금 이곳에서 역사가 시작되려고 한다……. 그런 느낌이 들었다.

"공포 소설계에 혁명이 일어날 거예요……. 아, 정말 멋져요."

"……분명히 혁명적인 책이 될 것 같네."

루아크는 웃음을 참으면서 맞장구를 치고, 카슈반은 엉뚱한 방향으로 시선을 돌렸다.

"트레이스는 둘째 치고, 류크는 그림을 잘 그리니 그냥 '평범'하게 그리라고……."

비아냥거릴 말을 생각할 기력도 잃어버렸는지 지적은 무척이나 '평범'했다. 그 말은 흥분한 삼인조의 귀에는 가닿지 않았다.

종장

그라네우스가 영지로 돌아간 며칠 후. 루아크에게 카슈반이 돌아왔다는 말을 들은 알리시아는 혼자 남편의 방을 방문했다.

"알리시아. 무슨 일이지? 이런 시간에."

바로 아내를 맞아준 카슈반은 피곤한 얼굴을 하고 있었다. 그라네우스와 비밀리에 연락을 취하며 세이그람에게 라그라드르 조사를 시키고, 그에 더해 영지 통치도 지장이 없도록 해야 했다. 피로가 쌓이는 것도 어쩔 수 없는 일이었다.

내심 미안하다고 생각하면서 알리시아는 수수한 실내에 발을 들여놓았다.

"저, 피곤하신데 죄송합니다. 잠시 괜찮으신가요? 시간을 내시기 어려우시다면 다른 날 다시 찾아뵐게요."

"상관없어. 마침 너랑 둘이서만 이야기하고 싶던 참이었으니까."

갑작스러운 선제공격에 알리시아는 '배가 아파' 와서 뺨을 붉게 물들였다. 아내를 놀려서 마음의 여유를 찾은 카슈반은 웃으면서 일단 책상으로 향했다.

"……있지, 알리시아. 네게 줄 예정이었던 그…… 도서실과 책 말인데."

그러나 책상의 서랍을 뒤지면서 말하는 목소리는 기묘하게 시원시

원하지 못했다.

"왕자 전하에게 들켰지만…… 그게, 그러니까…… 미안했다."

"네? ……아아."

갑작스러운 사죄의 이유가 짐작이 간 알리시아는 고개를 저었다.

"아뇨, 카슈반 님. '줄저녁'을 입수할 수 없었던 일은 신경 쓰지 마세요. 그건 가제트 후작님의 작품도 아닐뿐더러, 입수가 어렵다는 사실은 저도."

"……아니, 그게 아니라. 뭐 그것도 사과하겠지만 그게 아니라……."

아아 제길, 하고 신음하는 카슈반이 꺼내 든 것은 어딘지 눈에 익은 작은 상자였다.

알리시아는 반사적으로 드레스 주머니를 뒤졌다. 그러나 자칭 목수에게 받은 작은 상자는 분명히 주머니에 들어 있었다.

"……모처럼 맞은 네 생일을 이용해 정보 수집을 했던 일…… 그걸 사과했던 거다. 미안했다."

"네? 아뇨, 저 카슈반 님께 도움이 됐다면 그걸로 됐답니다."

"……너라면 그렇게 말할 줄 알았다. 그러니까……."

알리시아 곁으로 되돌아온 카슈반은 작은 상자를 열고 내용물을 알리시아에게 보였다.

짙은 보라색 천을 깐 거치대 위에 올라앉은 것은 은색 반지였다. 상당히 오래된 물건인지 금속 부분에 희미하게 긁힌 자국이 있었지만, 그것이 오히려 고미술품으로서 고풍스러움을 살리고 있었다.

중앙부에는 커다랗게 커팅된 다이아몬드가 세월에 굴하지 않고 의연하게 광채를 발하고 있었다. 만약 보석이 이 다이아몬드뿐이었다면 위압적인 인상조차 받았으리라. 그러나 다이아몬드 주위에 작은 루비가 몇 개 더 박혀서 귀여운 분위기를 연출하고 있었다.

"어머…… 이 반지는 류크의 작품과는 경향이 조금 다르네요……?"

"류크?"

카슈반이 여기서 왜 그 녀석이 나오지? 라는 얼굴을 했다. 알리시아는 서둘러 '아무것도 아니랍니다'라고 말을 얼버무렸다.

"작년 내 생일에 디네로가 이걸 줬다. ……내가 너한테 주기를 바란다면서."

"어머, 디네로 님이요?"

이번에는 알리시아가 디네로의 이름을 듣고 놀랐다.

"그래. 이 반지는 아즈베르그 가에 대대로 전해지는 물건이라고 하더군. 결혼할 때 남편이 아내에게 준다는 모양이야. 그런데…… 그 녀석은 결혼을 하지 않겠다, 아즈베르그 가는 자신의 대에서 끝내겠다고…… 그렇게 선언했으니까. 그래서 영주가문이 된 라이센 가에 이걸 넘긴다고……."

반지의 전통마저도 아즈베르그 가에서 라이센 가로.

디네로는 정말로 카슈반을 인정하고 있었다. 그렇게 생각하자 알리시아의 가슴도 뜨거워졌다.

반면, 지금도 디네로가 저택에 오지 않고, 제오르디스가 그의 저택에 갔다거나 어쨌다거나 하는 이야기도 무척 신경 쓰였다……. 그러나 알리시아의 의식은 갑자기 이런 말을 꺼낸 카슈반에게 이끌려

다시 현실로 되돌아왔다.

"—남에게 쉽게 무릎을 꺾는 남자는 싫은가?"

갑작스러운 질문에 알리시아는 한순간 고개를 갸우뚱했다. 그러나 카슈반이 지금 말하는 건 며칠 전 그라네우스에게 충성을 맹세할 때의 일이었다. 미래를 위해 중요한 일이었다. 무엇보다도 올려다본 남편의 시선이 뜨거워서 '배가 아파진' 알리시아의 대답은 떨리며 나왔다.

"아, 아뇨……. 아무 분에게나…… 무릎을 꿇으시진 않는다고 알고 있으니까요."

그 대답에 카슈반은 만족스러운지 작게 웃었다.

"가제트 후작 각하는 내 생각보다 훨씬 훌륭하신 분이었다. 그분을 왕으로 삼은 일은 후회하지 않아."

카슈반은 딱 잘라 말하고는 갑자기 한쪽 다리를 뒤로 뺐다.

올려다보고 있던 남편의 얼굴이 점점 낮아지더니 새카만 장신이 발밑에 무릎을 꿇는다. 알리시아는 그 모습을 눈을 끔벅거리면서 지켜보았다.

"그러나 나의 공주여. 당신 앞이라면 얼마든지 무릎을 꿇을 수 있습니다."

다소 장난스러운 어조였지만 알리시아를 바라보는 시선은 뜨거웠다. 마치 그 열기에 취한 듯이 알리시아는 멍하니 움직일 수 없었다. 카슈반은 웃으며 아내의 왼손을 잡았다.

"나의 사랑의 증표를…… 받아주시겠지요?"

"아, 예…… 예."

갈라진 목소리로 그렇게 대답하는 것이 고작이었다. '꿈의 왕자님' 에도 이런 장면이 있었던가. 몽롱하게 그런 생각을 하는 사이 카슈반은 공손한 동작으로 아내의 왼손 약지에 반지를 끼워주었다.

"……다행이군, 딱 맞는다."

여느 때의 어조로 돌아온 카슈반은 자리에서 일어서면서 아직도 멍한 알리시아의 머리를 쓰다듬어주었다.

"이 세상에 하나밖에 없는 물건이다. 가공에 실패했다면 디네로에게 면목이 없고, 물론 네 손가락에 맞지 않아서는 곤란해. 덕분에 세공업자에게 꽤 무리한 말을 했지만…… 그랬던 보람이 있군."

역시 그분, 세공업자였네요……. 이렇게 생각하면서 알리시아는 손가락에 끼워진 반지를 바라보았다. 그 순간, '배가 아파' 와서 쓰러질 것 같았다.

혼자서 허둥거리는 알리시아의 머리를 쓰다듬으면서 카슈반은 천장을 올려다보며 작은 목소리로 중얼거렸다.

"……이것도 남에게서 받은 물건이라 순수하게 너한테 준다고 하기 어렵지만…… 거기다 무척 새삼스럽지만…… 아, 그래도 말이야. 옆에 박혀 있는 루비는 내가 붙이라고 했다. ……그편이 더 귀엽지?"

남에게 받은 것을 그대로 선물하지는 않았다. 그렇게 강조한 순간 목소리가 커졌다. 그러나 뒤에 이어지는 말은 다시 기어들어 가는 목소리가 되었다.

"뭐어…… 다시 말해서 정치와는 관계없이 순수하게 너만을 생각한 선물도 준비했다고…… 알아줄 수 있을까? 순서가 엉망인 건 알지만……."

변명 섞인 설명에 '배가 아픈' 감각은 단숨에 '배탈이 날 지경'까지 발전했다.

반지를 받을 줄은 생각도 못 했는데. 이 틈에 아군을 늘려놓지 않으면 나중에 알리시아만이 아니라 다른 사람들이 전부 곤란해지니까 얼마든지 구실로 사용해도 상관없었는데…….

"고, 고, 고맙습니다, 카슈반 님…… 앗!"

말을 더듬으면서 감사 인사를 하던 알리시아는 갑자기 오늘 밤 이곳에 온 목적을 생각해냈다.

드레스 주머니에서 카슈반이 준 것과 같은 작은 상자를 꺼내 들었다.

"저, 그럼 카슈반 님…… 카슈반 님…… 저도……."

빨개진 얼굴을 감추듯이 천장을 노려보던 카슈반은 자신을 부르는 목소리에 시선을 내렸다가 그 자리에 굳어버렸다.

"저의 사랑의 증표를…… 받아주시겠어요?"

"……뭐, 아, ……아? 왜, 왜지……?"

보라색 천 위에서 반짝반짝 빛나는 금반지를 보고 카슈반은 어안이 벙벙했다.

중앙부에 알리시아의 눈동자 색과 비슷한 사파이어가 박혀 있었다. 거치대와 반지의 링 부분에는 '비료불요초'를 연상시키는 잎이 정교하게 새겨졌다. 물론 류크와 세공업자의 합작품이었다.

알리시아는 보기 드물게 멍청히 서 있는 남편의 왼손을 쥐고 약지에 사랑의 증표를 끼워주었다. 카슈반의 손가락은 알리시아와 달리 마디가 거칠어서 도중에 살짝 걸렸지만, 어떻게든 무사히 들어갔다.

"……딱 맞는걸."

카슈반은 왼손을 바라보며 약간 멍하게 중얼거렸다. 그런 카슈반의 얼굴에 점차 뭔가를 이해했다는 기색이 퍼져 나갔다.

"……그런가. 그 녀석, 내 손가락 두께를 측정하면 네 손가락 두께도 알 수 있다고 했지……."

도망치듯이 떠난 세공업자의 수상한 언동이 떠올랐는지 카슈반은 '추가 요금을 보내야겠군……'이라고 중얼거렸다.

"저…… 기뻐해 주시겠어요……? 류크는 너무 '평범'하다고 했지만, 노라가 이게 좋을 거라고…… 기제가 끼고 있던 반지처럼 독침도 넣어보고 싶었지만, 노라가 안 된다고 해서……."

알리시아로서는 해골 모양 디자인도 버리기 아까웠다. 그러나 노라가 문답 무용으로 각하해버렸다. 트레이스가 한 디자인에 관해서도 '가제트 후작님께 드리면 되잖아요? 그분과 카슈반 님은 주종이시니 한 세트로 똑같은 반지를 끼고 있어도 나쁘지 않을 텐데요'라고 얼버무렸다.

"저는 그, 카슈반 님에게 제대로 형태가 있는 물건을 선물로 드릴 생각이어서 그래서……꺅!!"

카슈반은 반지를 바라보며 혼자서 감개무량함에 젖었다. 그 모습에 알리시아는 걱정이 되어 말을 걸었다가 갑자기 꽉 끌어안겨서 깜짝 놀라고 말았다.

"바보. 당연히 기쁘지……. 아아, 정말이지 귀여운 녀석이다……. 이대로 먹어버리고 싶어."

'식인 대공'과 같은 말을 하고 말았다는 사실을 기억해낸 카슈반은 문득 냉정함을 되찾고 물었다.

"……그런데 용케 이런 물건을 부탁할 돈이 있었군. 설마 루아크가 누군가를 위협했나?"

"아뇨, 돈은 제……"

알리시아는 카슈반에게 꽉 끌어안겨서 '배가 아픈' 감각을 맛보면서도 그만 그렇게 대답하고 말았다.

그러기 무섭게 카슈반의 움직임이 멈추었다. 미간에 주름을 모은 험악한 얼굴을 보고 알리시아는 아차 하고 생각했지만 이미 때는 늦었다.

"……설마 그 녀석에게 무릎베개해준 건 이걸 위해서였나?"

이제 와서 얼버무릴 수도 없어서 알리시아는 작은 목소리로 자백했다.

"저기, 실은 왕자 전하가 카슈반 님에게 반지를 드리면 기뻐할 거라고…… 죄, 죄송합니다……. 저, 카슈반 님이 기뻐하셨으면 해서요……."

카슈반은 머뭇머뭇 대답한 알리시아를 잠시 물끄러미 바라보았다. 알리시아는 무서움과 부끄러움을 견디지 못하고 고개를 숙이고 말았다. 카슈반은 그런 알리시아를 한층 더 내려다보았다.

"젠장…… 분하지만, 역시 기쁘다……. 하지만 분해. 화가 난다……. 그래도 기뻐……."

끓어오르는 감정을 억누를 수 없는 기색이었다. 갑자기 카슈반은 알리시아의 턱을 잡고 진하게 키스했다.

"……응……!"

복잡한 감정이 담긴 입술은 화상을 입을 듯이 뜨거웠다. 긴 입맞춤을 끝낸 후, 카슈반은 반지를 낀 손가락으로 숨을 헐떡이는 알리시아의 머리카락을 살짝 쓰다듬었다.

"대체 뭐냐, 너희는. 둘이 세트로 나를 더 높은 나라에 올려보냈다가 물밑 왕국으로 떨어뜨렸다가……."

원망스럽다는 듯이 말하고 있었지만, 손가락에 끼워진 사랑의 증표를 바라보는 카슈반의 표정은 부드러웠다. 감정의 복잡한 정도는 더 강해진 모양이었지만 말이다.

"……그래, 알고 있어. 나를 위해 한 일이겠지."

한 번 이해심 있는 태도를 보이기는 했지만, 바로 알리시아를 질책하기 시작했다.

"그렇지만 너는 무방비한 데다 아무한테나 너무 평등하다. 나는 네 남편이라고. 좀 더 나를, 나만을 '특별'하게 대하라고……."

가까운 거리를 유지한 채 그런 식으로 힐난해도 달콤하게 욱신거리는 감각만이 강해질 뿐이었다.

제오르디스에게도, 지스칼드에게도 이렇지는 않았다.

"카슈반 님은 '특별'하시답니다……. 그게 저, 최, 최근에 다른 남자가, 그, 너무 가까이 다가오면…… 무서워져서……."

"……그 썩을 왕자에게 무슨 짓이라도 당했나?"

원래 카슈반은 감이 좋았지만, 제오르디스가 상대가 되면 감이 한층 더 좋아지는 모양이었다.

"아, 아무것도요. 그, 하지만, 조금…… 얼굴이 가까이에……."

키스해달라고 보챈 사실은 말하지 않는 편이 좋을 것 같아 알리시아는 말을 흐렸다.

"무, 물론, 전, 결혼했는걸요……. 서방님 이외의 남자와…… 해서는 안 되지만…… 그렇게, 무섭다니……."

작년에 '날개의 기도' 교단에 납치되었을 때, 유란은 디네로와 결혼하기를 종용했다. 그때 디네로에게 키스당할 뻔한 적도 있었지만 그때보다도 훨씬…….

그때 일이 머릿속에 떠오른 순간, 등줄기가 오싹해져서 알리시아 자신도 깜짝 놀라고 말았다.

디네로를 싫어하지는 않았다. 카슈반이 한 말처럼 알리시아는 특별히 누군가를 좋아하거나 싫어하지 않았다. 제오르디스나 지스칼드와 비교한다면 라이센 가 사람들과도 사이가 좋은 디네로는 가족과도 같았다.

그런데도.

"……무서운 일이, 무섭…… 습니, 다."

"……무서운 일이 무서워?"

"저…… 무슨 일이든, 아무렇지도, 않았, 는데……. 사치를 부려서는 안 된다고, 생각했는데……."

갖고 싶은 것은 이것이 아니다. 몰락한 명문가에 태어난 알리시아에게 그런 사치는 용납되지 않았다.

하지만 사치를 몰랐기 때문에 전부 거부하지 않고 받아들일 수 있었다. 카슈반과 두 번째로 결혼하는 것조차 아무 주저함이 없었다.

"……네 소악마적인 언동은 정말 무시무시하군."

한숨 섞인 목소리로 중얼거린 카슈반은 아내를 살짝 끌어안았다.

알리시아는 얼굴을 발갛게 물들였지만 저항하지 않았다. 카슈반이 하는 대로 가만히 있었다.

"괜찮잖아? 무서워서. ……차라리 나 이외의 남자와는 말도 못 할 정도가 되면 돼."

"그…… 그런, 곤란, 해요……. 카, 카슈반 님 이외에 다른 남자와 는…… 말도 못 하다니……."

카슈반은 헐떡이며 중얼거리는 반응을 사랑스럽다는 듯이 바라보며 반지를 낀 왼손을 뻗었다. 그 손으로 똑같이 반지를 낀 알리시아의 왼손을 꽉 쥐었다.

"너는 아직 사랑하기에…… 밉고 증오스럽다는 감정은 모르겠지."

"네? 에…… 예."

실제로 알리시아는 그 감정을 알지 못했다. 사랑하기 때문에 죽인다, 는 공포 소설에서는 흔히 접할 수 있는 전개였다. 그러나 알리시아가 실제로 그렇게 생각한 적은 없었다.

'하르바스트 장미 저택'은 정말로 그런 전개였지만…… 알리시아가 머릿속에 떠올린 이야기를 카슈반도 생각해낸 모양이었다.

"아무래도 좋은 상대라면 어떻게 생각해도 상관없다. 그러나 자신이 사랑하는 상대가 자신을 사랑하지 않는다면……."

저택 뒤편에 어두운 시선을 던지고 있던 카슈반은 불현듯 알리시아를 강하게 끌어안았다.

알리시아는 아직 카슈반과 왼손과 왼손을 맞잡은 상태였다. 그 부자연스러운 자세 때문에 안겨 있기 힘이 들었다. 무엇보다 자신의 팔이 납작한 가슴을 눌러서 괴로웠다. 그러나 그 모든 감각에 우선해 알리시아가 느낀 것은 '배가 아픈' 감각이었다.

"……'특별'하다는 건 정말 무섭군."

귓가에 속삭이는 카슈반의 목소리도, 알리시아를 끌어안는 팔도 제어되지 않는 감정에 희미하게 흔들리고 있었다.

"하지만 한 번 '특별'하다고 생각해버리면 이제—자신도 어떻게 할 수 없어."

"카……, 응, 응……."

이름을 부르려던 입술 틈 사이로 혀끝이 미끄러져 들어왔다.

발밑이 아슬아슬해져서 알리시아는 자유로운 오른손을 카슈반의 등에 감았다. 그 움직임으로 카슈반도 자신이 알리시아의 왼손을 속박하고 있다는 사실을 알아차렸다. 카슈반은 그 손을 풀어주고 알리시아를 다시 끌어안았다.

"나 이외의 남자는 전부 무섭다고 생각하면 돼……."

달콤한 독을 연상시키는 입맞춤을 끝낸 뒤, 카슈반은 어깨로 숨을 쉬는 알리시아의 머리카락을 쓰다듬으며 중얼거렸다.

"내가 가장 무서울지도 모른다는 사실은 알아차리지 말아줘……."

"……카슈반 님……?"

쓸쓸해 보이는 남편에게서 살짝 눈에 보이지 않는 거리가 느껴졌다. 알리시아는 넓은 등에 더 강하게 매달리며 호소했다.

"카슈반 님은 무섭지 않아요……. 아, 하지만 가제트 후작 각하께서 다음에 좀 더 폭군다운, 척 보기에도 무서운 멋진 의상을 주시겠다고 하셨답니다. 그것을 입으시면 분명히 무서워서 아주 멋질 거예

요!!"

도중부터는 즐거워져서 알리시아는 들뜬 목소리를 냈다. 덧붙여 이 이야기를 함께 들은 노라는 도전받았다고 느꼈는지 혼자서 불타고 있었다.

"……나는 가제트 후작 각하와 같은 경지에는 오르지 못할 거야."

'식인 대공'이라는 악명을 등에 지면서도 두 번이나 애인에게 도망친 아내를 줄곧 감싸고 있는 그라네우스.

한층 더 상냥하게 황갈색 머리카락을 쓰다듬으면서 안타까운 목소리로 혼자 중얼거린 카슈반은 쓴웃음을 띠었다.

"폭군다운 의상이라……. 그런 걸 언제 입을지는 모르겠지만, 우선은 감사히 받도록 하지. ……단, 트레이스는 제작에 관여하지 않아야 해."

카슈반은 정말로 붉은 타월이 돼버리면 참을 수 없는지 스리슬쩍 조건을 추가했다.

작가 후기

귀여운 표지와 그로테스크한 타이틀의 괴리가 최고입니다! 오노가미 메이야입니다. 시리즈 일곱 번째 작품 '사신 공주의 재혼―고고한 악식 대공―'을 읽어주셔서 감사합니다.

이번 권에 새로 나온 캐릭터는 그다지 눈에 두드러지지 않는 사람을 포함해 세 사람일까요……? 그중 두 사람은 자세히 쓰면 스포일러가 돼버릴 것 같으니 부제가 된 '악식 대공'의 '식인 대공' 그라네우스 통칭 '그라 씨'에 대해서만 언급하겠습니다.

그라네우스는 척 보기에도 괴짜 같고, 취미도 별스럽지만 실제로는 신사답고 멋진 아저씨입니다. 애들 같은 남성 캐릭터가 많은(너무 많아) '사신 공주'의 캐릭터 중에서는 차분한 편일 겁니다.

반면, 기존 캐릭터 중 불온한 움직임을 보이는 사람이 간간이 있습니다만, 그 내용은 다음 권을 기다려주시면 감사하겠습니다…….

부부 관계는 새삼스럽게 애틋한 감정을 그대로 표현하는 이벤트를 집어넣어 봤습니다. 이번 권의 테마이기도 한 '선물'과 '무를 끓기'에 두 사람도 휘말리긴 했습니다만, 최종적으로는 수습될 부분에서 수습되었네요. 가족이 늘어나서 좋긴 한데, 카슈반과 류크는 이제 큰일 났습니다…….

한편, 이번에도 비즈로그의 모바일 사이트에 카슈반 시점의 번외 단편 여자에게 치근덕거리는 것은 스승의 특권'을 써 올렸습니다. 발로이의 젖가슴에 대한 강의를 읽을 수 있는 곳은 이곳뿐이에요!

드라마 CD도 드디어 다음 달에 발매됩니다. 지금부터 가슴이 두근거리는군요. 다음 권도 그라네우스를 '그라 씨'라고 부르는 것이 완전히 입에 붙어버린 담당 미카지리 씨, 표지의 카슈반에 대해 '펑크라고 해도 북두○권이 아니에요. 비주얼계라고요. GAC○T라거나 그런 거 말입니다!'라고 설명했다고 하는 일러스트레이터 키시다 메루 씨와 함께 힘내겠습니다. 그러니 여러분도 잘 부탁합니다.

2009년 9월 오노가미 메이야

사신공주의 재혼 7

초판 1쇄 발행   2018년 11월 15일

저자 오노가미 메이야

발행인 원종우
발행처 이미지프레임

주소 (13814) 경기 과천시 뒷골1로 6, 3층
영업부 02-3667-2653 **편집부** 02-3667-2654 **팩스** 02-3667-2655
메일 alicenovel@imageframe.kr **웹** alicenovel.com

ISBN 979-11-6085-294-3 02830 (7권)   979-11-6085-287-5-02830 (세트)

SHINIGAMIHIME NO SAIKON Vol.7 KOKO NARU AKUJIKI TAIKO
©2009 Meiya Onogami
All rights reserved.
First published in Japan in (year) by KADOKAWA CORPORATION ENTERBRAIN
Korean translation rights arranged with KADOKAWA CORPORATION ENTERBRAIN
through Shinwon Agency Co., Seoul.